旧城少年・招猫丨左马

DUKU

读库

2202

主编　张立宪

新 星 出 版 社　NEW STAR PRESS

DUKU
读库
特约编辑　杨　雪
装帧设计　艾　莉
图片编辑　黎　亮
助理美编　崔　玥

特约审校：黄英｜吴晨光｜李英子｜马国兴｜刘亚｜潘艳

目录

1 素锦的香港往事 ……………… 刘涛 百合

三百二十六封信，一个女人二十年的光阴。

82 中师二班 ……………… 骆淑景

1986年9月1日，二十五岁的我成为一名中等师范学校的学生，两年后，有一半机会可以转正。

139 中国诗的“哥德巴赫猜想” ……………… 谭夏阳

破解马勒《大地之歌》中的唐诗歌词之谜。

201 守护看似日常的生活 ……………… 栾颖新

花森安治与《生活手帖》倡导的是，在惜物和节约的前提下过一种好的生活。

226 巨大的沉默物 ……………… 船长

还有什么比这些景象更让人肃然起敬、毛骨悚然。

245 《水浒》六题 ……………… 刘勃

都说“少不读水浒”，其实正是因为《水浒传》的气质是年轻的，尤其是赤裸裸表达着年轻男性火辣辣的欲望。

330 彭罗斯与黑洞 ……………… 卢昌海

研究数学的彭罗斯获得了诺贝尔物理学奖。

素锦的香港往事

刘涛　百合

三百二十六封信，一个女人二十年的光阴。

我业余时间钟情收藏民间书信，到目前为止，已收集到不同时期不同地域百余个家族的书信，通过梳理小人物故事了解大历史，发掘和整理私生活，认识真社会。

2013年11月，我在上海戏剧学院参加全国中青年戏剧评论家研修班学习期间，周末去上海文庙淘书，在市场东南角的台阶上，有家摊位上摆放着一厚沓装订好的书信，我数了一下，共计八卷。每卷都标着书信的日期，没有信封，只有信瓤。问摊主售价，要价一千五百元，最后九百元收入囊中。当时还有个细节，当我定下要买这批书信时，摊主还打了个电话与家人商量，是否这个价钱能接受，家人同意，摊主才卖给我。

这批书信，从1956年10月5日第一封开始，到1976年12月12日最后一封信结束，总计三百余封，时间跨度二十年，总字数近四十万，记载了周素锦女士（为信主及家人讳，对信中涉及的主要人物姓名做了处理）在香港生活二十年的日常起居、生活琐事，展现了她在香港生活的悲欢离合与喜怒哀乐。这些信札，能让我们看到一位香港普通小市民对于生活和世事的种种态度，特别是对香港1956年到1976年这二十年间的变化与发展的独特体会。这些书信体现了周素锦个人的喜怒哀乐，无疑也是上世纪五六十年代香港底层百姓的生活；既是周素锦个人生命史的片段，也是研究香港城市史的文献材料。

我知道她的名字，见过她的字迹，却不清楚她的模样；我了解她的人生，洞悉她的脾气，却不知晓她的结局。

她是一百年前出生的人，我有缘和她偶然相遇，那时的她，已然栖身于一堆故纸里，那是一些旧信，跨度长达二十年。她是那位写信的人。

在一摞摞的家信中，拿起第一封展开，我从此跌进了一个女人艰难、隐忍、无奈的人生里去。

那是一封向上海市政府申请救济的信。

我于十九岁时，因家庭生活困难，父亲去世甚早，母亲身弱，弟妹幼小，一家无依，为生活逼迫，只得进入舞场伴舞。

后遇章文俊后，愿负担我一家生活，我也急欲脱离恶劣环境，就与之同居。

后我母亲亡故，妹也结婚，弟于1951年参干，现在朝鲜。

现我在上海无亲无故，只有子女三人，长女十岁，现在上学

四年级，次子八岁在三年级，三女在幼儿园，我自己也身弱多病。

章文俊于1950年7月赴港后，于1950年11月曾来沪携领其妻儿一同赴港，其走时，我也不知。后其来信曰，我们的生活费由他每月汇来家用，我因无技能，只得教养子女。所以我也一直留于上海，也从未有去过香港。只有平时他难得来信与我得知他的情形外，我是无法可以得知他的信息，他每月给我们的生活费是五佰（百）元港币。

自1953年起，汇款经常脱（拖）期，有时脱（拖）十多天，有时脱（拖）一月以上。而汇款也减少，有时四佰元，有时三佰元，生活也已感入不敷出。在1953年11月起到现在，就没有能再收到他的汇款。所以目前我的生活确实陷于万分困难，实难维持，借贷无门，实在无法，故而请求照顾使我们能维持生活……

这一封残缺不全的申请，没有落款和日期，但这个女人的身世自述，前半段恍如张爱玲《半生缘》里的姐姐曼璐，为一家老小的生计被迫成为舞女，风尘中遇到商人祝鸿才，忙抓住一根救命稻草上岸，做了商贾外室，开枝散叶稳固地位。而后半段，又像《铡美案》里的弃妇秦香莲，拖着嗷嗷待哺的幼子幼女四处哀告。

这不是小说和戏剧，是在一个活生生的人身上发生过的真实事情。

再打开一封，是她写给自己孩子的："凤儿、国强儿：妈妈已于四日下午平安抵港。一切都好，勿念。今天我已见到你爸爸，现在还没有结论……"落款是："妈妈周素锦手书 1956年10月5日”。

看这封信，又令人想到台湾作家蒋晓云作品《北国有佳人》的主人公淑英。

原来她叫周素锦。原来她去了香港，还找到了孩子们的父亲。那个将正室妻儿悄悄带走的男人，会怎么对待她呢？

答案就在这一箱发黄的纸张里，三百二十六封书信，跨度二十年。

抵港寻夫

1956年10月4日下午，周素锦抵达香港。

从上海出发，经广州转澳门，中间用了好几天时间。途中她汇了两笔钱回家，一笔二十五元，由广州新华酒店代汇；一笔四元九角三分，从珠海拱北邮局汇出，让家人买点钙片和鱼肝油吃。珠海拱北口岸位于珠海市东南部，毗邻澳门，陆路与澳门相连，她正是从这里进入澳门。

到达香港时，接她的人并不是章文俊，而是她的小姑姑，上海话称作“小娘娘”，姑父姓朱，在香港还有些根基。姑姑一家热情的接待，安抚了她焦躁忐忑的心情。当天下午，他们带她去游览了港码头。

她赞叹那里“真是热闹”，又说“那边东西都甚便宜，五光十色”，这是五十年代中期一个上海人对香港的最初印象。

从她的叙述来看，这个码头应该是上环港澳码头，也就是著名的大笪地夜市。1841年英军登陆时在此处建立了一个军营，后军营搬出，留下一块旷地，附近居民在此歇息，逐渐形成了夜市，被称为“大笪地”。此地后来慢慢发展成一个跳蚤市场特色的墟市，售卖廉价的衣物与小吃，非常热闹，被称为“平民夜总会”。

周素锦从上海来时穿的是深色衣服，这副打扮在香港显得不合时宜。和她身量差不多的小姑，把旗袍借给她穿。逛街时，又专门给她裁衣料做了件新旗袍，算她入乡随俗的第一步。当时的香港，女性衣着日常以旗袍居多，那正是《花样年华》里苏丽珍们的时代。张爱玲对于港码头的印象，在《倾城之恋》里这样提及：“那是个火辣辣的下午，望过去最触目的便是码头上围列着的巨型广告牌，红的，橘红的，粉红的，倒映在绿油油的海水里，一条条，一抹抹刺激性的犯冲的色素，窜上落下，在水底下厮杀得异常热闹。流苏想着，在这夸张的城里，就是栽个跟头，只怕也比别处痛些。”

1956年10月4日，周素锦度过了在香港的第一个夜晚。一夜辗转反侧，天一亮小姑就陪她按地址去找人，一上午去了两次都没见到。她们索性留下一个咖啡馆的地址，说她们在那儿等。

上午十一点半的时候，章文俊出现了，他没怎么变，还像当初那么胖。旁观者清，比她更精明老到的小姑姑，注意到章文俊很紧张，他的手抖得很厉害。

这一对昔日一起生活多年，并诞育了三个子女的红尘男女，暌违五年后的第一次对话，是尴尬僵硬的谈判。他的态度，用素锦写给妹妹信里的原话说就是："很不好，虽然我们知道他也很困难。"

章文俊诉苦："我生活困难，无法负担子女们的生活问题。"

素锦对这种回答显然有心理准备，否则对方之前也不会停寄生活费。她暂时不能跟他撕破脸，便软中带硬地答："你再坏点我也原谅你，因为我晓得你也没有钱。现在我个人不需要你负担，但三个小孩不能叫他们饿肚皮。"

章文俊闻言，说自己会想办法，先汇点生活费回去。

素锦怕他是缓兵之计，便说："我不预备回去了。"言下之意是要接孩子们一起来香港投靠他。章文俊说："要等六个月才能看得出好坏。"他指的是自己现在手头的生意刚开始，还没盈利。

素锦说："那我等你六个月好了。"

章文俊说："假如条件好些，孩子接出来在港居住。"

素锦知道，这种说法目前不能当真，"这种说法我现在只能听听而已。这个人我现在不能信任他，只能当他放屁"。这个男人除了和当初一样胖，其他方面都变了，"简直是个混蛋！"

素锦真的在章文俊眼皮子底下驻扎下来。上海的三个孩子临时托亲戚和邻居照顾，大女儿倩芳和儿子国强托给妹妹妹夫照看，但因他们都有工作，便每天放学在邻居家吃饭，她付给一定的费用。小女儿玲芳（小名毛毛）则寄养在苏州亲戚家里。在给女儿的信中，素锦笔底不出恶语："现在你爸爸确实环境不良，受很重的刺激，他很不得意，我们也不怪他了，因为他实在是这样。"

最后一句话，更像是给自己找台阶下。

进退两难

没多久，章文俊便去了美国工作，做石料生意，走时并没有留钱给她。素锦在信中说：因为当时的九龙正在"闹事"，街上封锁，他临走时，两个人没有条件见面。

章文俊离港的日期是1956年10月14日，当时香港发生了"九龙暴动"事件，又称"双十暴动"。冲突于10日下午爆发，次日港英出动英军协助警察维持秩序，并下达开枪令，旋且宣布九龙戒严，时间由晚上七时半至翌晨十时，但形势严峻，戒严令一再延长，持续了两天三夜，至10月14日上午七时始告取消。

适逢戒严宵禁，章文俊即使想借钱也出不了门。飞机票是提早订好的，不能改期。他留下口信让素锦住在小姑姑家，并说俟其定职后就汇生活费来，日后再接孩子们来香港居住。素锦将信将疑，再说他的生意还不知道结果，就这样把三个未成年的孩子留在家里没人照顾，自己被动地耗着，要耗到什么时候？万一是白等一场呢？但如果就这么无功而返，回去又怎么抚养家里那三个嗷嗷待哺的孩子？

回还是留？她无所适从。

在香港的亲戚，除了小姑姑，还有一个四奶奶，她们都力劝素锦留下等一个时期，索性耐下性子磨一磨看结果。

素锦有一个妹妹，两个弟弟。妹妹叫素美，两个弟弟分别叫元陵和幼陵。素美和幼陵在上海，而大弟元陵则在台湾。前面素锦在给政府的救济申请信里提的1951年去了朝鲜的弟弟，指的应当是幼陵。至于她为什么只提幼陵而不提元陵，原因不言而喻。

对她一直滞留香港，三个弟妹三种态度。小弟幼陵不满，催她早日返沪照顾孩子，言下之意是她这个母亲当得不合格。她去信解释：我对章感情已有深深的裂痕，所谓等候一个时期，只是为孩子的问题而已，就这样让他随便摆脱责任，未免太便宜他了。

海峡对岸的大弟元陵得知姐姐的窘况后，反来信劝她不要着急做决定，对章再观察观察，给彼此一个机会。他劝姐姐宽心，安心在港，他会定期寄零用钱给她。并说他这个当舅舅的有一日在世，即当全力以赴照料三个孩子，因他深知无父之儿的痛苦。

妹妹素美则用实际行动替姐姐分劳分忧，一有空就去上海奥业里素锦家替她照顾两个大孩子，给他们结绒线衣（织毛衣）过冬。素锦对素美的感激溢于言表："知妹为我关心，并细心照顾孩子及物件事，使我心感万分。想手足情深，使我铭感不已。想妹之心细，真使姊感之不及，又妹待姊情深，不知何日可报，使我感怅不已！"

自顾不暇的她，还惦记着自己的大姨，让妹妹替她寄二元钱给大姨。说自己无法经常照顾她，嘱妹妹时常接济，让大姨安度晚年。

素锦就这样在小姑家暂住了下来，白天她强打精神和身边人说说笑笑，但一看到别人家的孩子，就禁不住想到自己的孩子，在上海的两个大孩不知道懂事不懂事？在苏州的小女儿还和以前一样脾气大吗？夜里想孩子想得睡不着的时候，就爬起来给孩子们写信，交代的都是鸡零狗碎的事情，是只有母亲才能说出来的话："你们时常要留心冷热，保护身体，最好的就是身体健康，因为妈妈不能照顾你们，你们早晨要漱口、刷牙，晚上要洗脚、洗面，手一定要清爽，这种习惯一定要养成，否则别人看来就是不懂规矩和不礼貌，整洁也是要紧的。"

她嘱咐大女儿要多关照小弟的功课，让他不要乱花钱，更不要向别人借钱——从后面的家信里能看出，小弟是个不省心的孩子。她对大女儿则颇多赞许："我知道你好的，四奶奶、小娘娘等都称赞你呢！"最不放心的是小女儿毛毛，此时尚寄养在亲戚家里："毛毛我不知她好不好，心里很不放心，最苦的还是毛毛。"

她要孩子们听话乖巧，听姨妈姨父的话，因为"我们在上海没有什么亲人"，他们是最亲的人；对左邻右舍，古家姆妈、任家太太要客气，因为"他们是很亲近的人"；对张家姆妈和楼下的邱家顾家，替她去看看他们；如果去万家太太那里的话，可以告诉对方"我很想她"。各家各户都有，但却有着细微的差别，既周到又界限清晰。

她殷殷教导他们要节约，说妈妈现在寄居在别人家，一分钱也舍不得花，他们爸爸没有寄给他们钱，如果他们再浪费的话，将来是很痛苦的。"你们要乖些，家里一切东西都要宝贵，养成好的习惯，对自己也有好处的，不要约小朋友到家里玩，现在我们一点东西也买不起了。我们不能和别人比，别人都有爸爸和妈妈在工作，人家都有收入，现在苦些，将来环境能好转，我们就快乐了。不要多用一个钱。"

担心孩子们会伤心绝望，在下一段里她又安慰说："假定我下个月之间不决定回来，或者你们爸爸有些钱寄给我，我会汇钱来给你们，那时候就稍会多用一点是不要紧的。"

然而章文俊并没有寄钱，只是断断续续写信告诉她自己也很难，要等时来运转。

素锦半信半疑，一方面愿意相信他的生意真的不景气，一方面又暗暗怀疑他是在变相赶她走，想要她耗尽最后一点耐心，无趣离开。

一转眼半年过去了。

“如若过了一个时期，章如无信息，我立即返沪。”一开始她的确这样想过，但她等待时间越长，就越不甘心灰头土脸回去。思来想去，反正已经六个月了，她索性横下心来再等，必须等章回来，没个说法绝不能不明不白地走开。

那一年年底，她“赖”在香港过了个五味杂陈的年。

长期的精神压力和不良情绪，素锦的身体出了严重状况。过年后她生了颈核，到底是颈部淋巴结发炎还是淋巴结核，不得而知。这一病又是大半年。

六月份，章文俊终于回来了，待她的态度较之以前友善了很多，会不时来小姑姑家看看她，约她出去吃个饭喝个橙汁，有点像情侣约会。章文俊给素锦讲了自己这一段的艰难，说自己连个写字间也没有，还在给人打工。又为自己之前的行为向她道歉，素锦心一软，也就接受了，双方也算是达成了谅解。她还心怀天下地分析了一下时局，认为“二战”以后，全世界人民都在努力工作，连她“丈夫”在内，也都很辛苦。

妹夫去苏州看过素锦的小女儿毛毛后，很不放心，索性将她接回上海放到身边照顾。素锦感激涕零，想到妹妹夫妇的节俭刻苦，他们“自己省而待人宽”的品德，是那么的“美好而优越”，孩子们也应当向姨妈姨父学习。

她反省从前的自己“愚蠢无知没脑子”，今后她一定克服面子、虚荣心，要节省每一分钱，否则还会日夜忧心。

她如今唯一惭愧的，是没法给妹妹多汇些钱。

她给孩子们写信，提到了两个故事，一个是《苦女努力记》，一个是《孤儿流浪记》（《苦儿流浪记》）。这两部作品都出自法国作家耶克特·马洛，讲的是失去了父母的小孩怎样顽强生存下来，又如何最终获得幸福的故事。她是想借这两部作品鼓励孩子们。

“我们是要非常刻苦的生活，不能有一点点奢望的，我也知道你们已很懂的了，只要能吃饱穿暖，就很好了。但你们一定要勤力学习和专心读书的，此外一个人不能以为能够读好书就算好，一定也学习学习别的事的，自己会料理料理自己，管理自己，弄得整洁，冷暖要自己当心，不要贪玩。”她去信殷殷叮嘱自己的孩子们。

姑姑姑父都很替素锦高兴，说章终于回心转意了。虽然迄今尚没收到一分钱，但素锦却仿佛看到了一线曙光。

这时候，之前替她照顾孩子生活的陆姓邻居，托人捎信来，说原先说好的六个月，现已超期，自己身体吃不消了，让她快点回来。“我即刻回来，全功尽废了。我知道章文俊的为人，他现在是环境不好，面上他是不讲的，如果我走，那是最好的，省得他烦了，如果要说等他环境好转再寄钱给我，那是希望极少的。人在眼前还有些心，人不在眼前，他也不会放在心上的。”（1957年10月6日与妹书）她想再等等，即便要与之决裂回沪，也要他写下断离文书。她也就死了心，回去和孩子过苦日子。

邻居那边，她的对策是再给对方加点钱，但是钱从哪里来又成了问题。原先一直给她寄钱的弟弟元陵来信说：自己刚办妥了台大的入学手续，从大二上学期念起，因辞职上学，没有收入，暂时不能再像从前那样方便寄钱给她了。素锦急火攻心，淋巴结肿又严重了。又没钱看，就这么拖着，时好时坏迁延不愈。她深知病根所在，明白心境宽裕些才能有益康复，便时常坐船从尖沙咀过海那边看看。

看什么呢？看人。她喜欢看渡轮上的乘客，他们衣冠楚楚，很有派头，男的绅士女的优雅，让她觉得赏心悦目。在这一地区活动的人大多来自写字间和中环区，收入高，衣着自然讲究，与在湾仔区渡海的底层劳动者们截然不同。关于湾仔区，张爱玲曾在1943年的成名作《第一炉香》里有过描述："湾仔那地方原不是香港的中心区，地段既偏僻，又充满下等的娱乐场所。"十四年过去，时间并没有填平两个地段之间的阶层沟壑。

一阵冷风自海上刮来，她意识到已经是十月下旬，这个季节的上海，应该很冷了吧？孩子们的衣服够不够穿？"我是有苦说不出，现在我做人最难，其实我一直在左思右想的，应该怎样做才好。"

她渐渐意识到：不能把希望都寄托在别人身上，必须要谋自立。

打工生涯

以下以周素锦第一人称口吻叙述：

我刚来香港时，章文俊生意不好，给不了我生活费。拮据贫苦之下，我不想坐以待毙，内心也渐渐生起自立图强的心来，便开始找工作自食其力。

这二十年间，我陆续打过好多份工。

先是看到报纸上招出埠保姆，合约二年，我便写了一封应征信去，心想如果应征成功的话，我自己挣的再加上章每月寄点钱来，也许勉强够我和孩子们生活。后来如愿收到了回信，让我去试工，我好开心！可是等我真的按信上所说的地址去找的时候却找不到，找来找去问了很多人，发现根本没有这个地方，我被骗了。世界之大无奇不有，章说此地是这样的，报上经常会登些虚假广告，现在想来，大概是报社自己做托儿，目的是招揽广告商投广告吧？

后来经人介绍，我去了官塘郊区一家塑胶花厂做花。

说起来，这个就业机会还是李嘉诚给的。

香港的塑胶花由李嘉诚的长江塑胶厂最先生产。1957年，困顿中的李嘉诚在一本英文杂志上偶然看到一小段消息，说欧美市场对塑胶花有着巨大的需求量。他敏锐地发现了商机，亲自前往意大利打工学习塑胶花先进制作技术，回来后开始转变轨道大批量生产塑胶花，并抓住机会争取到了欧美签单，打开了海外销路，借着塑胶花打了一个翻身仗，公司营收额达一千万港元，赚到了自己创业以来的第一桶金，他也随之被称为“塑胶花大王”。

受市场影响，香港市民也开始喜欢用逼真低廉的塑胶花来美化环境，写字楼及寻常百姓家到处可见栩栩如生的塑胶花，本土需求开始增大。这促使塑胶工厂进一步扩大生产规模，进而需要大量的做花工人，当时走投无路的我就这样进了塑胶花厂，一直做到1961年底。

我不做花以后，开始打抄写零工。小姑姑给我介绍了一份抄写的工作，按次计算，每次十元外加管两顿饭。这份工作不固定，人家需要才来找，于是我只好东走西走，到各处帮帮手，顺便在人家家里吃个饭。因为此地这种帮帮手写写信的工人不好找，所以人家也很欢迎我，待我很客气，这样一来我自己省些伙食费，吃得也比自己家好。这一段算是暂时过渡吧！反正我感觉在香港这地方，做人只要随机应变，还是能找到一口饭吃的。

后来在特美华餐厅打过一年工，做收银工作，这次打工经历也让我更加了解了香港社会。

特美华餐厅位于香港跑马地，是一家印尼特色餐厅，在香港算是首创。餐厅主打印尼食品和马来食品，老板娘和女侍应生全是穿印尼的纱笼制服，所播的音乐也是以印尼歌曲为主，目的是吸引外国人，客人以英国人、荷兰人、印度人、印尼人居多，一杯咖啡或奶茶的价钱是一元。餐厅投资人是新加坡和印度尼西亚的华侨，光买店面就花了大约十五万港币，又斥资十数万港币购买设备，餐具全是名贵的特别定制，还专买来马来亚及印尼的特别品，比如有声的录音唱机。电灶、雪柜、冷气机一应俱全，都是最先进的配置，就连新买的收银机都是两用的：电和手摇。没有电的时候用手摇，仅这一项就花掉三千多元港币。

不得不说我运气真是太好了，去应聘面谈时，老板娘一见我就表示很喜欢我，立刻决定留用。在这里做收银员，上岗之前须得先交五百元现银保做押金。薪水每月一百二十元，一天管三餐饭，小账也有一份，但银钱收错是要自己负责的。

虽然这份工作待遇不高，但我感到很满足，自己没有工作经验，年龄也偏大，在香港这地方能够找到工作已经很不容易。有了这份薪水，我每月的房租先不用发愁了。此时我已经搬离小姑姑家，自己租房住了。

如果早上去店里早的话，还有面包和咖啡做早餐；上午十一点吃中饭，下午五点半吃晚饭，吃完饭工作到晚上十一时下班。这样一来，一日三餐都在店里解决，我又省下了伙食费。

后来真吃，才知道店里饭菜的口味偏辣，吃了好一阵子后才慢慢适应。吃辣上火，我嗓子发炎嘴里长泡，便有意买少少一点水果吃来对抗。与健康有关的钱我不能省，“留得青山在，不怕没柴烧”，我还要工作挣钱呢，对身体不能不当心。

特美华餐厅于1962年6月12号正式开张，在此之前我们三十一名员工接受了为期七天的岗前培训。厨师是特聘的印尼人和马来亚人，所有的侍应生及女招待全部都是新人。大家在一起学习，很快熟悉起来，相处得也很好。

单纯听说话，这里简直像个小联合国。所有的侍应生全是华侨，也都会讲英文、马来亚文、官话、广东语、福建话，还有的是会讲日本话和安南话，在语言方面实在是人才济济。

店里只有我一个上海人，平时我用广东话对他们讲话，偶尔会说官话和少许英文，没想到，他们里面竟然也有会说上海话的！真是大大的surprise（惊喜），令我觉得在这里工作的另一大福利是可以多学些方言。

老板娘简直是个语言天才，她会讲九种：英文、印尼语、马来亚语、荷兰语、潮州话、客家话、广东话、官话、上海话。

餐厅营业额平均每天一千多块，星期六、日比较好，最多的时候有两千块。菜单上单品一共有一百六十六种之多，名称密密麻麻，分别用印尼文、马来亚文、英文、中文等多种语言写就，再加上要记牢各种单品的价格，我一上来有点吃不消。但我暗暗告诉自己，这份工作来之不易，一定要珍惜，全力以赴地做。

餐厅老板姓郭，对下人很和气，没什么架子，结交的圈子里也都是上流社会的人，在我眼里他是一个上等人。老板娘却精明强干，不太好相与。这夫妻二人一个唱红脸一个唱白脸，管理配合得蛮默契。

这夫妻二人教育自己的孩子还很有一套。他们有两个儿子，小儿子只有六岁，但已经看得出来相当聪明，小小年纪已经很会看眼色，会讲英文等多种语言，很有音乐天分。大儿子虚岁十八，放了暑假父母就训练他在店里做各种工作。他一口英文讲得很溜，会做很多事，管唱片录音，在水吧（酒吧及咖啡的部分）做洗茶杯、倒咖啡等杂务，我下班时他接管开单、收银工作。和其他工作人员一样，每天也要做足十小时，父母并不因为他是“少东家”而让他少干。他跟我们一样领工资，一天只有二元，平时的零花钱都是从这每天挣的两块钱里出，父母不会多给他一分。

我反观自己，方觉得之前对儿子太溺爱了，专门去信给他讲老板家孩子的事情，让他跟人家学学，从小做事要有担当和打算才行。我这样训诫他：“不是一个人生在世界上糊糊涂涂，吃吃睡睡就算了。一个人尤其是在少年时代要发奋和学习各样东西的，如果小弟预备他不读书了，试问他有什么志向和计划呢。做上进的人得样样学和勤力做，尤其现在是求学的时代，最低的限度也得要将自己的功课学习好，才对得起自己。大人们的劝告你，也并不是为大人自己好，而是为你将来的前途。小弟的脑子，得醒醒了，不能只顾目前而要顾将来的了。”（1962年7月28日家书）

回过头来说我自己。当时正逢三年自然灾害，内地人像潮水一样涌入香港，导致人多岗少，竞争十分激烈，我不能不当心。

尽管业务渐渐纯熟，但我每天也过得战战兢兢，唯恐被寻了错处辞退。我每天上班非常准时，下班后主动留下加班，每天工作时间超过十二小时，只想要靠好好表现获取老板信任，顺利度过三个月的试用期。

当时市场上最繁荣的数房地产，但那是有钱人的游戏，会做生意的买进卖出挣差价，不会做生意的买屋收租。剩下有点活路的行业只有裁缝、理发、饮食业等服务业，这也跟当时很多裁缝、理发师、厨师都从内地过来有关，其中不乏技术顶尖者进入香港社会。这些内地手艺人，一定程度上占领了也盘活了香港的服务业市场。

我工作的店里纪律特别严格，迟到一次受训，两次就辞退，所以每天晚上我都睡不踏实，唯恐第二天迟到。香港夏令用水时间是下午四点半到八点半，晚上回家太晚，天天没法洗澡，只能简单擦洗一下就算了。

下午店里不忙的时候，时常会被老板娘叫去跑腿，一口气都歇不下。担心精力不济，我每天下午四点都会喝一杯咖啡提神。

然而就算如此努力工作，也很难换来老板娘的满意，她脾气很臭，稍不留神就要被她骂，每周都有人受不了离开，其出言之刻薄、态度之恶劣乃为我平生罕见。高压之下，店里员工之间也冷嘲热讽、互相倾轧，弥漫着紧张的气氛。

我经常被老板娘不分青红皂白地、大声咆哮着骂一顿，但为了生活，我只能忍气吞声做下去。只要一想到可以给孩子们寄生活费，便觉得再苦也值得。

一年以后，在她的又一次无端羞辱下，我忍无可忍愤而辞职。

有一说一，在餐厅长达一年的打工经历既让我充分体会到了香港社会“赚钱难”的残酷现实，也让我在金钱观上深受教育，即有钱人的钱都不是白来的，也不是白花的。

就拿店老板来说吧，他们非常注意成本的控制，进货既要质量好又要价钱便宜，这样才能保本保值，所以他们的算盘打得很精。

再说顾客，我眼中所见的来吃饭的顾客，不论是英国人、荷兰人、印度人、印尼人及其他华侨，这些人不能说没钱，但他们也算得甚精，点菜时不会乱花一分钱，对服务也很挑剔。每逢洋人来吃饭，大家都打起精神不敢怠慢，有时候甚至是老板和老板娘亲自接待。

会挣也会花，这就是有钱人和普通人的区别。我也认识到，大富靠命运，小富靠勤俭，虽则不能大富，也当致力于小康。

其后几个月，香港人口越来越多，找事也越来越难。像我这样的人最尴尬，虽说认识几个字，但没有一技之长，年龄又大，连佣人的工作都找不到。有钱人家更要用专门做佣人的老手，就是电影里那种白衫黑裤，一条长辫拖在脑后的专业佣人，要又会烧广东菜，又会烫衣服，而这些我一样也不会。

无奈之下，我一度想离开香港去婆罗洲找事。

婆罗洲即加里曼丹岛，是世界第三大岛，位于东南亚马来群岛中部，北临南中国海，中国史籍称为“婆利”“勃泥”“渤泥”“婆罗”等。要是能在那边找到事做的话，每个月可以给家里寄三百元港币，但终因护照没申请下来等各种原因而作罢。

在外找不到工作，我就开始在家替人织毛衣。我不收现金，但人家也不是白叫我干活，会送我东西。这份工作一是可以打发时间，不用外出而减少支出；二是也有点收入。虽然没挣到什么现银，但是也以工易物，换了不少礼物，小姑姑和她儿子的生日礼物，我都是用这些礼物去做贺礼的。

织毛衣很辛苦，为按期交货经常要织到很晚才睡，由于长时间坐着，我的左侧腰部出了问题，一到阴天下雨就会疼痛难忍。因为看不起病，我后来不太敢接织毛衣的活儿了。实在推不掉，就只织粗绒线的，这样快一点，对身体损伤也小一点。

这样艰苦打工的生活一过就是好多年，直到章的经济条件好转，我才渐渐停下来，转而做投资生意，用钱生钱，结束了卖苦力的生活。

衣食住行

周素锦刚来香港时，章文俊并不欢迎她的到来，对她躲避推诿。1958年1月31日，来港一年半后，章文俊才给了她第一笔养家钱：二百元港币。素锦第二天就兴冲冲给妹妹寄了一百元，另一百元留给自己用。

她希望能再多些，但不敢不识相，怕招他厌恶，以后再要就难了。

5月12日，章文俊破天荒又给了素锦三十元零花钱。素锦当即用这些钱买了一双皮鞋、一双拖鞋。拖鞋四元五角，白鸡皮鞋十一元五角，共计十六元。这是来香港后她第一次用自己的钱添置衣服。

鞋有了，素锦又买不起成衣，她看到商店里内地进口来的皇后绒一磅卖十元，细绒线一磅十一点五元，便买了一些动手给自己织秋冬穿的毛衣。她说："至于衣着我并没有被虚荣迷惑，因为我没有衣服，就应当要自己动手做，我并不同人家争耀，应该要添的我才添，我看情形了，没有能力我也就不做，只要够暖，就算了（我是指冬天的）。"

在香港二十年，她从来没有在穿衣打扮上宽裕过。

六十年代初的香港，除了中环洋行写字楼的小姐，大部分女性都穿得跟内地一样朴素；七十年代以后，物质丰富，人们穿着开始花哨起来，冬天的街头小摊，花二十块港币就能买到一件五彩斑斓的对襟棉袄。但一般家庭妇女仍然穿得马马虎虎，只有未婚女性或经济宽裕的已婚女性在穿衣打扮上要讲究一些，穿红着绿的则大多是“捞女”（出卖色相的女性）。

条件有限，但素锦有自己的扮美办法。衣服颜色多选黑色、素色系，以浅灰、深蓝、咖啡等基本色为主，就不容易显得过时。做新衣服太贵，单旗袍一件十九元，夹旗袍不绲边也要二十八元，绸夹里短袖衫也要十二元，好衣服则要差不多八十元，她就把旧衣服都悉心保养好，香港那几年流行短衣裙，她便把从前的长衣长裙叫裁缝改一改，两元一件，一改好几件换着穿。旧衬衫不丢弃，用来做睡衣。

有了自己的穿衣秘籍，不管什么年代，素锦永远都能保证自己体体面面出门，“我每逢出街的时候，不知道的还以为我是有钱人”。

1964年10月，她认识了一个万太太，和她一样来自上海。万太太是个很不会用钱的有钱人，一个月家里的开销足有两千多块，但自己和孩子们总是穿得敝旧，看起来还不如收入几百块钱的人家。素锦分析一是因为她不会打理支出，二是因为她品味差不会买。万太太还总抱怨钱紧不够用，素锦冷眼旁观，禁不住发了句感慨：“我在想，这是叫作比上不足，但没有想到‘比下有余’的一句。”

素锦的小女儿玲芳爱打扮，为此素锦专门去信教育她要在穿衣上节制：

关于毛毛的爱漂亮，虽则女孩子爱漂亮，但也得有个准确的

限度。不能盲目地爱漂亮。像工作时，或做家务时，穿得漂亮则是浪费。如果有事出街或有什么庆祝，那么穿什么新衣服呢，平时穿新衣，有事穿什么呢，即使有钱能再买也是不合理。同时女孩子总有个交朋友或出嫁的。

目前毛毛也不小了，再过二年也许有这样的日子，平时积省，将旧的穿和补，只要整洁也没有人笑，新的留着，有事的时候穿着，做一件衣服要费多少心血。不能没有头脑，识时务者为俊杰，希望毛毛能明白，那末我做母亲的在外面也心安了，章国强也望他如此，买一样东西并不容易，要爱惜东西，惜衣有衣穿，惜钱有钱用，这并不是什么资产阶级的思想，而是做人之道。

人每天要过日子，这是过日子的话，不能浪费，我最恨人浪费东西，不爱惜东西，我平日在港过日子实在是省俭的，每月寄钱给你们，要再多剩钱是并不容易的，如果你们有正当的用途，我是一定寄来的，希望你们明白我的心意，我一直在储蓄以防万一的，除了必要的用途，平时我不乱用一个钱的。

章文俊看她如此节俭，出了门又有型有格，不坍他的台，很是满意。他亲口对她说："只要我敬重你，对待你好，有什么大与小，这些是形式而已。"

"衣着整洁，一无贫态，此也是香港的哲学。"素锦总结道。

至于吃，她一个人吃饭也是尽可能精打细算，后期又因为身体过胖要减肥，饮食尽可能清淡。

那个万太太在跟丈夫闹矛盾，搬出来住了。她跟素锦愤愤不平地抱怨，说万先生和两个妹妹在高尚住宅楼住一层楼，房租七百五十元一个月，一个工人月薪二百三十元，小妹妹买了一只钢琴花掉一千八百元，又特特说：每天的小菜钱要用去十几元。交谈中可以窥见六十年代中期香港的物价水平。

到1970年，香港物质大大丰富，吃的东西倒便宜了起来。一毫钱可以买到三块腐乳或一根油条，或者干脆买一条剪开的热猪肠粉，上面撒上虾米和佐料，市民买来当早餐吃。面包一角一只或五角一磅，牛油九角四分之一磅，炼奶一元二角一罐，三花牌淡奶一大罐才一元。食品真的不贵，最大的支出还是房租。但好景不长，到1973年，香港发生股灾，爆发了经济危机，物价暴涨，香港市民生活水平每况愈下。素锦给妹妹的信里写："我们这里赚钱的机会日少，薪水阶级的人也在叫苦，我们更苦，在心里讲不出。省来省去也省不出，开支日增，百物贵，有什么办法呢？我节流已是无可再节的了。下半年度更加会恶劣，甚至有什么情形发生是任何人不能预料，唯一办法即是，坚忍而渡过难关。"

菜价上涨严重。在外面随便吃一碗面都要四元，菜贵到虽然晚上两人在家吃，一顿饭的小菜之费也要十元左右，和在外面吃不相上下，下雨时菜更贵。所以有时他们就出去吃，广东素北菇饭一碟五元，有时吃馄饨面、粥等，需要七八元。为省钱，章文俊上班曾经自带三明治当午餐，但天热食物容易腐坏，素锦实在于心不忍。不烧饭的时候她就吃面包，普罗大众贪便宜吃饱算数，所以面包店生意空前好。小油条二角一根，方面包八角一磅，半磅四角，硬面包（罗宋包）大的八角，中的四角，小的二角。面也要一元一斤了，米是二元一斤，好猪肉要九元六角一斤，海鲜更贵而少。人口多收入少的人家，多数都是大人挨饿，让小的吃饱。

到了1974年，情况愈发糟糕。瘦猪肉涨到十一元一斤，牛肉涨到十二元一斤，蔬菜日用品一天一天在高涨不已，人人喊贵。连以前为人们不屑的罐头食品也被抢购，云南火腿的价格每罐是九元。烧小菜用的广东双蒸酒四元二角一瓶，绍兴花雕要十一元，一瓶鸡精五角。

素锦平时便不烧菜，以咸菜为食。整整一年她只吃过一只鸡，一斤就要九元五角，二斤多一点花去十九元八角。付钱时“骨骨抖”（心疼哆嗦），心想以后可不吃了。鸡买回来一点都不浪费，半只红烧栗子冬笋，另半只用咸菜烧汤，加点冬笋。有一阵冬笋便宜，二元一斤，于是冬笋就成了素锦餐桌上的常客：冬笋片炒肉片，冬笋片炒豆干，冬笋片炒青椒……吃得脸都绿了。后来章说炖蛋汤最便宜，他们就喝蛋汤度日。

这种情况下，章文俊还忘不了他的西餐习惯，但一顿西餐需要几十块钱，又吃不起，那怎么办呢？他想到了退而求其次的山寨做法：晚九点以后花一块多钱买点油条及肠粉，再冲包牛奶红茶聊作慰藉。素锦觉得好笑，她自己连烫头的钱都省了，头发随便找个皮筋一扎，而他的大少爷脾气还不能改。

街道上人们步履匆匆，只买必需品。对穿着已经不注重，首要任务是填饱肚子。“只有银行区、尖沙咀区及高尚住宅区人的面貌衣着尚还考究，看起来舒服一些，普通地区的人们穿得马虎，颜色不好就罢了，一个个头发长得都不打理。”

香港地处亚热带，人们本就皮肤黄黑，再加上生活紧张，情绪不好，不加修饰，看上去更黑了。素锦心酸又刻薄地记录：“人人头发油腻，人人绷紧着面。”“看得心里有种想法，人穷卖相也变了……”

自来香港的亲戚中，素锦闻得妹妹妹夫经常在家摆宴请客，内心十分不快，屡次写信批评，语言严厉，质问他们“为什么将辛苦的钱来摆阔充场面”，告诫他们“宁愿节约，不能铺张，不能请人吃年夜饭及春茗”。她甚至用了“你们不知自爱”这样的字眼，控诉他们她的钱是辛辛苦苦一分一分积攒的，自己省吃俭用寄给他们，可他们却不节省，三个孩子一个也没有婚嫁，请客倒请了多少？

面对她的指责，妹妹素美不急不缓，将原委娓娓道来：

自从毛毛在自然灾害期间患过肝炎之后（肝炎主要是平日饮食方面营养欠缺造成人体组织上收去不能相抵，形成抵抗力薄弱而得到传染），当时为了避免其他人有类似的情况出现，所以在吃的方面，我们就开始不惜一切。吾姊知道，襄亭仅是一个

小职员，积储有限，他不可能为孩子们像小娘娘一般，每月付出二百五十元的医药费，一方面先哲曾告诉我们说，“预防胜于治疗”，另一方面，孩子们在没有踏上工作岗位前是没有劳保享受的，生病非但要支付医药费，并且影响了健康，影响了今后的幸福。所以襄亭在宁可苛待自己而设法不使孩子们再得到慢性疾病，在困难的时候他宁可卖掉些无用之物而毫无怨言，孩子们的健康成长正可以说明一切。孩子们容貌的好坏也是与日常的营养有关，记得当时倩芳毛毛都有照片给你，姊夫见了哈哈大笑，如果他见到了孩子们面色憔悴，带有病容，小家败气的照片时，在内心中是否会产生出烦恼的感觉呢？……我们并不是自己享受而使孩子们受苦。我们知道你平日节衣缩食，励（厉）行节约的情况，我们也想了解得更多。

所以我们不希望你在吃的方面再节约，而苛刻自己，否则如果得到了真正的疾病，何止再花上数百倍的代价。所以请吾姊今后不必再寄钱来，不过请吾姊不必顾虑，我们今后不会亏待孩子们，十九年来，我们大家在患难相处中已经相辅相成地建立起真正的凝固深厚感情，我们不相信，孩子们的这种感情会受着环境的改善和时间的变化而变迁，让一切都付诸命运吧。

素锦看完信，只能怏怏作罢。

素锦进入更年期后，失眠乏力，情绪不稳，除了风湿病，牙齿也开始变坏。但因为看牙医价格太高，她一直将就着没去。在给妹妹的信里，素锦抱怨：在香港，因为经济不稳，人们生活压力大、肝火旺，得高血压、心脏病、神经衰弱、失眠症、癌症的人特别多。

章文俊已经迈进六十岁门槛，身体状况大不如前，消瘦无力没精神，这样的情况持续两三年。去看医生，初步诊断得了糖尿病。他不肯去看西医，更相信中医。

1970年9月30日，素锦在给妹妹素美的信中写章文俊去看了中医，每天吃煎药，另外吃猪横脷——即猪的脾脏，一副粟米须一两煲水吃。饮食上戒了糖，不吃米饭改吃黑面包。病情有所好转，夜尿减少了。

他们找的医生叫朱鹤皋。此人出自中医世家海派朱氏，朱氏三代传承，名家辈出，第一代创始人朱南山，第二代朱鹤鸣（朱小南）、朱鹤皋，第三代朱南孙。朱氏一族医术精湛，救人无数，尤其热心医学团体教育事业，创办新中国医学院，其声望之隆，饮誉全国，称道海外。1949年朱鹤皋移居香港，继续悬壶济世。于1995年去世，享年九十二岁。

在素锦的信中，还提到过其他名医，有外科专家许昆仑、心脏科专家潘荫基、耳科专家蔡永善、眼科专家陈永阶、妇科专家邱为、皮肤科专家王启阜等。

六十年代的香港，别看街上繁华，满街汽车跑来跑去，好似有大量的汽车阶级，那是因为汽车便宜。二手车一两千元就能买到，有的更便宜，八百元就可以到手，而且还能分期付款。

进入七十年代后，港人的公共交通便捷了很多。搭大巴士每次三角，电车二角，搭渡海轮楼下是一角，楼上是二角和二角半，很便宜。如果贪方便的话就要多出车钱，小巴五角到一元。去九龙过海可以坐海底隧道小巴，坐十四位的小巴是每人每次二元。大巴士每人每次一元。惜时如金的香港人出行选择大多是小巴。

但当时的交通状况却让人不敢恭维，一是因为车从来不让人。“此地车撞死人，是等闲事。”周素锦打了个有意思的比方，“过马路好像充军，要奔得快。”二是经常拥堵。“路上车辆像长龙一样排着”，各种车辆都挤在一起，“电车、双层巴士、货车、小巴士、私人汽车、的士（计程车）、学生车、旅游车、机器脚踏车等，不是你们能想象到的”。

经济与民生

在香港的素锦，二十年一直遵从着这样的原则：富出门，穷窝家。

犹记刚到香港的第一个春节，章文俊迟迟不归，素锦滞留孤岛迟迟得不到答复而心情郁闷，小姑姑为了让她散心，时常带她去看电影。她去的最多的是九龙快乐戏院。她们在那里看了一些粤语古装片，还有《大卫王》《拔示巴》，这两部据她说都与《旧约》有关。素锦最喜欢的电影是在东方戏院看的《飞女怀春》，这是一部外国黑白片，编剧和导演由英国的爱德芒德·古尔丁一人担任，美国演员金杰·罗杰斯担任女主角，该片获得1956年度第二十九届奥斯卡金像奖黑白片最佳艺术指导和布景、最佳服装设计两项提名。

章文俊后来返港，偶来小娘娘家看她，素锦的姑父朱先生会请他在颐园吃饭、喝咖啡。也许是良心发现，章文俊对周素锦的态度有了些转变，会带她出去逛逛。

经济还是拮据。有钱就在外面吃饭，最常去的是太平馆，有时候她吃过了，就喝一杯橙汁，看他吃；没钱就看个电影喝个咖啡。他们大多在二轮戏院看电影，为了省钱，有时看便宜的公余场。当时香港戏院分为早场和五点半后的公余场：早场放粤语长片，公余场放西片，只要四角钱。

素锦的身体出了问题，给妹妹的信中说自己是因为“气血不和，肝经火旺，神不定，心不安所致”。她开始尽量压缩开支。只要饭吃得下，颈部淋巴结核也暂时放在一边，因为在香港她看不起病。最重要的是尽量不和人出去，毕竟受人邀请还得还礼，她要学着有预算，深知自己“不能同有生活基础的人和安定富有的人比”。将来即使自己单住，男人也不会给太多。

她不逛马路，不给自己找不痛快，因为“这里的东西真叫人爱，所以我连看都不看，免得引起奢望”。她的主要娱乐活动就是待在家里看书。她看的大多是文艺类及翻译类书籍，这些作品除了消磨时间，也提供给她很多启示，书里的内容常常令她陷入沉默深思当中，那就是该如何掌控生活而不为之所困。读书明理，几个月下来，她明显感觉到自己认知的进步。她还想读英文，但英文书太贵，因囊中羞涩暂时作罢。

在给妹妹的信中，她这样写："简单的生活与智识是不可脱离的，有智识，即使过最简单的生活也是有技巧的，所以我有信心，我有勇气，我相信我们是会好的，快乐些吧！"

六十年代平淡过去，时间飞奔至1971年，香港地价暴涨，经济下滑，社会治安很糟糕，骗拐讹诈层出不穷，电梯打劫成了家常便饭。素锦除了买小菜，付应用账单，其他时间一律足不出户，一是为安全计，二是为节约开支。她停止一切娱乐活动，不看电影，不赌博，不吸烟，不饮酒，不走动。倒是小姑姑常来看她，她做家事，小姑姑坐坐聊聊，一天就打发过去了。过年出门要给利是（红包），她就免出门，自己在家买一点瓜子糖果打发过去。1972年过年，索性连糖果都没备，只买了一只鸡就算了。她用这句话做自我宽慰："菜根香，布衣暖，知足常乐。"

她的生日是四月二日，事先跟小姑姑声明自己不过生日，一概不请吃饭不收礼，只有章文俊同她两个人过。中午他请她吃了西餐，下午分食一个小栗子蛋糕，晚上每人一碗虾腰面。她觉得这样甚好甚清静，香港各人家有各人家的事情，人情往来越少越好，免得人事及精神上烦恼。"这是我与章最享受的快乐了，他什么都没有嗜好，连打牌他都不打了，目前连医生都不看了。他说每星期七八十元省掉了，一直都是吃这些药。我不便多说什么，最近身体有点差，我劝他去看医生，他说不看。我目前仍是这点生活费，我也不好意思开口要他加。自己洗头，章不来之日我即有什么吃什么。”

本以为压缩开支就能渡过难关，谁能想到还有更大的坑在后面等着她。1973年，香港遭遇了前所未有的股灾，跌幅高达百分之九十一点五，历时二十一个月之久。素锦没能幸免，她跟小娘娘炒股亏了一笔数目不小的钱。素锦说全香港人损失了足足有三千亿港元之多。数以万计的市民因此而破产，甚至自杀。流传一个段子，说香港的精神病院里也有证券交易所，专为因炒股票发了神经的人而设。

1972年尼克松访华，中美关系破冰后，中英关系随之改善，借着这股东风，香港股市万马奔腾。1973年，越战停火，港府宣布兴建地铁，各公司相继派息并大送红利，加之西方金融继续动荡，香港股市更加狂热，宛若遍地黄金。香港市民一窝蜂抢购股票，“只要股票不要钞票”，股价一路高涨，远远脱离了公司的实际盈利水平，为后来的股市埋下了种种隐患。

政府率先感到苗头不对，开始进行干预。财经作家孙骁骥在《1973年香港大股灾纪实》中写道：

自1973年1月起，政府就在三令五申，禁止公务员利用办公室电话或擅自到交易所炒股，同时勒令交易所逢每周一、三、五下午停止交易，以此冷却过热的股市。4月4日税务局突然在各大

报章刊登“买卖股票之盈利须纳资本增值税”，人心更加不安。

1973年3月，触发股市地雷的事件终于出现，那就是“合和假股票”事件。3月12日《工商日报》上刊登了爆炸性新闻：市场上发现了“伪造合和股票”，这些“合和实业有限公司”的假股票一共三张，面值千股。市场里还有多少张没被发现的假股票呢？不得而知。政府立即通知交易所暂停买卖，警方闻讯后也介入调查。

合和实业有限公司于1972年8月21日上市，是一家颇有实力的地产公司。仅仅在1973年，这家公司的实得利润就超过六千万港元，公司的业绩可以说并不差。不过，当假股票的新闻被媒体曝光之后，无论原公司自身的业绩表现究竟是好是坏，也抑制不住股民的怀疑和担心。很多人害怕自己手中持有的也是假股票，于是将股票一股脑卖出，落袋为安。

新闻曝光当天，恒生指数下跌了四十点。谁承想这种恐慌性的抛售竟然由小变大，产生了连锁反应，假股票的传言愈加盛行，越来越多的人选择不再持有股票，市场上抛售的浪潮由此来临。在之后的第二个和第三个交易日，恒生指数分别下跌了六十点和七十点。至此，恒生指数在到达历史性高位之后，开始了一泻千里的下跌：涨到最高点一千七百七十四是在3月9日星期五，引发暴跌的假股票新闻在三天后的星期一见报，3月21日，恒生指数一路下跌，到了一千一百九十二点。

偏偏在股市断崖式下跌之时，香港的银行也执行之前既定的操作，收紧银根，大幅降低贷款放出的幅度。在1973年一季度之后，银行的新增贷款比例降至上一年的一半。香港税务局也在此时对外宣布要对股票投资收益征税。各种利空因素让恒生指数顿时失去了支撑，在4月9日跌破一千点的心理支撑线之后，持续滑落。

九十年代 TVB 热播剧《大时代》里，就有以假股票事件为原型的桥段，其中一个情节生动再现了当年香港股民的疯狂：刘松仁饰演的方进新面对拥堵在交易大厅外的狂热股民，一怒之下拉出消防龙头，向人群狂喷水柱，但疯狂的股民丝毫不为所动。这不是夸张，“水冲股民”当时确有其事。

这一切，被当时的周素锦看在眼里记在信里，1973 年 3 月她给妹妹这样写道：“此地人人在炒股票保值如痴如狂，小娘娘对我说，她也想去做了，早点做还可以赚点钱，现在的价位如此高，如果稍有变动，损失的是我们小户，此地香港做股票是实足实地，有时被她拉去看看。在电视中看到股票市场的动静，现在人不可以进市场。政府一次一次压制狂潮，但压制不了人心，所以只做半天，一个上午而已，抽税特重，印花税也加，还是压不下来，地产股票日高，市面一片狂热。”这与当时的官方历史记载完全吻合。

饶是她冷眼旁观，但贪心与从众心理最终还是驱使她入场，不久股市大跌，亏钱后她日日在家以泪洗面。夜夜失眠到凌晨四点，需要吃安眠药才能睡着，心火肝火一起上亢，牙痛难忍。

1973年7月9日凌晨两点半，被牙痛折磨的她翻身坐起给妹妹提笔写信，写了股民们的凄惨群像："没有一个不做大闸蟹，被股票绑死。打肿面充胖子，撑得住的硬撑，撑不住的叫苦连天，个个都扎死了，借也没有借处。都变穷光蛋了，一千七百七跌到五百三十五点（注：恒生指数），即是以一千七百多的本金现在只剩了五百块钱，有的还不止这一点，凡属机关、大小商行、商店，职员、教员、女工、菜贩等等无一不是。""有许多女人将首饰卖掉去买股票，将房子卖掉去买股票，还进银行押了再买的，那真是不堪回首，还欠了一屁股债，银行追息，所以许多人发神经，想不开自杀。"

那年素锦与章两人破例出去看了两场电影作为娱乐，却原来是章文俊怕她想不开怄坏了身子。四月强拉着她去看了一场电影，是文艺片，两个人看着电影中的情节涕泪交流。七月，章又拉着素锦去看了一场，这次是喜剧片，目的让她大笑一下。更多的时候两个人大眼瞪小眼，互相发脾气。章文俊石料生意不景气，资金搁浅，手头货物滞销，再加上身体不适，便经常无缘无故地朝素锦发脾气，素锦炒股赔了钱理亏，不敢还嘴。"因为我自己知道，年龄和身体都不能出去找工作，也找不到的，这是实情。"再苦苦忍耐，也有实在忍不住的时候，气得身体各部分串痛就开始反击，甚至一气之下预备同章一拍两散。

九月，素锦原先的左乳房旁边一个长了几年的肿块，医生之前说是粉瘤，现在忽然红肿变大，又痛又痒，敷了黑药膏（应该是鱼石脂膏）反而更肿了。素锦怀疑自己得了癌症，在信中向素美哭诉："我现在在困境中，谁来帮我谁来扶我，我一生都在被剥削，我能怪谁？假使我查出癌症的话，我也活不了多久……"

素美立即回信叫她回上海医治，主动提出照料她："虽然你处技术方面先进些，但手术时及以后的休养，无人贴心照料，何况请陌生人住进你家照顾，你与姊夫都不会放心，如果等孩子们去，又渺茫得不知要等到何年何月，时间不能等人。你回上海进行手术，开刀后最少得休息半年以上，我们会尽到一切主观努力来服侍，一切都不用你操心。"

后来证明虚惊一场，其实是粉瘤发炎，她自己试着挤了挤，挤出很多黄色奶油般的小米粒状分泌物，于是每次挤一点、一天三次，竟然用几天时间将粉瘤全部挤干净了。

妹妹来信了："今日收到10月8日动人心弦的来信，又惊又喜，使我们日夜不安的心情顿时开朗，去掉了心中的一块大石，并使我们喜欢地流下感激的眼泪，感谢上苍的保佑，由于你毕生的心血高贵，你的善良的内心使你处处逢凶化吉。"

梦魇般的1973年总算过去，谁能料到踏入1974年后，中东又发生石油危机，也波及了香港。

石油荒导致百业萧条，香港不得不开始灯光管制，只有下午六点半到晚十点半可以开霓虹灯，违令不遵者罚款或者坐牢，此令一出，从前灯红酒绿的香港夜景大为失色。素锦在信中记载：为了省钱，很多爱吃早茶的香港人把这一项爱好戒了，许多茶楼酒楼关停。

流年不利，但也不是绝望到底。素锦写道："最近能源缺乏，影响很大，当然祖国也在照顾香港，将在香港青衣岛设立炼油厂，香港市民大部分食物依靠祖国，香港也是祖国的土地。"这是上世纪的七十年代，离香港正式回归尚有二十多年。

雪上加霜的是物价疯涨，"生活用品及各项公用事业陆续加价，柴米油盐酱醋茶无一不涨，涨得心惊肉跳，一日一日价格不同，民生怨声载道"，连厕纸都飙到了一元五角一卷，香港人开始了一轮抢厕纸囤厕纸的风潮，"油荒后面是纸荒"。她对妹妹写："此地香港的生活一天比一天高，非你们能想象得到的。我已经节约得不能再节约了。"

治安不良，素锦抱怨过马路好像充军要跑快点，走到电梯里要防打劫，回家又怕被人撬门入室抢劫。"目前甚至发展到用刀逼人开住户门，三四个人一窝蜂进去打劫"，警察根本管不过来。小姑姑的朋友住在官塘区（现称观塘区），家住七楼，有一天上楼时被人用刀逼住开门入室。带头的逼她交出金钱后，命令手下用绳子把她捆住，嘴巴塞住，电话话筒拿起来放到一边，外面人打不进来，满屋子的家具都用刀劈烂，翻了个底朝天。这些匪徒都是二十来岁的青年，心狠手辣，拿不到钱就顺手刺一刀。匪徒嚣张到什么程度？如果苦主报案后，他们被抓，等刑满释放出来后还要寻仇报复。章文俊家有一次被偷，他儿子起身追贼，并将其扭送警察局。一听说其刑满被放出来，章文俊连忙举家搬家，房子留给了业主。果然小贼再次光顾，这次倒霉的是业主，特特跑来向章文俊诉苦。素锦抱怨道："你们想想看，还成什么世界，所以我不出去，就是理由之一。"

素锦天天在家坐困愁城，为安全减少外出机会，要出去就趁上午街上人最多的时候，买东西一买就买多点。

她在家书中屡屡提醒孩子们要节约用钱："好梦易醒，我要求你们为经济上预防，人无远虑必有近忧，你们三个除必需的，家用也要减，要厉行节约，宁可存钱不能再买衣物了。衣服有的穿即算了，不要讲面子讲派头，至要至要，少交际少用钱。"

鉴于素锦心情烦躁，章文俊为让她转移注意力，索性给她买了一台日本货电视机，三菱牌的，二十寸大，能收七个台，花了两千五百元。素锦很得意，因为他给大老婆买的电视是黑白的，给她的是彩色的。

有了电视看，他们就懒得出门了。章文俊更是，一回来就坐着看，也不出去吃饭，素锦在家的劳动量明显增大。

1976年，素锦在电视上看到毛主席逝世的消息："最近港地也竟载毛主席逝世之报道，各阶层也深哀悼，我们虽小市民，看到电视中瞻仰遗容，也流泪不已，心中哀伤。"

礼尚往来

“我现在很了解香港的人情，我也明白，我不欢喜虚伪和浮嚣。因此我也不交朋友，并非是我孤独自傲，我不习惯，也不羡慕……”（1964年6月3日与妹书）

“做人你自己不精明，人就会吃掉你，连骨头也不吐，香港就是这个世界。”（1974年1月8日与妹书）

素锦的圈子不大，只限于亲戚熟人之间，然而看她与妹妹二十年的书信，会发现在人际关系上她一直在做着减法，越到后期越不大愿意同人交往。

一是她始终不习惯香港人的“AA制”付账。她认为“AA制”既浪费金钱又无聊，“虚伪而浮嚣”。小姑姑常叫她出去玩，她渐渐地开始烦了，小姑姑所交的朋友，都是些太太们，环境比较好，因此吃喝打牌，一坐就是几个钟头，时间都是糊里糊涂地过去。“香港人又非常现实，有钱的人也不肯请人的，没有钱的人请也不能不还，现学外国作风各付各，即是一共吃去多少钱，每个人出多少钱。”囊中羞涩的她凑这个热闹又是何必呢？

二是“自知之明”。她对自己的过往及外室身份介怀，“所谓自重，免辱也。我不是不擅词令，谈笑风生也会，但因悟及种种，宁被人视孤僻，避免引起身心不快是自知也。”身份是她一生的痛楚，令她时时感到不宜结交朋友。

饶是如此，亲戚间必需的礼尚往来还是不能省俭。

大年初一是小姑姑的生日，她和章文俊每年都要循例包三四十块钱红包作为贺礼。这是循做晚辈的礼数。

1960年8月10日，小姑姑搬家请酒设宴，地点定在豪华酒楼。他们送了一只捷克的手工玻璃花瓶，是章文俊从公司楼下进口商店赊来的。素锦苦涩地说："有钱人总是这样，我们不能和她相比，可是人情上又不能不送。"这又应了张爱玲所说的那句话："穷人结交富人，多半要赔本。"

1975年她的叔叔志春去世，临死前受天主教洗礼，可以在天主教坟地落葬，否则自己在香港买墓地的话就太贵了，私人的墓穴超过活人的楼价也是有的，普通的要过万，死都死不起。出殡日中午，他们在九龙的万年酒家吃了猪肉烧豆腐，四点多就结束葬礼下山，素锦送了一百元奠礼。

内地的亲朋好友来香港，素锦也需要破费一下，买一些礼物相赠。

1973年6月，她给妹妹的信中，讲到一个叫冯胜琳的女子，是小女儿玲芳男朋友的姐姐，来香港短住。她同对方见面约饭，送给对方一盒粉、一支唇膏、一支露华浓的喷雾清香水、一条裙子（花费五十九元），一双自己只穿过一次的鞋子。

同年7月，她在永安百货打九折花一百三十七元买了一瓶丹娜香水送给一位叫华云珠的女子，此外又送了一瓶开盒用过一点的粉，一只黑漆皮皮包，带子有点小毛病。

云珠也算素锦的亲戚，是她妹夫陆襄亭的干女儿，粤语叫“契女”。云珠婚姻很不幸，嫁到香港来，老公在外面有了人不回家，也不给她生活费，婆家待她又很苛刻。云珠为人头脑简单，没什么手段，被刁钻凶悍的婆家人吃得死死的，手里没钱，就在外面帮人带孩子挣点零花钱，日子很苦。身为过来人的素锦劝诫她：“我来香港的时候比你苦得多，一想起来就要哭，但钱要一个一个攒，香港没有钱是真的苦，没有人同情的，所以你自己要省俭。”又因是老派人，就劝云珠要忍耐，忍到丈夫回心转意的一天，“守得云开见月明”。但云珠最终选择了离婚，并没有在这桩名存实亡的婚姻里耗下去。

过了一阵子，云珠送章文俊一条价值不菲的领带，她赶紧回赠了云珠一只印度玉镯，云珠很开心。当时香港一窝蜂流行戴玉，几乎人人身上挂件玉。素锦送云珠的镯子并不贵，市价才一百多块，是章文俊之前做玉石生意，用手头的一点料花了十几块钱加工的。真正贵的玉石是缅甸玉，一只翡翠戒指要花好几万。当时还没有找到缅甸翠玉的矿，物以稀为贵，很多人买翡翠当投资。其中以日本人为最，行情就是他们炒起来的，他们在市面上大量搜刮，连清代及民国时期帽子上及小孩物件上的绿片也不放过。最好的戒面透水绿炒到了十万一粒，连带白玉、红玉、紫色的都水涨船高跟着涨起来。素锦很后悔之前没有买点，现在只能是看着而有心无力。

与云珠也会互请吃饭，例如有一次他们中午请云珠吃西餐，晚上云珠会回请她饺子和山东烧鸡。

对这两位女子，素锦的印象迥然不同，说胜琳虚伪奸猾，力劝小女儿不要嫁给这样一家人；至于云珠，她用了一句俏皮话来形容："草包大情大义。"

有一天，章文俊带回来一只熏鸡，她撕了一条鸡腿送给小姑姑，还在信中特别注明"一只鸡腿连上边"。

从信件上来看，素锦主动请过为数不多的几次客，其中两次是搬家宴请。

第一次是1965年2月12日，她从轩尼诗大厦搬家到波斯富街波斯富大厦，请从前住英皇道的邻居韦太太帮她看东西。事毕她请韦太太上茶楼吃茶，点了叉烧包、烧卖、粉面饭等粤式茶点。

第二次是1976年8月28号，她搬进自己买的房子，请几个亲朋好友，在北方菜豪华楼吃了顿晚饭。

之前的万太太同她一样从上海出来，刚到港时两人走动比较近，后来失联。

时间倒回到1967年，万先生开的假发厂用内地头发假充印尼头发，被查出来后罚款十万港币，坐牢两个月，这件事成了香港诸多家报纸的热门消息。因万先生不在港，厂子又是以万太太的名字注册的，警方就把她抓起来关进去，正好跨年，牢饭成了她的年夜饭。因为章文俊一向反对素锦同万氏夫妻交往，遂就此同其断了联系。素锦只在信中语焉不详地说："现在听说他家经济崩溃，究竟如何我也不详细，万太太也已好久不见，所以不知详细。”

有位姓张的先生，是必须要提一下的。他是历尽香港二十年世态炎凉的素锦生命里不可多得的一线温暖，也有一些草蛇灰线的暧昧印迹。

在给妹妹的信里，素锦提到张先生一共十五次，集中在1961年到1965年这五年间。

“譬如张先生是我机缘认识的，而他却热心热肠，照顾我实际。”“我与这位张先生泛泛之交，而此人却再三助之，因而了解我之情况甚深。虽然帮助之力微小，但人全凭热肠，其风可嘉。从无视人卑微。也无目的，故而我心感激。”素锦第一次提他，是在1961年11月。此时章文俊在越南西贡，屡屡来信说生意不好，在经济上没法顾及素锦。

这位张先生，就是在此期间和素锦结识的。

此人其貌不扬，矮矮胖胖。年幼亡父，十二岁即入呢绒行学生意，连小学都未念完，全靠自学成才，英文居然也自修得不错。同外国信札来往，接头生意，都是他自己亲力为之。素锦对张先生的评价很高：“虽生意人，但人讲信义，性情敦厚。虽貌样中庸，但品性善良，广交朋友，也毫无骄傲之态，与朋友交，有困难求之，力尽所为。”

张先生了解她的情况后，同情她的遭遇，赞颂她妹妹妹夫的伟大，斥责章文俊不负责任。在素锦的描述中，他待她很好，常约她吃吃茶谈谈天，还资助了她的租房押金及其他费用。他也很替她着急，因为自己不是富商，能力有限。雪中送炭，令素锦十分感念。

一个月后，张先生去了婆罗洲谋事。也正是那一阵子，素锦极力想把孩子们都接到香港。她还想过：如果在香港生活成本太高，就带孩子先到澳门居住这样的曲线路线。但因种种现实条件所限，想法终成泡影。

按素锦的计划，她想让大女儿倩芳先来，可以和她一起打工挣钱，有点积蓄以后再把两个小的接来，但可惜连大女儿的路费都付不出。

1962年8月，她提到张先生曾来信自告奋勇说倩芳来港的费用他来出，便想到向他求助："如果我再去信详细说明我想他或者可能会肯的，因为实在是困难和正当用途。（至于）生活费，我们当然没有理由去请求人家帮助。我们可以找事做，不过苦些。但至少清白。""帮急不帮穷"，作为一个需要帮助的人，素锦保持头脑清醒。

同年12月，素锦在信中说，张先生说了，如果大女儿小女儿两个孩子来的话，他愿意负担一年的生活费。

1963年3月，小女儿毛毛考上初中，张先生有来信说可以帮扶毛毛的学费及膳宿费，他让素锦问妹妹要一下预算。

1963年5月，素锦给妹妹通过南洋商业银行汇出了一百五十元港币，并特别说明这是远在婆罗洲的张先生捐助给毛毛的学费膳宿费。素锦专门去信致谢。

1963年10月，她动了去婆罗洲找事情做的念头，也许真实目的是去投奔张先生，但"张先生要不要我去，还不能有把握。我只能初步去信，透露而已”。她后来没去成。

素锦跟妹妹多次反复强调，她与张先生之间清清白白，只有兄妹之情，况且张先生交游甚广，并不止帮助她一人。

等到了1964年四五月份，素锦说张先生也不是月月都能给钱，“说不定他自己本身的事业不好，不帮也是有理的”，“之前帮忙也是凑巧”。字面背后的他们似乎已经开始疏远。

1965年2月，小女儿开学，素锦给上海寄回学费一百元港币，这钱是张先生给的。他来港和素锦见面，谁主动约见的不得而知。素锦说小女儿又开学了，面对求助，张先生给了她一百元。素锦对这个数字显然不满足：“本来我想不止这一百元，就是因为限令，间接受影响（当时香港爆发银行危机，明德银号倒闭，银行限额提款，每次一百元）。以后如能见到他，如果他给我，我就再寄来，现在虽是一百元，也总比没有的好。”她还寄希望于有下一次。

然而并没有。他们之间后来再无交集。

张先生最后一次在素锦笔端出现，是在八年以后的1973年8月，跟妹妹在信中提到了和他的往事，也算是对曾经那段闪烁其词关系的盖棺论定：“其中有一段我对章灰心，曾告知你们想另有所就，也因为不能连累你，别人肯接子女出来的条件才同你们商议，一而再地错过机会，现在也不必提了。同时这些章也知道，我明人不做暗事，什么都明告，而不做苟且行为。想到婆罗洲之事，章也知道。”

这里的“别人”就是指张先生，素锦的确起过带着三个孩子投奔他的念头，但对方基于现实考量后选择了退缩。多年以后，并未见素锦对他有怨恨之语。

居住不易

1958年的三月，香港天气终日阴霾，有点像上海的黄梅季节。时气不好，流感蔓延，寄宿在小姑姑家的素锦不幸被波及，头痛加浑身关节疼痛，昏昏沉沉毫无气力。她想好好休息，但奈何香港人晚上睡得晚，早上起得早，一整天都在嘈杂之中。病痛中的她，脑子开了小差：“如果像半山区或是高尚的住宅又不同了。”

今天人们一提到香港半山区，马上想到的是明星豪宅。当时，半山区已是香港的高档地段，主要是外国移民居住。那里自然环境优越，植被丰富，空气新鲜，地理位置偏高，可以饱览维多利亚港的景色，那一带的房子有浓厚的殖民地风格。张爱玲在《第一炉香》里描述过葛薇龙第一次站在半山区富人住宅前的震动：“在故事的开端，葛薇龙，一个极普通的上海女孩子，站在半山里一座大住宅的走廊上，向花园里远远望过去。薇龙到香港来了两年了，但是对于香港山头华贵的住宅区还是相当的生疏。这是第一次，她到姑母家里来。姑母家里的花园不过是一个长方形的草坪，四周绕着矮矮的白石字栏杆，栏杆外就是一片荒山。这园子仿佛是乱山中凭空擎出的一只金漆托盘。园子里也有一排修剪得齐齐整整的常青树，疏疏落落两个花床，种着艳丽的英国玫瑰，都是布置谨严，一丝不乱，就像漆盘上淡淡的工笔彩绘。”

香港大学正位于半山区，是张爱玲的母校。她在《小团圆》里也顺手描写了港大门前的景色：“……没跟车下去，从小路走下山去。下了许多天的春雨，满山两种红色的杜鹃花簌簌落个不停，虾红与桃紫色，地下都铺满了，还是一棵棵的满树粉红花。天晴了，山外四周站着蓝色的海，地平线高过半空。”

住半山区，这注定只能是素锦的一个美好向往。事实上，在香港二十年，她一直居无定所，搬来搬去。而她的每一次搬家，都是因为加租而逼迁。

刚到香港时，她寄居在胡布连道六号小姑姑家中，一开始相处特别好，只是住久了彼此都不方便，再住下去恐发生不愉快，素锦便想找个机会搬出来。

1958年下半年，她搬离小姑家，开始自己租房独立居住，这从她1958年10月13日给妹妹的信里可以得知：“而现在呢，虽则是租了一间房，而开支等用度也不小，越加在心急着盘算着，希望能达到接孩子的愿望。”

姑姑姑父原先还估计她钱不够用，会跟周围很多过得不好的人一样，向他们开口借钱。没想到她把生活安排得井井有条，出了门穿得整整齐齐体体面面，从不哭穷诉苦，不禁暗自惊讶。这都是素锦自己不浪费一分钱的成果。

三年后，素锦有点吃不消了。物价飞涨，房租也水涨船高，她想：反正一个人住，不如租间更小点儿的以减少支出。但没想到找小房子跟中彩票一样难，越小的反而租金单价越高。她只能找到郊外的北角区住，这里比铜锣湾、湾仔区都便宜一些。

1961年11月30日，素锦搬到香港北角英皇道皇都大厦北座三楼E座。面积只比在上海亭子间稍大一尺，每月房租是一百一十五元。她那时找到了一份在餐厅收银的工作，月薪一百二十元，交完房租后只余五元，几乎等于白干。一年后，每月的收入月薪连小账加起来涨到了二百元，多少有了点结余，她说不如找个更小更便宜点的房子住，反正自己白天在外工作，只有晚上回来睡睡而已，这样能多省出一点，给上海的孩子们买点东西寄回去。她安慰自己："宁可心宽，不可屋宽。""房子能大能小，这是目前暂时的过渡时期罢了，生活越艰苦，人的上进心越强，日后基础也越稳，再也不会惧怕和担心，只要能克苦。"（1962年7月28日家书）一冲动，她就告诉房东，自己住到月底就搬走。

素锦太天真了。房租飙升的速度令她措手不及。当时人口暴涨，香港正在闹房荒。还有一种说法是热钱流进香港银行，造成了房地产热。不要说房子，就是租个双层床的单层床位一个月也需要三十元。

在铜锣湾地段，比她原先住处还要小的房子，已经涨到一百五十元一个月，稍微大点的要二百元。她看到一所没有电梯的唐楼房子，小到只能放三样家具：一张床、一个衣柜、一个五斗橱。即便这样连桌子都放不进去的小破房子，要价要到一百一十元到一百三十元。并且这个价钱在铜锣湾根本没房可选，只能在最便宜的地段湾仔区才能找到。

再回原地方住？不可能了，房东已经光速把房子租出去了，月底之前她必须腾出来。

素锦白天要上班，没有时间去找房源，只能靠每天早上看报纸或街上贴的招租红纸，但连招租红纸也越来越少了，外来人口多，房子一抢而光。她只好牺牲掉下班后的睡眠时间出去找，疲劳加上睡眠不足，整个人瘦了一大圈。饶是如此，还是迟迟没租到，稍微有点样子的都在一百五十元以上，她根本租不起，一听价钱回头走掉。好不容易看到合眼的，又要她必须两三天内入住，她算算账，觉得自己住的房子还在租期内，现在搬等于花双份钱。等回去考虑一天吧，再去看时，人家就已经租掉了。

她必须接受现实，根本没有那么合适的房子等着她，该承担损失就得承担。

兜兜转转到八月份，她搬进了轩尼诗大厦八楼A座。除了贴出去二十元介绍费，房租一百二十元一月，比原先反还贵了五元。而且搬个家一进一出，需要购置物品，又是六十元不见了。损失大了去了，好不沮丧。

这也罢了，房子还不好，面积跟之前那间差不多大，但是西北向，夏天西晒严重。她工作的餐厅里放着大冷气，冻得半死，回到家，又热得像蒸笼，一冷一热交替之下，身体不习惯，晚上一直在失眠，白天精神很差。

她心疼死了这一百二十元的房租，每天只睡几个钟点太浪费了，但不这样又到哪里去住呢？

妹妹从上海来信，让她攒点钱以备不时之需。这太难为她了，交完房租，买完生活必需品，还要买东西给上海寄，哪里还攒得下？

1962年8月31日，素锦白天刚给家里寄完两盒生油、一盒冰糖，夜里“温黛小姐”就来了。

那是一场让香港人闻之色变、多年后仍心有余悸的飓风，风力十二级。电影《岁月神偷》，这部拿过柏林电影节“新生代单元”最佳影片奖的影片，讲述了上世纪六十年代香港社会底层一家人的故事，任达华凭此片获封金像奖影帝。电影里有令人心碎的一幕：台风将一家人赖以谋生的鞋店屋顶掀翻，为房顶不被吹走，风雨中，爸爸妈妈用手死死抠住屋架，把身子吊在半空中，下方，孩子紧紧抱着妈妈的腿，怕妈妈被狂风吹走。楼下的玻璃被刮破，一家人眼睁睁看着一屋子货品被刮飞。影片里，那场台风的名字叫“贝蒂”，而素锦遇到的“温黛”则比“贝蒂”的威力还要大，它被称为战后吹袭香港的最强台风，风向为北风，一小时平均一百三十三公里，风速纪录至今未破。“温黛”导致一百八十三人死亡，一百零八人失踪，三百八十八人受伤，七万二千人无家可归。

素锦这样描述那一晚的情景："我整晚没有睡，因风向西北，我的房间也是向西北，所以晚上的窗户震震发响，像将窗子也吹去，整个大厦都震动。我住的是八楼，很高，对面房子很低，所以更加临空，风力更大，结果是二块玻璃被风吸去，百页（叶）帘也被吹落。在一号的上午九时半到十时半，风势更猛烈，将东西挤在一块。我和房东都走下底层去，因风吹得害怕，像房子要倒一样，后来在下午三时后风力渐小，我才睡了一下。饭是在房东处吃的，这次的风，使香港人损失很大，虽然我没有损失，但饱受虚惊。许许多多的人无家可归，那天我没有去上班，全市交通瘫痪。我幸而早一天将东西寄出。不然的话，一定又要迟几天。交通的问题，新界那边，差不多都被水淹了。在香港住的问题很大，像发大风房子及地点都有关系，有钱的房子住得好，风吹也比较不受什么影响，像没有钱住的山顶木屋及旧木楼，这次被风吹，楼塌人死，比比皆是。"

房间的玻璃被台风吸走，如果人正好站在窗边，那后果简直不堪设想。后怕之下，素锦得出的结论既心酸又喜感："难怪房租贵，这也是原因之一。"

住在轩尼诗大厦那两三年，飓风经常光顾香港，尤以1964年特别勤快，那年的七月，台风又吸走了素锦窗户上的一块玻璃。站在灌着风、积满水的房间里，已经两夜没睡的素锦算着小账：配一块玻璃要花十元。

就这样住到1964年12月，房东的房子要自住，限她两个月后搬离。她哀叹着又要找房子了，现在才明白：为什么香港人那么爱买房子？因为“香港自己有屋才算安定”。

1965年2月12号，也就是那一年的正月十一，素锦搬到了香港波斯富街波斯富大厦十楼E座。地方是在原住的轩尼诗大厦的后一条街，这个地段十分兴旺，交通又方便，乘跑马地的电车直接可以到，不必多走路。

房子比原先的大了“二个阶砖”，即二十呎左右（香港的房子以“呎”计，一平方呎合零点零九平方米），价钱当然也贵些，一百三十元一个月。她庆幸租得早，再往后就该一百五十五元了。六呎乘九呎的新楼房间开价就一百六，她想还价还到一百四十元，可惜没成功。搬家又费力又费钱。请工人、其他杂用，及添用家庭用具等，又多花掉她一百多元。

1965年的香港还爆发了银行危机。素锦在给妹妹的信中写道：最近香港市面大乱，去年年底一间明德银号倒闭了，今年很多银行都在挤提，连规模较大的恒生银行都在挤提存款，市面不景气，房地产业开始下滑。“因而政府下令，中外银行一律每户每日限提现金一百元港币，故而近来金融市面实在不稳定，各行业都大伤元气，今日报载，后日取消限令。”

该给女儿交学费了，但银行不让多提款，她身上的钱又不够，只好向张先生开口求助，写信的当天，她就把学费寄回了上海。

素锦第五次搬家是在1969年9月17日，搬到了香港轩尼诗道488号轩尼诗大厦十二楼K座，跟小姑姑现在的住处相隔不远。这里交通方便，人多热闹，是香港铜锣湾最繁华的地方。

新邻居周家姆妈，住在里弄三十号，潮州人。周姆妈的两个儿子都是电影明星，一个是红透半边天的陈鸿烈，一个是电影导演陈浩。

陈鸿烈是潘迎紫的前夫，六十年代因在胡金铨《大醉侠》里饰演玉面虎一炮而红。七十年代中后期，陈鸿烈自己做起了导演，执导的《狼吻》夺得亚洲影展的“最佳摄影”奖。1977年导演琼瑶作品改编的《我是一片云》，林青霞秦汉主演。八十年代，陈鸿烈离开香港到台湾发展，拍出《八百壮士》等。2004年，陈鸿烈在《金枝欲孽》饰御医孙清华，获得TVB的“实力非凡大奖”。于2009年病逝。

同住的亲戚追着拍周家姆妈，素锦很不屑，马上撇清：“她去拍人家是她的事，与我们无关。”

房租还在涨。1973年3月3日，素锦在给素美的信中感叹香港的“房租成为世界第一贵了”。

总在这个城市里不断搬来搬去，素锦开始起了买房的念头。“目前我们在7月1号起加租一百元，现在是五百元了，故而有二年可以不加租，在二年之中也该有个结论买与不买了。这点上有人不赞成买楼。因为看法有不同，有的说犯不着，目前这样贵，在红磡及郊区冷落地段八万元有交易。市区即要十几万，面积大一点而建筑好一点的就要二十万元左右，当然在半山面积二仟（千）多呎的几十万也有。（我们也没有这么多的钱，要想买也只有十几万的，也要分期付款。）我们是想也不想的，交通又不方便，出入就不便，买东西也不便了。况且有的说香港楼价几年内要跌，有的呢说不会的，楼价要看好。只是这半个月来，市面反复经济动荡，许多人都在勘察不动，真真有好多好多的人在受严酷的考验，心情沉重。”这封信写于1974年7月6日，到底买不买房？她不知该听谁的。

后来还是下定了决心：与其一直租房，房租又一直在加，不如分期买房，更为合算。

买房，算是素锦在香港最大的投资了。

以前想供个四百呎左右的房子，大概需要两万多点。头一期付多点，以后每月付几百元，五年、十年分期付款。但因为想让孩子们过得舒服些，总是省点钱就给上海寄。就这样一直拖，迟迟未付诸行动，眼看着自己心仪的房子从两万一路涨到了五万，还在涨，再不买，这一辈子恐怕都买不起了。

在轩尼诗大厦十六楼D座，素锦和章文俊终于看定了一间，先付首付，五年期分期付款还清。这间房面积大约五百七十五呎。厅很大，比较有伸缩性，砖地。已经油漆过，只要稍为修理、改换门锁闸，地板车磨补牢及打蜡就可以入住。朝向是坐北朝南，厅里有南窗，楼层虽然高些，但胜在上面人少，比较安静。

1976年8月28号，周素锦搬进了这座房子，这是她第六次，也是最后一次搬家。

没敢添置太多新家具，只添了一套沙发，买了一个杂物柜。厨房添个碗柜瓷盆，浴室换个马桶盖，窗户上安个遮雨棚就算了。香港这地方寸土寸金，家家户户没用的东西一律丢掉，省得占地方。她看上一个给地板打蜡的电动地擦，轻便好用，但一问价钱要五百多。手动地擦重达二十磅，用起来很费力，但只要二十六元。对比过价钱后，素锦买了后者。家里唯一值钱的是小姑姑送的一只三菱牌坐地高风扇，价值二百六十元。颜色是她自己选的，金色白色相间，正好可配奶油色墙壁及本来的家私。

为庆贺乔迁新居，她还专门请几个亲朋好友，在北方菜豪华楼吃了顿晚饭。

交完首付的那天晚上，素锦躺在床上百感交集：终于有了自己一间狭小的栖身之所，今后再也不用被房东赶来赶去了。

她求主保佑章文俊身体健健康康，能平平安安帮她把楼供清，这是她唯一的愿望。

为这一天，她在香港已经足足拼挣了二十年。

寄钱寄物

周素锦视钱如命，但对家人慷慨，虽然有怨言和不平衡，但还是忍不住不付出。到港二十年，她一直源源不断地给上海家人寄钱寄物，宁可自己省吃俭用，也要尽己所能给妹妹和孩子们接济。

这二十年可以分为前十年和后十年。1956年到1966年这十年间，从信件里面所提及的数字统计，周素锦一共给上海寄去两千六百三十二元港币。

更多的是寄物。上世纪六十年代初，正逢内地食品物资匮乏阶段，糖油类东西比较稀缺。当时周作人就几次三番委托日本友人给他寄猪油、白糖、炼乳、罐头，甚至为收到一盒广式月饼开心不已。

1960年10月22日的信中，素锦第一次提到给上海寄物。不知道是因为有规定限制还是别的什么，她分开寄了两处，一处寄给了“公平路母亲处”：一罐澳洲牛油，半斤福建肉松；一处寄到了妹妹家：一磅虾米，一磅福建肉松。虾米和肉松是八角钱一两，这么多东西，连邮费一共花去三十五元二角钱。

1962年8月，她寄回两罐合兴牌花生油，共计四磅。同年9月，她又寄回二磅冰糖，二盒生油（酱油）；11月，她花十九元四角买了二公斤猪油寄回。此外就是1964年10月，她给妹夫陆襄亭寄去一本汉法字典，花去港币十三元。

1966年到1976年的后十年间，不完全统计，共计寄回港币三万零九百元、人民币一千元，以及替弟弟元陵转交的几百美元。

生活费素锦一开始按月寄港币二百元，到1969年加到了二百五十元。此外三个孩子、妹妹夫妇、妹夫母亲一共六口人，每人过生日补加一百元，逢年过节再酌情另给。

与前十年相比，此一阶段素锦夫妇在经济上宽裕了很多，给上海的供给也源源不断，其中以1968年到1972年邮款最为频繁。最主要的原因是三个孩子都到了谈婚论嫁的年龄，素锦开始着手给他们准备彩礼嫁妆，每个月尽量多给一点，积少成多，以备婚嫁之用。例如1972年7月9日，素锦在信中对妹妹说：

这个月我将寄港币一千五百五十元整，五百五十元中，四百元包括家用及你和倩芳的一百元，另一百元是农历六月十九襄亭（妹夫）的生日礼，另五十元是给玲芳七月初七的生日礼。

再有一千元港币是先寄给国强和玲芳的婚嫁费用，每人各五百元整，你代他们存储，再者章说倩芳的婚嫁费以二十四次告一段落。国强和玲芳也以每次一百元港币作数，也是以二十四次告一段落，以后要看情形再说了。

现在第二十二次，我们目前的经济也不稳定，这次寄国强和玲芳的是我以前积攒下来的，将会陆续寄给你一了心事。（以国强和玲芳各有一百二十元人民币即以三次作数，现在各人有五百港币，即以五次作数，即每人有八次，后面十六次陆续寄来。）

她又补充道："如果以汇率比，当然国强和玲芳是稍有损失，但恕不照补，情不得已。"1966年5月29日，素锦在信中对妹妹说："我在昨日寄出港币二百三十二元三角，合人民币一佰元。"推算一下，当时人民币与港币的汇率大约是一比二点三的样子，到1972年成了一比二点五，所以素锦才说这样的话。

后期因为香港爆发股灾，物价上涨严重，章文俊石料生意不好做，入不敷出。1974年3月，素锦收到了妹妹素美的信："在经济上如果吾姊今后生活不能应付，就不必再寄钱来，我们宁可让生活淡泊而精神愉快。当初三个孩子都幼小，我们大家都克服了长期的困难，何况孩子们都长大，在党的培养下有了工作，并且有独立生存的能力，只要大家心情开朗，我们会相处得更好。"

当年9月，素锦将生活费每月减至二百元，并且生日礼钱一概取消。"章的营业淡得出奇，一日一日在蚀本吃老本……我因为自己的入不敷出，无法应付生活的高涨。故此逼不得已在下月起将减少寄予你们的生活费用，希望你们谅解我的苦衷，我是出于无奈……这里生活通货膨胀，你们处一定也知道，并不是我无理由以藉口为主的。我心里很乱，情绪恶劣，一直苦闷之中，痛哭是不用说，唯有祈求神使我们脱离危难而安乐。如果情况好转，我仍是勉力照顾，目前自下月起暂时寄二百元一月，如果情况再恶化，将必须减至一百五十元港币了。我心酸得很……"

以上这段文字，由无奈、痛苦、内疚各种复杂情绪混合而成，隔着近五十年的烟尘，读来仍让人揪心动容。其实用现代人的眼光看，妹妹妹夫双职工，如今子女们也都已长大成人，长女倩芳已经年过三十，国强二十八，玲芳二十五，也都有了稳定工作，每月有工资可领，完全可以自立，不需要母亲的接济也足以生活。素锦如此做，是出于多年没能照顾他们的歉意，要尽力给予补偿。即使后来长女倩芳和儿子国强结婚成家，她也没有停止寄钱。

除了寄钱，在物品需求上，对上海家人们，身为长姐、母亲的素锦向来有求必应。

妹妹素美一直想要一台缝纫机。1965年1月11日，素锦看到日本的三菱缝纫机标价三百四十五港元，国内是一百八十元。章文俊说会记得，等条件好了一定送妹妹一台。十天后，她在国货公司看到蝴蝶牌的三斗缝纫机，卖一百四十元港币，比日本产的便宜很多。她很想送妹妹一台，但囊中羞涩只能望而兴叹。她承诺给妹妹素美，等章文俊条件好些汇钱给妹妹买一台。

1969年6月，大女儿倩芳想要买表，她寄回港币二百元，说如果不够来信告知。她还特意提到了之前给小女儿买的宝路华表，上海流行戴圆的，香港却流行戴方的，价钱还要更高一点。

1973年2月，素锦给上海寄回一千三百元，其中七百元给妹夫陆襄亭买相机。

孩子们说想买毛涤裤子，一条需要五十元。她一下寄回二百元，让买四条，三个孩子和妹妹一人一条。

素锦还给两个女儿寄过两件太空褛（羽绒服），一件洋红色带帽子，中袖，胸前是纽扣，样式相对洋气点；另一件大红色，小袖，胸前带拉链，这件暖和一些。是小娘娘出钱买的。

1975年8月，她给小女儿玲芳寄回了三段瑞士纱，其中两段咖啡色，一段深蓝色，还有日本货的发环。

1976年9月初，素锦应要求给倩芳寄回一件蓝紫白三色相间的短袖衬衫；笔芯一打，半打蓝色，半打黑色，圆珠笔蓝黑各一支；小皮包两只；两件宝蓝色男式翻领尼龙衫，儿子、大女婿各一件；丝袜、文胸等女性内衣若干件给两个女儿及儿媳妇。半个月后，又给妹妹寄回一只包裹，里面有蓝瑞士纱布料一匹、发环八对、圆珠笔二支、笔芯十二支。

10月底，给倩芳寄回花布料一段，橙色小皮包一只、发环八对、圆珠笔一支、笔芯六支。

素锦寄回上海的小物件，最多的是花边。值得一提的是1974年6月，她花九十九元买了各式各样的花边寄往上海山东南路，信中交代得很细致："阔的一种是一点一元一码（原价一点五元），红色蓝色白色的九角一码（原价一元二角），另一种白色像荷叶边的算七角一码（原价八角），另外白色布的花边是七角一码，路上摆的我也不知在什么地方买。总之送人也送好点，让人家开心点。"她还建议阔的花边适合做枕头好看。此外，她还喜欢寄玫瑰花啦热带鱼啦等各种图案的立体画片。花边、立体画这些小东西不费什么钱，但在上海应该是稀罕的物件，很受欢迎。

回首往事

长达十数年不见，只靠书信维持来往，素锦和妹妹因为孩子的事情起了一些误会。

1973年8月，她给妹妹写了一封信，信中回忆了自己坎坷辛酸的前半生。

以下以第一人称口吻叙述：

父亲去世那一年，我十二岁，大弟元陵八岁，大妹素美四岁，最小的弟弟幼陵才是个六个月大的婴儿。父亲咽气前放心不下，专门把我叫到床前，拉住我的手说："素锦，你是老大，以后几个弟弟妹妹就靠你照顾了。"我流着泪答应父亲，不管多难，都要把三个弟妹抚养成人。

当时我家在乡下还有几亩薄田，但我们去看时已经被人霸占了，要也要不回来。我母亲便想出去找活儿干，但她的身体太瘦弱了，当时是敌伪时期，社会治安特别乱，我母亲连每天出去给我们买个早餐大饼，回来的路上都经常被人抢走，她连保护自己的能力都没有，遑论其他？

一家大小五张嘴要吃饭，但我们没有收入来源，生活窘迫到一星期的生活费只剩四角钱。

我们去管邻居借钱，问题是邻居也穷，拿不出钱来。

有一次，小弟弟幼陵在家饿得哇哇大哭，我一会儿背着，一会儿抱着，想尽法子哄，但怎么都哄不住，急得我团团转。蓦然瞥到角落里的一只小银盾，那是父亲遗物里唯一值钱的东西。我便拿着那只小银盾，拖着三个弟妹，一起去了金银铺，眼巴巴地指望着能不能换笔巨款。然而现实太残酷，这只小盾只换了不到两元钱，只能买点馒头，先把饥饿对付过去。

靠卖东西终归不是法子，再说我家也没剩下什么值钱的东西可卖了。十几岁的我，便出去打工挣钱，经人介绍找到一份月薪三十元的抄写工作，但因为住得远，每天来回的路费反倒需要四角钱，奔波一个月，到头只有十八元。后来换到离家近点的章家渡纱厂做工，一天能挣一元七角，还是不够养家。

随着弟弟妹妹们越长越大，口粮越来越不够，经常吃了上顿没下顿。母亲说："不能眼睁睁看着他们饿死！"打算把他们都送人，下家都找好了：大弟元陵送到孤儿院，小弟幼陵送给本家，妹妹素美则送给一户姓罗的人家做童养媳。

恰在这时候有人来给我做媒，我便趁机提出以后要多接济娘家，对方一听就打了退堂鼓，说没有这个能力养我娘家这一大家子人。

刚刚燃起的希望又破灭了，我母亲狠狠心，先把最大的元陵送进了孤儿院，再依次送走了妹妹素美、弟弟幼陵。

我们去孤儿院看望元陵，他抱住我苦苦哀求：“姐姐我不愿意在这里，你带我回家。”我泪如雨下，娘儿仨抱在一起放声痛哭。哭完了，我擦干眼泪对母亲说：“咱们一家人不能分开，去把弟弟妹妹们都要回来，我去找出路。”

我嘴里的“出路”是去做舞女。我听大姨说过，他们家同乡有个拉包车的女儿出去做舞女，收入丰厚，可以养家，就住在蒲石路二十八号。我抽空去她家专门看了看，看到他们家餐桌上有蛋有肉，便下了决心走这条路。

母亲怎么会忍心，她泣诉：“女儿，不能这样，这样一来不是害了你么？这一辈子就完了。”

我说：“我是家里长女，答应过爸爸的，无论怎样，都要把弟妹们拉扯大，我们一家人不用饿肚子。”

就这样，我便去做了舞女。母亲为我日夜悬心，总劝我“叶落归根”，早点爬出火坑，找个归宿安定下来。

然而下海容易上岸难。想找一个可靠的人，愿意帮我来负担我一家老小生计谈何容易？

我遇到了比我大十二岁的香港商人章文俊。恰巧那时候他刚做成一笔生意，手里还有点钱，答应了负担我一家生活，就这样我手忙脚乱地成了他的外室，并很快有了大女儿。我索性认了命。如果换了现在，我肯定不会选择他。他岁数大，又怕老婆，嫁给他时，并没有给我所谓的聘礼，只负责给我平时家用。

那时家里开销很大，家里除了我一家老小，又添了我大姨及两个佣人，钱到手后先扣除弟妹的学费，剩下的是一家的生活费。要养活这么多人委实不轻松，所以章文俊对我的印象便是我是个爱钱的女人，成天管他要钱。

后来我生下儿子国强，章文俊因为怕老婆，曾有整整六七个月没来看过我们。我没钱雇奶妈，自己喂奶照顾，心里的凄凉煎熬无以言说。

等到后来关系缓和些，我又生下了第三个孩子小女儿玲芳。她两个月大时，章就回了香港，开始还按月给我寄生活费，不久他又遇到了新欢田竹君女士，便把我们抛诸脑后，钱也不寄了。

生活日渐贫苦，我渐渐沦为靠卖东西度日。最倒霉的时候大女儿倩芳吐血，小女儿毛毛轧断脚，儿子章国强差点被人弹瞎眼睛，我自己头颈开刀……接二连三的祸患临身，我被压得直不起腰来。当时我妹妹已经结婚，性格硬气的我，困难如斯也未曾开口向她借过钱。我卖掉家私，回掉后面一间房，出去到托儿所做工，在里弄开会教书，如果再不寻找活路，我就疯了。

后来我接到消息，说章文俊要去美国，飞机票都买好了，再有七八天就启程，此一去不知多久才回来。我想不能再等了，务必去香港，在他走之前见他一面，问问他到底打算怎么安置我们娘儿四个，最好当面说清楚。我甚至做好了最坏的打算——离婚的准备。

因为走得太匆忙，没有来得及和弟弟妹妹细说。两个大孩子暂时在邻居家吃饭，小女儿我暂时寄养到苏州一个叫阿梅的亲戚那里。

我原以为顶多一个月就回来，谁料这一来就是许多年，留在香港没再回去。

如果能预知未来，我当时就带孩子们一起来了，不会烦劳我妹妹妹夫这么多年，是他们替我担起了抚养、教育的责任，此等大恩，真不知道该怎么报还。

这二十年我在香港辛苦漂泊，省吃俭用，打工挣钱寄回上海，以作抚养儿女之用。近几年，章文俊对我的态度越来越好，还出钱给我买了间房子，让我总算有了容身之所。这算是苦尽甘来吗？

但是，身份决定了周围人也不太看得起我，有个亲戚背地里管我叫“见不得光的小老婆”。伤感的时候，我会给自己的人生做这样的总结：丈夫无缘罢了，儿女也无缘。儿女们对我没有什么感情，以为我只要男人不要他们。虽然我自认坚韧不拔，但如今也无甚作为了：丈夫已是六十二岁，而且有病，需要我无微不至的照顾，我的下半生注定被这样的生活捆牢了。

我只能说：“命如柳絮，随风而飘，能活几时就几时，捱得就捱，做不动也做……”

返沪探亲

1975年9月26日，周素锦返沪探亲。

她通过中国旅行社办妥回乡探亲的手续，买好了软席卧铺车票，9月23日上午七点与旅行团集合，由尖沙咀车站至深圳中转站，在广州华侨饭店住一夜后，24日坐火车再度启程，于26日下午五点半抵达上海火车站。此时距她离开上海整整十九年。

1956年10月初离沪，三个孩子丢给妹妹妹夫，孤身一人入港寻夫，本以为顶多走十天半个月，哪知世事难料，从此骨肉分离天各一方。离开时儿女尚黄发覆额，归来时他们都已长大成家。

她之前不是没有为骨肉团聚努力过。六十年代初，章文俊对她不理不睬，她结识了张先生，想要另起炉灶和张先生结合，靠张先生把孩子都接出来，先在澳门生活，因为当地生活费较低。

在1973年间，她多次动员儿子国强和女儿倩芳来港生活，并告知"你们能申请我们极有可能将后移居美国、加拿大等地，希望你们平时学打字及英文"，在信中"威逼利诱"，时而诉苦自己日渐年老，需要人照顾，"你爸爸有写字间，他有自己的事业，我呢身体不好，也极想自己亲人在身边。你现在成年长大，明白事理，极需争取母亲的地位环境，也即是争取自己的利益，不要白白被另一个家庭分去。

你是我的独子，我受苦受气三十年，为了争口气，让你们有名有分。为了思念你们，我已经流了不知多少眼泪”。时而透露自己有保险箱，内藏值钱物件，她不愿意将她省下来的心血落入其他人手里。

因为此事，素锦还和妹妹妹夫起过误会，她误以为妹夫不舍得让孩子来港，因为妹妹妹夫膝下无出，将这几个孩子视如己出。

面对姐姐的误解，通情达理的素美如此回复：“我们将吾姊来信所述详情相告，并着重向他们指出说你们的父亲日常工作繁忙，有关业务接洽等各方面，只他个人办理，人手缺少，无法休息，必须要有我们方面的人去为父亲分担些精力。母亲健康情况较差，精神不好，也弱，必要有人陪伴照料去，希望国强去，有所深切理解。”

再后来入港人数限制，每日只能入境五十人，1975年香港机场甚至出动武装警戒防止难民涌入，来港变得难如登天。再加上儿女都有自己的正式工作，不舍得丢下，后来又找到了各自的恋爱结婚对象。双方从现实考量，便将来港的念头渐渐作罢了。

他们既然不来，素锦便决定回去看看，但亲人之间多年不见，难免添几分生分。

她写信说自己打算住旅馆，孩子们要工作，不好打扰。素美闻言，回信道：“上海自己有住家，何必去旅馆住宿（一个房间每天十几元，还是普通房间）。虽然他们每天工作，但饭是要吃的，并非不开火，你来了，多个人就是忙些，心里也是舒畅的。”

许是更年期综合征造成身体不适的缘故，素锦的性格更加古怪起来。回沪前，她一面给家人采买礼物，一面说些太直接、令人不自在的话：“你们所需之物不多，但现时对港澳旅客来往之行李，携带又有新规定，也不能超过。为免你们心中不快活，以为我不肯带，所以我将最近来往港澳之旅客所带行李之规定寄上，以免大家心中不愉快。”并真的在信中附上了海关对来往香港或澳门的旅客行李监管办法。对此素美回信道：“至于吾姊所说不能多带东西，在这方面，我们都很明白，关卡处有一定章程，原来我也早已说过，一切要根据吾姊体力情况，按关卡规则自行决定，绝无不快活之理，而最主要的还是建议吾姊在这几天中还是争取休息，以便能适应客途中二三夜的劳累。”

但无论如何，“此次乃十九年阔别一叙亲情，虽然日子不多，但望大家快快乐乐，愉快高兴”，素锦的激动之情溢于言表。

然而事与愿违，十九年才得团聚的探亲之旅并不愉快。她同弟弟幼陵爆发了正面冲突，也和妹妹妹夫之间闹了些不愉快。

这些从素锦后来返港后给女儿的信中可见端倪，她抱怨道：“无非是回来探亲，大家见面开开心心地过一个月不到的，想不到一下车，回到家中，就给我威胁，板着面孔，如果换了任何人想想心里的反应是怎样？十九年没有看见了，应该大家开心点，个个不想好的，反而使我难过弄得不欢而散。我回到香港不知哭了多少次，人瘦了八磅，现在衣服都宽大，临走大家还虎起面孔，我自己在想前世不知作了什么孽，今世受气受难。十九年来我一直想念子女，即使见了面也只有十几天，何必大家如此，明争暗斗，弄得我莫名其妙，使我寒心凄酸。我个性好强，不在人面前表真态的，我待人好与坏，惟天可表……如今我一身是病，我得到什么，所得到的是不谅解是怨恨，难道我不灰心？”

又说：“倩芳你应该是幸福了，你有没有想到你的娘的处境和内心？希望你将来生了子女，再体验你自己关心子女时的感情，假使你的子女在远方，那时你再体会，希望你幸福。”

到底发生了什么事？从素锦的叙述上看，好像是幼陵曾在女儿倩芳找工作的时候制造过麻烦，素锦找了幼陵对质。

素锦在沪期间，还收到一封匿名信，信上是一首半通不通的古体诗，挑拨素锦与素美之间的关系，素美夫妇认为这事是幼陵干的。素美夫妇找来幼陵对质，幼陵拒不承认，双方争执不下发生口角，情绪激动之下还动了手：素美拿扫帚打了幼陵的背，幼陵拿面盆砸了襄亭的头，襄亭揪了幼陵的头发，幼陵则以撕碎襄亭前胸的衣服为回敬，还是闻声而来的邻居们把他们拉开的。

而引发家庭大战的那封信到底是谁写的？真实情况成了

永远的谜。

妹妹素美看到姐姐的来信，连忙回信，及时消除了误会。她说姊妹之间正因为情谊过于深厚，仿佛牙齿有时也会嚼到嘴唇一样，感谢姐姐能在来信上说出她们之间的微小隔阂，她认为非常好，可以有的放矢地消除矛盾。她解释姐姐所谓“一下车，回到家中，就给我威胁，板着面孔”，是因为姐妹之间应该无话不谈，所以她就家里眼下一些不尽如人意的事给姐姐交了个底，目的是让姐姐有所了解，“但吾姊当时听不进去，我也只能别过头去，而在当时吾姊指出我的态度时语气是过火的，在这方面吾姊也应该心平气和地退一步替我想想。”至于“临走大家还虎起面孔”这句话，也完全是一种误会。当时她的胃病发作，而妹夫襄亭因为和弟弟幼陵生气，血压竟然上升到一百八／一百二毫米汞柱，这种数字在襄亭的血压史上前所未有，所以没去共进午餐，“头痛非常厉害，只想睡几小时”。后来起身送行时还是因为头内昏涨，面部的表情便有些生硬。素美说：“这些情况的出现，丝毫没有针对吾姊的地方，在这方面，经过解释以后我姊应该明白的。”

素美再次重申：“在我们自己内部不应该存在丝毫疙瘩，假定说双方抱有某些成见，不管这些成见的价值是大是小，就应该在适当的机会中直言谈相，把问题谈清楚，找出其真正的原因，藉此得到进一步的理解，而深入的理解又能使双方取得谅解，使成见逐步消除，而决不能把成见埋藏于心……希望吾姊千万不能误会到岔道上去，千万千万。”

素美一番诚恳的解释，让素锦放下了心防，姐妹重归于好，她打算明年春天再回一次。

素美也很开心：“悉吾姊于春季可能来沪或赴杭州等地游，深代吾姊高兴，旅行非但能陶冶性情和使人增加阅历，它对吾姊疾病也有一定帮助，我国的名胜古迹遍于天下，除了‘上有天堂，下有苏杭’之外，尚有甲于天下的桂林山水，黄山的日出风光。”

第二年四月，素锦又回了一趟内地，她选定的是广州，并邀请妹妹和两个女儿也过去相见，四个人在广州好好玩了几天各自回家，其间相处亲密愉快。

儿女成婚

周素锦的女儿倩芳于1975年10月与一位叫严锡臻的男子成婚，婚后生活美满。对于这个女婿，素锦开始是不满意的，因为他有肝病，但倩芳一直不离不弃，经过数年的爱情长跑，终于修成正果。

儿子国强于1976年3月14日结婚，婚礼由妹妹妹夫一手操办，素锦夫妇人在香港，没能参加。于是感情细腻丰富、文笔优美的妹妹专门写了一篇“报道”，事无巨细、热情洋溢地记录下了婚礼全过程：

国强、为琳婚礼报道

1976年3月14日（农历二月十四）是国强与为琳的结婚纪念日，隔天的气象预报为“阴，有时有小雨”，但在当天中午，天气开始转为“阴到多云”，温暖的阳光时隐时现地从云层中渗透出来，给予了我们以一种愉快的感觉，气象的转变已启示出了一个良好的开端。

下午从二时开始，亲友们都纷纷汇集到兴业里的新房中，新房已焕然一新，墙壁是国强请友人来粉刷的淡黄色彩，色泽调和，它与雪白的房顶被一条深色的画景线鲜明地分隔着，奶黄色的门窗是由国强亲自油漆的，可惜有些偏黄，但基本上漆得不错，这也是体现出了国强自己的劳动果实。

四扇窗前下半部都装有白色的玻璃纱窗帘，四块红白色大花的线毯，窗帘垂吊在原有的滑车窗梗上，为琳共买了七块，她把其他的三块缝制了荷叶边的沙发套，缝纫机套，方台布，与五斗橱、床边柜玻璃下的衫底。

地板上已经打过腊（蜡），房中的家具已擦得点尘不沾，地位也有了更动，放菜的竹橱已吊在走向晒台的扶梯口处。浴室已由为琳发动有关邻居大扫除了一次。

走进房门，靠左手的墙上吊着中国书法家任政所写的行书，毛主席诗词《卜算子 · 咏梅》，配着棕色条纹大镜框，镜框下面就是写字台的地位，台面大玻璃下压着吾姊寄来的立体画片，它们都被衬托在一块涤棉花布的衫底上面，台上放着盛满糖果的大玻璃高脚盆与装着香烟的小琉璃盆与香烟缸，一只八瓦荧光台灯的光线适应于他们平日的书写与阅读工作，桌下放着高度合适的琴凳，靠左壁的方桌被二只折椅间隔着，桌面玻璃下所用的是为琳亲手缝制成的线毯台布。

桌前的二张方凳使人不时地回忆起祖先们的景象。二扇南窗前面放着二张单人沙发，套着同样色彩的荷叶边沙发套，中间放着一张由为华友人代制成的棕色漆低桌，底层有一块玻璃板可以放些书报刊物，桌面上的玻璃尚未配到，它被一块花边遮盖着，桌面上放着红白相映的吹花玻璃香烟缸，玻璃的扁盆中装着香烟或糖果，日本的小磁（瓷）瓶中插着一些精致的塑料小花，因为那只刻花花瓶的大台灯是属于手工艺品，不过灯罩的颜色已经不鲜艳了，所以玲芳与为琳去买了一只乔琪纱圆筒灯罩，六十瓦的电力放射出既明亮而又不刺眼的光芒。

靠西面的墙前斜依（倚）着五斗橱，上面放着一盆盛开的水仙，收音机和少些化妆品，红柄的牙刷被插入一对蓝色口杯中，二只蓝色的皂盒中装着出口的檀香皂。西墙向北是一架套着荷叶边的缝纫机，套上放着一只插着塑料花的红色花瓶，一只洋妹妹背靠着墙坐在缝纫机套上，正好挡住之前打翻油漆罐时所淌在粉墙上的少许奶黄漆。缝纫机旁的床边箱上放着新型的双灯头台灯，墙上装有一只红花壁灯，大床上铺玉红色提花床单，上面铺陈着六条厚薄不等的棉被，一条鸭绒被、羊毛毯、毛巾毯，与四对淡粉红、白、蓝、黄四色的尼龙枕套，被面的颜色五彩缤纷，鲜艳夺目。

由于我本人前几日极不舒服，自己又有顾忌，所以盖被都请万立仁与谭慧英帮忙订就，我们曾向她们口头表示道谢。靠浴室的墙边则是被絮箱与一幢箱子。被絮箱上盖着涤棉花台布，上面放着暖水瓶，红花瓶中插有含苞待放的海棠，大玻璃盆中盛满着巴拿马的进口香蕉，红方格台布覆盖住的旧樟木箱上放着二只玲芳的皮箱，再上面是新添的二只红格帆布箱，与吾姊赠与国强的较小帆布箱，虽然木板箱、大橱与靠背椅子目前不能购到，但出于为琳与玲芳之手的新房布置还是给我们留下了一种舒畅、简朴、明朗、大方的优越感。多余的家具什物则已暂堆放到张为琳的小间中去了，有些零星餐具什物与锅碗都塞在床底下面。上面所描绘的就是新房的全景。

在亲属中张为琳的小姊姊张为芬与妹妹张为华都是很帮忙的，妹妹张为华前几天就开始为新娘忙碌。当天她一早就来协助，姨夫也是很早先到，隔夜他已经去过新房，他代表着吾姊与姊夫向新人们祝福，亲吻着新郎新娘，并祝愿他们永远幸福。

为琳因前时期过分劳累，所以牙龈发炎，人也消瘦了，但相信她不久就会恢复的。

上午新人们把时间消磨在化妆方面，另张为琳把发辫解开了，吹成朝里弯的式样，再扎上黑缎带，锈红的绒线衫衬托出花边的衫领，再套上红色闪光的中西式衬绒短袄，真灰呢的裤脚下露出了黑牛皮的船鞋。国强穿着雪白的衬衫，外面套着夹花细绒线衫再罩上灰色羊毛衫与呢中山装，春花呢的裤子配着黄色的牛皮鞋。

下午饭后张为芬、阿舅一家也来了，隔夜襄亭曾关照顾思微转言阿舅于当天早些来新房，阿舅走在最后面，上次的争吵使他的脸色显得很为尴尬，为了消除一切隔阂，襄亭首先迎上去叫他，与他握手，并轻抚着他的头说："后面的头发有些翘着。"顾思微立即替他把吹风吹直了。

三时三刻，陆文、美丽、慎廷、芯娟、陆明搀扶着奶奶走上楼来，少慈、荣亭、慎亭阖家也都前后赶到，他们都向新郎新娘表示着热烈祝贺，室内的气氛顿时活跃起来。四时余严母、婶婶、姆妈、倩芳、锡臻二个男女小外甥也都赶到，因为初次来国强家里，所以他们带来了一篓苹果与生梨，我也向他们表示感谢。这时上来了张为琳的二伯伯夫妇、三伯母等宾客，他们原来与严家是老相识，系邻居好友，所以交谈也很热闹。四时三刻一队队的来宾浩荡大军向"美心"酒家开发，顾思微是负责邻居方面的招待员，按照名单，她再次代为邀请了邻居们赴宴。五时半，男女双方的来宾们都已基本到齐了，按照上次排列的名单，有少数人因事未到，大姊姊张为敏因患慢性肝炎不能出席，经过我与襄亭诚恳邀请，她后来还是来新房祝贺的。我们机动人员当时就全部插入到各桌中去。

玲芳负责招待同学同事，倩芳、严锡臻负责招待严家与志浩叔叔阖家，酒过数巡，姨夫示意新人们举杯向各桌宾客示意敬酒，宾客们全部起立表示答谢。酒至半酣，新人们离席去向各桌敬酒，之后每桌上的宾客也委派代表先后过来回敬。婚宴始终洋溢在热情活泼和愉快的气氛中。七时半散席饮茶时，由陆文与美丽担任分发喜糖工作（陆文是从南通特地赶来，二天后又将回去），每位在座宾客不分大小都得到二包以塑料袋封口的喜糖。婚宴结束后，没有去过新房的宾客都去新房参观，室内来宾如云，熙熙攘攘地拥挤着，加上里弄中前来赶观热闹的邻居，房里及门口只见到黑压压的人头。

亲友们闹到九时半才络续离去，国强几次逃避到邻居家去，都被襄亭叫了回来，大姊姊张为敏发起群众逼着国强唱支歌，国强委派了池珩作代表，池珩就在来宾面前大显身手，以女高音连唱了二支“沂蒙山区”，对面十三号张家伯伯正在阳台上开着录音机，池珩歌唱完毕，录音机中的歌声与群众的欢笑言语拍手声又在对面阳台上发扬了出来，使来宾们高兴非凡。方安迪在酒家与新房都为我们拍了些黑白闪光照，因为彩色胶卷比较宝贵，孩子们打算凑齐后去公园玩耍时再拍摄。

这次婚宴的唯一缺点，就是每桌上坐着十二三位宾客，菜肴显得较薄，有些桌上有些剩菜都倒了回来，但同学同事的一桌上，因为都是强壮的青年人，所以显得不够，七桌酒席加上啤酒鲜橘水共花人民币二百六十六元余，由国强付款，由幼陵接洽与充当财务结账，席间的气氛始终是良好的，宾客之间的感情也是融洽的。

总之，这是一次胜利的宴会，团结友好的宴会，它改变了女方亲戚们以前对男方的某些看法，同时也消除了襄亭与幼陵之间的某些成见，襄亭准备送小雷雷钢笔一枝（支），但尽管幼陵心目中对襄亭的想法难以臆测，但是友好的表示与融洽的感情多少体现出了“家和万事兴”的重要性，与内亲们的团结就是导致

“家道兴旺”的潜在力量，但愿春风熙熙，今后我们阖家团结得更为紧密。

有关男方亲戚们的礼物赠送情况如下（女方亲戚及邻居们的礼物由国强自己来信告知）：

幼陵、思微：钢精锅大小四只，水壶一只，炒菜锅一只

志浩叔婶：花瓶一对，塑料花一束

奶奶：现金十元

少慈、长浩：现金二十元

荣廷、米莉：现金二十元

慎廷、芯娟：任政写毛主席《卜算子·咏梅》行书一幅，配有大镜架，大号缎面影集一册，由任政题词

陆琦妹妹：从黑龙江汇来现金十元

襄亭、素美：“雪铁纳”手表一只

慎廷、襄权：机绣尼龙枕套一对

张家娘娘：玻璃糖缸一对

严母：现金拾元

严婶母：现金捌元

严锡臻、倩芳：大号缎面影集一册及其他

贺仪虽少，但是为了国强为琳的婚事，每位亲友都是怀着无比喜悦的心情，表示出了自己千里鸿毛的至诚内心，但愿勿嫌简薄为幸。

素美 写于上海

1976.3.15

信写得声情并茂，让观者身临其境，素锦非常开心，向妹妹表示了感谢，说自己有读小说的感觉。

小女儿玲芳与之前姓冯的男友分手后，也找到了一位不错的男朋友，在交往当中。

儿女们都有了自己的归宿，素锦十分欣慰。更让她开心的是，儿子国强也开始着手办理入港手续，准备子承父业。全家一起做通了儿媳的工作，让国强先过去，一两年后再将她接过去。

二十年了，周素锦终于可以长出一口气，仿佛在黑暗隧道里踽踽独行的人，看到了出口的一丝亮光。

最后一封信

读周素锦这三百多封长信，就如同和她一道度过了在香港的二十年时光。这二十年里，她难得展颜舒心一笑，靠隐忍和坚持熬到苦尽甘来，耗上了一个女人的青春与尊严。

素锦的信件只到1976年12月12日，后面就没有了。她后来过得怎么样？国强如愿入港了吗？家里后续又发生了些什么故事或波折？她卒于哪年？死后魂归何处？这些都不得而知。

不妨以周素锦的第三百二十六封信，即最后的一封信，作为一个不那么像结尾的结尾吧。

素美妹：

11月21日来信已收到，勿念。我因事务众多，人也没有什么精神，所以至今日才复。

12月15日我当汇寄生活费，勿念。

12月22日（元陵弟有信来，叮嘱）汇寄你们夫妇二百四十元港币，作为过年之用，春节不再寄来。今后也是将一年一次，他心里并不是最愉快的，业务上，要等三年之后，再另打算。失业众多，生活高税项率高，为生活起见也只能忍耐。

幼陵夫妇也是二百四十元，另二百四十元则是倩芳、国强、玲芳三人分配，各得八十元整。我将各自寄出，现每一汇单是港币三元，比前涨了一元。倩芳之八十元因适在1月份寄出她的生活费，故我也提早于12月22日寄在石门一路，连生活费二百三十元港币。请转言倩芳，叫她自己留意查收。

如你们收到汇款后有写大阿舅的信，我会转寄元陵的。

至于农历过年费用，届时我自会寄来，同去年一样。

日子过得快得很，一年又将过去，就要1977年了。香港的差饷飞涨一倍，明年百物又将高涨。香港的生活越来越紧张，什么事都要赶快，生活（费）高，我也只望章身体健康。那么生活还不担心事，所以也只求平安是福，望大家都是身体健康。做人只好想开点，否则人要黐线了（香港话，意思发神经），知足常乐，身体健康，平安是福。

我现在每天忙家务也已经够忙了。内内外外大大小小的事已经够忙的了，为了节省，外面东西又贵，所以多数在家里了。一日的重担已经够了，只望章身体生意好点，大家也安乐点。

不多写了。（附立体画片二张，如倩芳欢喜给她一张，以后再寄。）

祝你们

康健快乐

姊 素锦 手启

1976年12月12日

中师二班

骆淑景

1986年9月1日，二十五岁的我成为一名中等师范学校的学生，两年后，有一半机会可以转正。

上世纪八十年代，各级各类师范学校如雨后春笋般出现，上至国家重点院校的高等师范，下至各县、市、区的中等师范学校。有高中毕业考进的，也有初中毕业考上的小师范，还有成人师范之类，为“文革”后青黄不接的教师队伍补充源源不断的有生力量。

我上的位于“中条山下、黄河岸边”的运城师范学院大王分校，是所有师范里面最末等的了吧。

学校设在一个小镇上，坐北朝南，门前一条东西走向的公路，四周都是庄稼地。校园很大，占地六十多亩，但一共只有两个常规班，一班和二班，我属于二班。其余是短训性质的音乐班和幼师班。学校全称为“运城地区中等师范学院芮城分校”，当地人称“大王师范”，因为小镇名大王镇，距离县城三十多里。我们习惯叫它“进修校”，确实，学校大门上方赫然写着“芮城县教师进修学校”几个大字。

1986年9月1日，二十五岁的我走进这个大院，成为一名师范生。全班五十多名同学，从全县几百名民办教师中，经过严格考试录取而来。同学中年龄最大的三十八岁，最小的十八岁。有的已经结婚生子，有的正在谈婚论嫁。

学校的老师大多是从县里几所高中抽调来的，个别是刚从高等师范毕业的学生。校舍土墙土院，伙食随着季节转，水煮包菜或茄子。条件虽然很艰苦，但待遇优厚前景诱人：每人每月补助十五元生活费，毕业后国家承认中专学历，转正为公办教师后，每月基本工资五十六点五元，加上岗位津贴、山区补助等，每月可领八十多元。

一

报到这天，我来得很早，把铺盖放在女生寝室一进门的上铺上。被褥、衣服、脸盆、暖水壶外，我还扛了一个黄色皮箱，箱子是姑姑送的，里面装着《雪莱诗选》《拜伦诗选》，还有《红与黑》《约翰·克利斯朵夫》等书，还有一把剑，木柄的，很沉，这是村里的老中医送我的，我曾跟他练过达摩剑。

我想得很美，入学后，就把功课当作“搂草打兔子——捎带”，剩余大把时间用来阅读文学书籍，写诗作文，一圆自己多年的文学梦。我曾给自己制订了一个庞大的读书计划：三十岁前读完古今中外一百多部文学名著。

在家时整天埋怨农活忙，院子里鸡飞狗跳，没有学习的环境。现在好了，高中毕业八年后，我又成了一名学生，兴奋无以言表。

女生寝室由两间土坯房改造而成，一寝室住了十二个人。同学有来自县城的，有来自偏僻乡村的，有老爸是干部的，也有老爹是农民的，但看起来都很文雅。初来乍到，彬彬有礼。女生平均年龄在二十三四岁，正是显花显朵的年纪。跟上她们，我可以好好学学梳妆打扮，重新做一回小女生。

下午，同学们陆续都来了。女生莺莺燕燕，进进出出，忙着铺床叠被，呼朋引伴。不长时间，大家便都熟悉了。

我的下铺明玉，高高的个子，大眼睛，大嘴巴，戴一副近视眼镜，一笑两个酒窝，十分喜气，我一眼便喜欢上了她。明玉也喜欢文学，我俩很快就成了无话不谈的好朋友，以后经常在一起聊天，一起去班主任房间弹琴，谈天说地，好不开心。

班主任李老师是一个温柔敦厚的中年人，他也爱好文学，大学时曾写过诗，还是文学小组成员。他教我们文选和语基，对我和明玉很关照。

学校的环境也让我喜欢。教室前面一个椭圆形的水池子，水池子里矗立一座假山，山石荦确，错落有致，以后成为大家照相时最喜欢取景的地方。假山前，中间是路，两边是地，种有玉米、高粱、萝卜、白菜等。院墙四周有高大的白杨、泡桐，还有紫薇等花木。校园中间几排是学生寝室和教师家属院。各个小院用砖砌的圆洞门、石子铺的甬道隔开，显得古色古香，清雅幽静。

院落后面是操场。操场很大，操场边有伙房，还有厕所，一长溜，露天的那种。再后面是一个校办工厂。校办工厂是加工什么的，不知道，只是经常传来机器的轰鸣声。院墙四周有许多豁口，翻墙出去就是庄稼地。

学校距离县城三十多里，在去风陵渡的路上。出得校门，往西走上一里多路，就来到街上。这里是镇政府所在地，农历逢三、六、九集日，街上有饭店、照相馆、邮电所等，基本可以满足生活需求。

而我能够考上这个中师班，实在是命运之神的一次眷顾，搭上了跳出农门的最后一趟班车。

高考落榜后，我回到家乡务农，几年时间，左奔右突，尝试过各种出路，代过课，卖过货，还到武汉跟搞文学的表叔学写作，但都没能解决自己的身份问题。随着年龄增大，工作、婚姻都没有着落，心里非常苦闷。远在山西芮城的姑姑就给我去信，让我先来她这里找个事做，以后再慢慢遇机会。姑姑是家族里唯一有工作的人，对我很关心。

来到芮城后，姑姑托关系给我找工作。朋友拿着我的诗歌、散文、小说等，在文化局、县志办、广播站等单位游历了一圈，都没能当成那个编外人员。九月份，学校开学的时候，终于在远离县城七十多里的岭底乡，给我找了一份中学代课老师的工作。

代课是临时的，一个月四十七元，领两个民办教师的补助。干一天说一天，没什么保证，也看不到前景和希望。教书两年后，忽然听说县里要从民办教师中招收学员，学习两年后，就可以转正为公办教师。

等我办好报名手续，离考试只剩下二十天了。一共考五门，语文、数学、物理、化学、政治。我边复习边教课，一门课程复习四天，最后考了三百九十九分，而录取分数线是三百七十分。后来才知道，这个师范学校只招了两届学生，一届一个班，我是第二届。

在多年的晦暗之后，命运终于对我露出一丝微笑。

天气晴朗，站在大王师范学校门口，眺望南面连绵起伏的秦岭，和秦岭脚下蜿蜒东流的黄河，还有学校背后那挺拔峻峭的中条山，一股自豪感油然而生。

二

始料未及的是，开学后听过几天课，大家都吆喝开了，说是太阳穴要爆炸。晚上熄灯时间已过，教室里还是黑鸦鸦一片，许多人点着蜡烛在学习，做作业。

学校一下子开设了文选、语基、算理、代数、几何、历史、地理、生物、心理学、小学语文教材教法、小学数学教材教法十一门课程，据说第二年还要开政治、教育学等五门。用的课本是普通中等师范学校教材，不同的是，他们三年或四年才能完成的学业，我们要在两年内完成。每天要听老师讲六节课，早上两节，上午四节。为赶进度，每个老师都是见缝插针，满堂灌。

学校地处农村，作息时间、节假日一切都要跟着农时走，寒、暑假外，还有麦忙假、秋忙假，春天种棉花时，还要放几天棉花假。还有每个人不时的事假，结婚啦，孩子满月啦，家人生病啦，除去这些，每人一年上课时间不足二百天。

男同学许多是家里的主要劳动力，都有十几亩地要侍弄。一到周末，他们都忙不迭地回家劳动。周一早上上课时，课桌上趴倒一片。班主任老师不得不大声喊："都醒醒，都醒醒，昨夜偷牛去了？"大家哈哈大笑："不是偷牛了，而是犁地去了。"

并且在考这所中师班时，我们就被告知，将来毕业时地区统一组织会考，根据成绩择优转正，转正率是百分之五十。也就是说，考上这所学校不容易，考进来后也并不轻松。转正了，你就是正式教师，国家干部；转不了正，回去还当你的民办教师吧，那待遇可就天壤之别了。这就使我们的师范生活一开始就蒙上了激烈的竞争色彩，必要时，你必须用同桌的"死"来换取自己的"生"。

初来时的美好设想很快破灭。

每天除了上课，时间就所剩无几，作业堆成山，不做吧，要应付考试；做吧，实在克服不了那种厌倦。没有自己看课外书的时间，让功课牵着鼻子走。还有就是老师的水平参差不齐，教育学、心理学的老师都是临时拉郎配，上课只会照本宣科念课文，还没有自学效果好。

生物钟一时也转换不过来，夜里睡不着，上课打瞌睡。一个下午加一个晚上，我坐在教室里忙乱无章地丢下这作业就拿起那作业，忙到夜里十一点半还没有做完。头脑里装满乱七八糟的概念，但没有一样是清晰的。

我觉得语文、史地等，加把劲还可以赶出来。每天早晚到校园四周的庄稼地、小树林、楞堰埂拼命背就是，而数理化就麻烦了，基础知识都要补，比如小学算术、初中数学，很多概念性东西我都很陌生。

每天出操，跑步，上课，周一大集合听校长训话。地地道道的学生生活，让这些闲散惯了的大龄青年一时确实难以适应。

一开始，我和明玉都小看了功课。我们聊文学，躲在寝室里抄《情爱论》，晚自习跑到学校大办公室看电视剧《在水一方》，还经常翻墙到野地里游逛。十月份，我还跟着学校篮球队参加全县中学生篮球比赛，浪费了不少时间。等到十一月中旬第一次期中考试，我才傻了眼。当初入学考试，我在班里排名第九，这次考试，我一下子滑到第十七名。特别是算理课，才考了四十六分。

对于功课，我一向不自信。我的理科成绩不好，特别是物理，感觉越学越糊涂。当年高考，我连考三年败北，也是因为选择了理科。我认为，只有理科成绩好，才是真的好，而靠文科拿分的人，总感觉是“蒸馍底子虚”。

听着刘玫和后排几个男生调笑的声音，你挠我一下，我动你一下，男的笑得龇牙咧嘴，女的笑得前仰后合，我又羡慕又嫉妒。

刘玫的语文不行，但她理科成绩很好。坐在后排的几个男生，陈功博、范海鹏、陈廷杰、赵彦文等，都是理科尖子生。他们当年高考时，只是运气稍微差了那么一点，没有考上大学而已。回家后就当民办教师，教学经验丰富。那些功底用来对付这些物理、化学、几何，就是小菜一碟。每次老师讲完后，他们很快就做完作业，然后在后面说调皮话，打情骂俏。

刘玫还和几个男生经常下馆子，打赌输了要请客，考试好了要请客，生日要请客，女婿（当地称丈夫）来信了要请客，有啥好消息也要请客，然后一窝一拖地上街撮一顿。一群人还不时瞅个空子出去郊游一番。而这些活动我都望尘莫及。

还有一些成绩虽然不是太好但却异常用功的人，他们坐在教室里，一坐就是几个钟头。山里来的樊敬敏、薛甲富等同学，每天都起得很早，到小树林里背书，“教育要面向现代化，面向世界，面向未来”，“心理学是一门研究人类的心理现象、精神功能和行为的科学”等等。晚上教室熄灯后，回到寝室还要点起蜡烛用功。薛甲富用的办法就是抄书，他说眼过千遍不如手过一遍。还有风陵渡来的杨淑绒，父亲早逝，家里缺乏劳力，每个周末她都回去干活，来到学校累得眼睛都睁不开了，还要坚持做完当天的作业。她学习非常认真，哪个字哪个词，读音如何，声调几声，都要三遍五遍地校正，彻底弄准才罢休。

我和明玉都属于性情浮躁的人，说起来读了不少书，但都不求甚解。无论是语基、算理，还是物理这些课程，都是要求精准的，似是而非根本不行。在学校代课时，我也不是一个好老师的材料，除了教学生《从百草园到三味书屋》外，还教他们课本上没有的“轻轻的我走了，正如我轻轻的来”，自习课上带他们唱“长城外，古道边”。虽然课堂气氛很好，学生们都很喜欢，但每次考试下来，都考不过那些死记硬背的班级，和对学生非打即骂的老师。

现在我是学生了，功课就是我的全部内容，想什么都是白费力气。实践证明，读课外书和学功课，二者不可得兼。我必须克制自己，静下心来对付功课。

三

女生中，刘玫是一个活泼开朗的人物，她喜欢唱歌，从早到晚嘴里不停地哼着曲子。最新的歌她也会唱，比如那首

“夏天夏天悄悄过去留下小秘密”。

刘玫穿一件玫红的雪纺衫，烫着大花卷，走路似乎踩着鼓点。一走，胸前的蝴蝶结跟着一飘一飘，十分洒脱。她在学校教音乐课，整天嘻嘻哈哈，爱说个笑话，一说，别人还没笑呢，她就笑得两只小眼挤起来，咯咯嘎嘎。

刘玫父亲在县城建局工作，女婿在部队是志愿兵，家庭条件好，穿着打扮就很时髦，她还是班里第一个涂口红的。

小爱是班里最小的女生，只有十八岁。她父亲是教育局领导，说高中毕业在家无事，就让她来跟上大家听课，学点知识。她不用参加考试，不用考虑转正问题，小爱整天就嘻嘻哈哈，无忧无虑，玩得很开心。小爱来学校后，妈妈交代让她勤晒被子，但她把被子搭出去后常常忘记收。有一次月亮都升上来了，小爱的被子还搭在绳上，“月亮地里晒被子”就成了小爱的笑柄。她从家里带来一台录音机，一有空就和刘玫一起跳迪斯科，把寝室气氛弄得热闹非凡。

夜里一群人唱歌，一开始是一个人唱，后来大家跟着唱，惹得人兴奋，睡不着觉。歌声中我忘记自己，沉浸在欢乐的海洋中，而后又陷入无边的遐思冥想，我想这些家庭条件好的女孩，没有受过挫折，性格单纯，一辈子都像幼儿园阿姨一般，轻浅快乐。而我，总是背负着沉重的包袱。她们转不了正，还可以回到原来的学校当民办教师，我要是转不了正，可就无处可去了。还有功课之外，还想读很多书，没有时间读，又焦虑。什么时候才能像她们那样，快乐地做人呢？

来到这所学校，我的性格也慢慢变得开朗了，跟上女同学，学会了穿衣打扮，还有织毛衣、生活记账等，但大集体生活的纷攘，总是让我难以适应。

女生都很活跃。打羽毛球啦，唱歌啦，弹琴啦，我也忍不住跟上她们玩。班主任房间放有一架脚踏琴，我和明玉经常去老师房间闲聊，有一次我试着弹了几下，竟发出美妙的声音。慢慢的，我也学会了弹琴，能弹一些《春天在哪里》《小草》这些简单曲子。

这天听老师讲朱自清，说他是从教中学到当清华大学教授，再到出国留学。一生写下大量诗文，成为一代散文大家。原来教学与写作并不矛盾，人一生可以干许多事。老师讲得太吸引人啦，这让我又陷入热切的遐想中。

转眼到了中秋节，班里给每人发一包月饼。暖融融的秋阳下，天空更高远，大地更辽阔，风把山削得更瘦，黄叶飘飘如小鱼追逐。随之而来的晚秋，将更加斑斓，更加明丽。

刚上了两星期课，就放秋忙假。假期后来到学校，明玉说我变了，变得不爱说话了。确实，我不像刚来时那样喜欢和女孩子们喳喳了，我讨厌那些肤浅无聊的絮叨，我想默默地沉进自己的内心，感受那些浑圆成熟的快乐。

心理学上讲，人的性格分理智型、意志型和情绪型，我就属于最后那种。大自然的风雨阴晴，人与人之间的纷扰，路途的顺与逆，一早一晚的兴奋与抑制，瞬间的喜怒哀乐，都在我的心上留下痕迹。

这两天风雨大作，气温骤降，大王镇的深秋露出它威严的面孔。这里俗称“一年到头一场风”，随之而来的冬天将更加难过。晚上到数学王老师房间，看他们小两口亲热地坐在一起，商量给即将出生的宝宝织毛衣。两人认真地讨论织什么花样，线够不够，线不够了怎么办。那宽敞的床铺，闪烁的炉火，洋溢着浓浓的家的温馨。我忽然十分羡慕他们，觉得这就是人生之极致。

又想起戴望舒的几句诗：“这是家／妻如玉，女儿如花／清晨的呼唤和灯下的闲话／想一想，会叫人发傻。”引起我对家的一番憧憬，对恋人的无尽思念……

四

上第三节课的时候，肚子就开始咕咕叫，我想象着下课后第一时间冲到伙房，排在那些敲着碗的男生前面，那个面相温和的大师傅给我盛一碗杂烩菜，主菜是茄子、萝卜或者包菜，但最好今天菜里还有南瓜，南瓜面面的，很好吃。还有刚出锅的麦面馍，暄乎乎的，我要买一个。有些女生买馍时只买半个，她们说吃不了。但一个馍若平均切开，卖半个的话，就显得很小，拿不出手，所以大师傅一般都是给她们切多半个。这样一个月十五元的生活补助费，还能节余七八元。事实上每星期回家，她们的母亲或者婆婆，都给她们带吃的，烙馍呀，油饼呀，麻花、炒面、酱豆。而我饭量大，离家远，没有什么补贴，每顿一个馍，一碗菜，一碗汤，都欠欠可可，哪有结余。但女生这些小算计，又让我心里不平衡。

买好饭，端上饭碗回到寝室，慢慢享用。男生们是仨一堆俩一伙蹲在地上吃，女生不能蹲，又无处可坐，一般都回寝室吃。

我又沉浸在想象的“吃”中，半节课过去了，老师讲些什么，我都没有听见。

每到周末，男生们回家，美美吃几顿，补充补充。星期日晚上来校，又从家里带些馍，或其他吃的。如果单纯吃伙上的饭，肯定都受不了。

有天晚上看电影时，两个男同学可怜巴巴地对班主任说：“李老师，我实在受不了啦，灶上的馍馍把人吃得胃疼，一星期熬不到，就得往回窜。”

伙上的菜经常是茄子、包菜，还有萝卜，咔、咔、咔，刀一切，扔到开水锅里滚几滚。煮熟了，往浮头浇几勺油。看起来油汪汪的，吃起来总有一股难闻的生油味。馍，有时面不起，有时起过了，变成酸的。遇到星期天人少的时候，伙师们只给老师做饭，不给学生做饭。

伙食差，吃不饱，我就经常沉浸在想象的吃中。夜里做梦梦见在家里吃红豆糁子，炉火通红地亮着，火苗忽忽闪闪，映照着半边墙面，我和男友围着小圆桌吃饭，稠乎乎的糁子饭，一盘萝卜丝，火炉上正炖着一锅杂烩菜，有土豆和豆角，

"咕嘟咕嘟"冒着热气，窗外雪花飘飘，却感觉不到冷……醒来涎水流到枕头上。相形之下，这冰冷的宿舍，这充满冰凉死气的教室、作业本、教科书，是多么让人讨厌啊。

明玉和另一个女同学都计划在年内结婚，看她们欢欢喜喜谈论置办嫁妆，盘算怎样举行婚礼，都让我羡慕。我俩的佳期在何时呢？

女生们谈论吃穿，谈论家庭，常常刺激到我。小爱的妈妈又给她炒了一大包炒面，李平星期天回去，婆婆给包饺子了……而我远离家乡，享受不到这些。

女生也有很友好的时候，从家里拿来好吃的，酱豆啦，油辣子啦，拧开瓶盖，让大家都来一筷子尝尝。还有炒面、油烙馍，也都互相礼让。但有时候尝着尝着，半瓶子都被尝没了。我吃过月芹女婿从部队上带回来的白菜罐头，他在雪域高原服役，常年吃罐头。我吃过李平从家里带来的酱豆，还有明玉妈妈炒的炒面。礼尚往来，我也把从老家带来的核桃、麻片等让她们吃。

有时周末同学们都回家了，我不愿打扰姑姑，就留在学校。星期天的灶房不给留校的学生做饭，却给老师们做了香喷喷的炒面。我兴高采烈地前往吃饭，却发现根本就没有我们的份，看到小贾老师在吃炒面，大家败兴而归。伙上要啥没啥，我气得无话可说，拿了一块半热不热的馍走回来，还和小个子伙师斗了几句嘴，一个晚上心里都不痛快。

除了教育局每月发的十五元生活补助外，家里每月还给我寄十元，男友又答应给我十元。他参加工作不久，每月工资只有五十多元。他问我十元够不够，我连声说够了够了，其实却很拮据，不能像刘玫她们那样买东西，联络交际，穿衣打扮。一想到如此单薄的经济支撑学业，我如果不用功，心里就很自责。

一个星期天，我和明玉上街去邮电所看信，路过一户人家。一个小男孩坐在门墩上吃鸡蛋。小男孩把煮鸡蛋剥开后，整个塞进嘴里，塞得满口，最后吃得脸蛋上、鼻疙瘩上、眉毛上，到处都是金黄的鸡蛋黄。我想起往年过生日时，母亲都要给我煮一个鸡蛋，这时觉得鸡蛋就是天底下最好吃的东西了。真馋啊，都走出去好远了，我还回过头看那小孩。

又要考试了，又是一派忙乱，老师一遍一遍念紧箍咒。伙上的菜，像柴火棒子和煤渣做的，馍是黑面捏的，又酸又硬，难以下咽。

五

女生寝室的好印象没维持多久，就坍塌了。一寝室住的都是年纪比较小、家庭条件比较好的女生，性格都很强势，每个人都很讲究个人卫生，每个人都不重视公共卫生。

进得寝室，只见两重屏障：从这边床拉到那边床的一条绳子上，挂着水淋淋、湿漉漉、花花绿绿的衣服。正中一个煤火炉子，四张桌子并排围在中间，抽屉一律朝外，桌上放着暖壶、茶缸、茶杯、镜子、梳子；桌面一层厚厚的灰尘，汤菜汁子、馍渣、开水痕迹，五花六道。它既是饭桌，又是梳妆台，有时还是写字台。抽屉里放着碗、筷子、勺子，还有香皂盒、洗衣粉、洗发精、发乳、擦脸油、雪花膏、鞋油等。两张窗户台上，放着刷牙缸子、墨水瓶、鞋刷子、糨糊瓶、针线盒。四周墙上挂满大包小包，馍袋子，麻花、油饼，或者苹果、橘子、花生等各种吃食，还有各种各样的装饰品，领带、围巾等；双层架子床的床头绳子上挂着擦脸手巾、擦脚手巾、裤头、袜子。

每天都是无穷无尽的洗、涮、浆、抹、擦，室内散发着各种各样的气味。

门前两棵泡桐树，大树坑里污水长流，湿淋淋的。每次大扫除都令人头疼。

早上刷牙，有人不愿意走到树坑边，而是站在台阶上“呸呸”往下唾，地上就留下白乎乎牙膏的痕迹。

住在对面门口的沈雪喜欢吐唾沫，吃饭时候，一端上碗，她就“呸呸呸”，似乎饭里有什么东西，或者她的喉咙里有什么东西。她一唾，就让人心里犯膈应，喉咙发呕。一开始还提醒她，但不起作用，她反而唾得更勤了。上课时她也把脚下吐得精湿，走路或者蹲厕所，都要唾。

夜里睡前刷牙，她不愿走到外面去，就吐到脸盆里，泛起一层白沫，同时把缸子敲得当当响。大家都睡了，她把床头的小箱子打开，把小锁和钥匙串弄得哗啷啷响。谁若是不慎拿错了她的东西，她就立刻声音高八度，尖声叫起来。而不论谁说什么话，她都要凑上去听几句。别人拿个什么小物件，她也要马上评论一番，并想办法说出自己也有一件，并且比这个还要好。

住宿条件简陋，每个人都是一盆多用，白天洗脸，晚上洗脚，夜里当尿盆。厕所在大操场后边，冬天的夜里，谁也不可能披着衣服跑那么远，只有在脸盆里解决，早上再涮洗干净。

寝室山墙处有一个自来水管，早上早早起来，端着一盆暧昧不清的水赶快倒掉，涮洗一番，然后再打水洗脸。而若谁夜里有意或无意尿到别人的脸盆里，第二天一早一准有一顿无人接茬的大骂。

寝室里人多，你要学会适应，睁一只眼闭一只眼。脚下再脏，也不要说。否则，你会成为众矢之的。

天气越来越冷了，从中条山上刮下来的风，毫无遮掩地吹到这里，夜里能听见墙上哗哗的落土声。寝室取暖的就一个煤火炉子，一人值一天班。冬天快来的时候，学校里买了煤，让学生和成煤饼，堆到墙角供暖，但在最冷的那个星期六，交接班的时候，炉子却灭了。上家说，我交给你的时候还旺着呢，你不好好搭煤。下家说，你交的时候，只剩一口悠悠气了，灭了不怪我。两人互相埋怨，就是不生炉子，大家合伙冻了一天，晚上七零八落。星期天，我实在忍不住了，就跑到庄稼地里，拾了一些玉米茬、秆，才把炉子生着。

大集体生活，嘻嘻嘻，哈哈哈，只怕话头掉到地下。你说个这，她马上扯到那，结过婚的还要吐槽公婆。我们这里把婆婆称作“阿家”，阿家长阿家短，说起阿家，个个都是恶狠狠的口气。

唯一的好处是，可以锻炼人的各种能力。每个人都以自己为轴心，尽量地方便自己。如果你不在场，那么她们就尽情地糟蹋你的东西，脸盆，水壶，还有你的床，能铺排尽量铺排。空间的争夺，位置的抢占，你的动作慢一点，或者谦让一下，就只有吃亏的份了。什么都需要争，抢，煤火炉子、热水、桌子等。

刚入学时的新鲜感已经消失，我开始厌倦这成人学校的生活。二十多岁的人了，每天要像小学生一样，端坐教室，学习语文、数学、物理、化学、生物、教育学、心理学、教材教法等，以便将来做一名合格的小学教师。

每月还要考试一次，每次都要排名次。每天吵吵嚷嚷，没有一刻安静，连给恋人写封信，都要偷空趴在自己的铺上写，每次都在同伴喊叫关灯的吵闹声中，匆匆画上最后一个句号。

还有口音问题。班里只有我一个河南人。河南人最明显的标志就是“中”，我一开口就露馅。为避免这个“中”，我说话的速度明显减慢，遇到“中”赶快改成“行”“可以”。时间长了，我也感觉这个“中”字太刺耳，以后说话就彻底改了。

第二年班里又来了一个河南老乡小峰，但他是打酱油的，不算数。班里有三个打酱油的，小爱，小峰，还有女生赵丽，他们不用参加转正考试，只是跟班听课而已。但他们的存在，对缓和班里紧张空气，增加快乐气氛起了良好的作用。

我没有同乡，也没有同校，遇到他们同乡聚餐、校友聚餐，或者生日请客之类，就努力躲避。一个是经济原因，还有一个是心情问题。唯一能够慰藉我的，就是男友的来信。

六

女生中，爱荣已经是一个孩子的母亲了，每次不到周六，她都急忙回家看孩子。还有花菊刚刚怀孕，每天都在犹豫着，生还是不生。沈雪、刘玫已经结婚。沈雪的丈夫在广西南宁，刘玫的丈夫在北京昌平。其余的都处于恋爱或订婚状态，明玉的女婿在太原，李平的女婿在云南，月芹的女婿在新疆：他们都是军人。每个人都承受着离愁别绪，写信收信就成了大家的一大乐事。

女生把正在恋爱的称恋人或男友，已经订婚的称女婿或对象，结婚的自然称丈夫，也可以统称为“女婿”。但女生们说起谁的女婿时，还有一个亲切的称呼——“你小伙”——你小伙给你写信了，你小伙给你买好东西了，你小伙来看你了。

当同室的女友骄傲地聊起她们的女婿时，我一言不发，心中却浮现一个高挑个儿、黑黑瘦瘦的形象，我也是骄傲的。

考上中师时，我刚开始异地恋。男友是在家乡诗社结识的一名诗友。我来芮城教书、上学后，他还在老家上班。两地隔着天堑黄河，见一面很不容易。我俩约定，收到对方的信要立即回信。这样正常情况下，每半个月能收到一封信。

我想，如果我没有恋爱，没有男友，那么现在在这里上学，每天看着、听着她们议论女婿长女婿短，互相夸耀、互相攀比，一定很失落吧？

每天下午四点，我和明玉等人就到门岗看信。门岗上没有，就跑到街上邮电所去问。小镇上的邮电所，前面是一间业务室，办理信件、包裹、电报等业务，后面是一间工作人员的住室，再后面还有一个小院。每次我去送信，那个胖乎乎的中年妇女都笑嘻嘻地说：“又写信啦？放这儿吧，没问题，今天就能发走。”

从信寄出的那一刻起，心里便多了一份期待。有时候信意外地来早了，我就喜不自禁，迫不及待跑回寝室，爬到上铺，一个人独享这份美好。要是到时候信还没来，我就心神不宁胡思乱想，直到收到信，心才安生下来。

寝室里谁的女婿来信了，大家都跟着高兴，让她买糖块、瓜子和花生吃，哄哄嚷嚷，这一天就像过节一样。

女婿们也经常光临寝室。我见过明玉的女婿，小伙子身材矫健，一副标准军人形象。刘玫女婿、沈雪女婿、月芹女婿都来过学校。谁个女婿来时，大伙更是兴奋不已，嚷着让他给大伙买好吃的。寝室里女生一人一张嘴，够厉害的，怪点子也多，没有经过阵仗的都招架不了。好在，女婿们都是有备而来，也没有太为难的。

女同学的信都少，也没有我的信长。有一次小爱说，你的信像树叶一样稠。她不明白我们每封信都七八页、十来页，密密麻麻都说些啥。她说她写信老是没啥可说，就央求看我的信，说向我学习写信。看她真诚的样子，我有时也把信给她看。

有几次信来了，却被别人先睹为快了，我心里很不爽。小爱拆过我的信，明玉也拆过。因为整天在一起打交道，遇到这事也不好恼。

一个冬日的下午，门岗告诉我，有我一封信。等我做完功课去取时，信却不翼而飞了。我以为门岗看花了眼，他却很肯定地说："有，绝对有，我看得清清楚楚。"回到教室，我问遍了所有女生，还说，谁把信拿出来，给她买好吃的。但她们都说没看见，不像开玩笑的样子。我的心情恶劣到极点，千头万绪涌上心头。距家遥远，漂泊在外，远离亲人，一无所盼，好不容易等到来信，又遭这样的打击。我坐在教室里，忍不住哭起来。

一天过去，没有动静，两天过去，也没有人承认。无奈我又给他写一封信，说明情况，让他再回信时把这封信补寄过来。谁知几天后晚上睡觉时，我却在枕头下面发现了那封丢失的信。信纸已被揉得皱皱巴巴，但还一页不少。可能是拿走我信的人，看我真心痛苦的样子，良心发现，偷偷送回来的吧。信失而复得，我不由得又高兴起来，顾不上埋怨偷信人。

寒冷的冬夜，从黄河滩上刮来的风，吹着尖厉的呼啸，打着旋儿，把寝室后面斑驳的土墙打得“扑嗖嗖”“哗啦啦”，墙土直落。我趴在铺上，给他写信。

有时候写一封信要换几个地方，在寝室写不完，拿到教室写，教室里写不成，又跑到野外庄稼地里写。

我俩在信上除了谈情说爱，还交流读书心得，指点江山，激扬文字。读刘再复的《性格组合论》、戈扬主编的《新观察》，还有那时的电视专题片，谈感想并为之热血沸腾。

男友在信中不时鼓励我，让我尽最大努力学好各门功课，在班里争取好名次。

七

每天从教室到伙房，从伙房到寝室，三点一线的生活，呆板，沉闷。吃吃，坐到教室里学学，再到寝室睡睡，哪一门功课都把人搞得昏头昏脑。想学得精是不可能的，时间不允许。

相对于一班，二班学生年龄偏小，精力充沛，脑子活泛，班级风气活跃。班主任李老师脾气好，管不住这一群驴踢马跳的成年学生，经常生气。张玉祥、陈廷杰、郭海平这几个班干部，极力维持班级纪律。但毕竟是成年人了，谁也不理会谁的。班里年纪大一点的，一般都比较有教养，遇事谦让，宽厚大度，顾全大局；那些年龄小的，大都竞争力强，为一己私利，不择手段，什么事都做得出。

眼看就要期末考试了，还是乱糟糟的。

晚上耐着性子坐在教室里，想看一会儿书，可是出出进进的人，就是不关门，加上教室前门是个走扇子，细心的人返回身仔细才能关严，若是哐咚一下，关上的门就立刻又弹开了。冷风透骨射进来，使人瑟缩。坐在第二排的我，不得不一次次上前去关门。这样坐下去效果何在？干脆回到寝室，但寝室里七嘴八舌的呱呱鸟们又吵个不休，让人看不成书，也睡不成觉。我不由得哀叹，这浮薄的尘寰，这无情的男女。

这天晚饭后，我和同桌外出转了一圈，回到教室时，看到班主任李老师脸黑丧着，正让后排一个男同学站起来回答问题。男同学回答正确，但李老师并没有表扬他，而是恶狠狠地说："好！很好！一屁股蹲到屎上了。"同学们哄堂大笑。李老师一向温文尔雅，今天能这样骂人，一定是气狠了。

第一学期没有到底，班里年纪最大的秦明孝主动退学了。他实在受不了这紧张的学生生活，也和这些弟弟妹妹争抢不过。秦大哥临走时，班里举行欢送仪式，全班同学在假山前照了一张合影照。

上课外，课余时间人们谈论最多的就是一些酸笑话，这似乎成了枯燥生活的一种调料。不论结婚的没结婚的，男男女女都敢调笑打闹。这种在教室里大鸣大放式的乱弹，真让人不堪。

每周一早上，全校集合，聆听校长王玉生老师训话，讲讲校风校纪，讲讲国内外形势，重申转正政策，不外乎这些。王校长五十来岁，严肃认真，不苟言笑。这天早上，王校长一番讲话后，突然提高嗓门，破口大骂起来："不要脸，真不要脸！畜生，连畜生都不如！"我正和后排一女生交头接耳，突然听到校长大发雷霆，不知道发生了什么事。队列解散时，王校长又气咻咻地补充了一句："卑鄙无耻，下流狗日！"

事后才知道，昨晚王校长路过男生寝室后窗，几个男生正在议论男女之事，说得很脏，很恶心，被王校长听了个正着，但又听不出具体是谁，这才有了早上对着全体学生的一顿臭骂。过后男生每每想起来，都要学着王校长的口气调笑一番。

我虽然二十五岁了，但对于爱情，对于两性关系的全部想象，都来自四处偶遇的文学作品。文学作品里的情爱描写，不外乎歌德所说的，"女人多么妩媚，男人多么虚弱”。而鲁迅和许广平，丁玲和胡也频，萧红和萧军，还有肖邦和乔治·桑，就是我心目中最好的爱情模式。两性关系，我觉得应该是崇高的、美好的。女性羡慕男性，男性喜欢女性，本是人类的一种美好天性，青年男女经常在一起活动，可以互相取长补短，能使人神经兴奋，互相感到愉悦，性格变得丰富完善，心胸开阔，思维敏捷。对于男女之事，虽然在生产队干活时听到不少酸故事荤段子，见惯了村里男男女女打情骂俏的场面，也经常听说谁养野汉子啦，谁钻谁屋了，但那都是在田间地头，乡村野佬干的事啊。眼前这些人，都是人类灵魂的工程师，从事着太阳底下最光辉的事业，应该是非常文明非常高雅的，怎么能这样呢？这让我很不适应。

八

年底了，学校组织评模范。据说评上模范，将来转正还可以加分，于是竞争的火药味一下子就浓烈起来。但这种事，先进啦，模范啦，总是那几个人，虽然没有多少悬念，但也是一次民意测验，还可以从中看出一点端倪。选出来以后，大家不甚满意，又不能明说，就准备吃他们一家伙，这样落个心理平衡。

等我和明玉从寝室转了一圈回到教室，以飞民、廷杰为首的“吃人”活动又开始了。就是向被选上模范的人每人征收一元，随后就等着他俩上街去买吃食。买回来后，照例是争争吵吵，嚷闹着吃着，瓜子皮、花生皮、糖纸扔了一地。正嚷着，停电了，教室里漆黑一片，大伙骂着鱼贯而出，一天又结束了。

哄哄攘攘中，1987年的元旦到了，学校要搞文艺演唱会，要求出黑板报。中师二班藏龙卧虎，吹拉弹唱的，板书绘画的，跳舞唱歌的，而我什么也不会。中午时分，李老师找着我，让我写一篇新年献辞。接受任务后，心里有点虚。这个时代的特征是什么，主流价值在哪里，我都不太清楚。但我义无反顾地接下来，写着写着就找着感觉了。

这篇新年献辞，用粉笔书写在山墙黑板的头条。其中引用了一句诗：“如果大自然为我们准备了如约的花期／我们一定要当仁不让地开放”，还很有鼓动性的。我感觉自己还是个青年，还有青年人的热情和激情。黑板报办得很活跃，有孔令更徒步考察黄河的事迹介绍，还有叶延滨的一首诗《同志，请捡拾起自己的脚印》，内容丰富，色彩斑斓，充分展示了二班人的风采。看到许多人驻足浏览，我心里美滋滋的。

教室里挂着彩球网格，一片新年气氛。宿舍里群魔乱舞，热闹异常。而窗外寒风怒号，似乎想把地翻个个儿。学校决定，元旦早上吃好饭，灶上给改善的，下午放假，到星期六晚上再来校。我打算回县城看几场电影，把裤子、布衫让裁缝做一下，美美玩两天，然后回来就开始紧张了，迎接期末考试。

持续一周的期末考试终于结束了，这是一次实弹演习，门门都是来真格的。考试过后，压力更大，我感觉自己只能在第十几名间徘徊。以前马虎惯了，学习不求甚解，概念不清，现在是很难改掉这毛病了。

元月六日《人民日报》发表社论《旗帜鲜明地反对资产阶级自由化》，随后教育局领导接连来给学生开会，宣讲上级精神，告诫学生不要集会游行，不要参与闹事。教育局那个五十来岁的双下巴在会上讲话，讲得啰里啰唆，不知所云。学校也三番五次开会，大会讲，小会讲，分班讲。我心里很烦，眼看春节到了，着急等着放假回家呢。也不看看这是哪一级学校，都是些什么学生，谁有心思去参与那些活动，谁有那个高度去关心那些远天远地的事。真是多此一举。

过完年，刚来到学校，就有人向我报告，说我期末考试得了第三名，这大大出乎我的意料。

九

新年过后，我果断搬到二寝室。一寝室活泼，热闹，但人员复杂，各种攀比，还有扯不尽的是非，我感觉陪伴不起。二寝室住着几个喜欢安静、刻苦攻读的女生，有风陵渡来的淑绒、彩芹、爱芳，还有程村来的月芹、亚平等，都是平民家的女儿，相对省好多事。搬过来后，一寝室的女生还是过来找我玩，但慢慢就疏远了。

天气一直很糟，阴风怒号，雨雪交加，“乍暖还寒时节，最难将息”。搬入新寝室后，和同室关系很好，这里清静，和谐，晚上大家说说笑笑，日子过得还不错。

一切都那么新鲜。我告诫自己，一定要管住自己，不和她们打伙伙，要把精力用到学习上。这段时间我读了《我们已不年轻》《在同一地平线上》《北京人》《封片连》《挂在睫毛上的彩虹》等几部中篇小说，感到一种昂扬向上的气势。我发现自己的价值，认识到自己的使命。像第一篇小说上说的，尽管三十岁是一个奇特的年龄，女人的极限年龄，纷至沓来的负担横在眼前，但还是应该追求、攫取；尽管已没有青春的妖艳，但一种深沉坚实的力量和自信便是她的资本。回想到前一段时间自己的松懈和软弱，我感到惭愧。

隔一段时间，县教育局就来给学生开会，讲形势，讲任务，督促加压。

经常来的是一个四十来岁的女同志，叫何木兰，大高个子，讲话很干脆，据说是教育局副局长。女人还能当这么大的官？这让我很佩服，心里树起一个标杆。还有双下巴，还有教研室主任刘维民老师。刘老师才是具体干实事的。听他们讲话，得知毕业后转正百分之五十是板上钉钉，不会再有宽松政策了。每个人都承受着同一种压力。我必须放弃各种非分之想，致力于功课。排除干扰，少说多做，把学习搞上去。

时间非常紧张，学校不给一点自由，作息时间死硬死硬，不能按自己的生物钟活动。几门主课老师轮流来课堂干扰，既听不进去又不能自己看书。寝室里也时有不愉快发生，这使我认识到只要有人的地方，就有纷争。但我有一条准则，就是我行我素。发挥自己性格强硬的一面，沉默就是力量。

黄昏时分，我和明玉坐在油菜花田边，温柔的夕阳落在树梢间，暖风拂拂，远山苍茫，一抹淡黄的暮霭笼罩其上，我不禁沉醉了。那沉闷的教室，呆板的宿舍，那紧张的功课，都一边去吧，只有这温柔多情的黄昏属于我。明玉偎在我身旁，对我说，她和她小伙，两人“爱得很深很深”，引起我的万般情思。在这美妙的春夜良宵，遥望着天空半轮明月，回忆与恋人相聚那甜蜜的时刻。我的心飞回故里，飞到恋人身旁。

此值“花褪残红青杏小。燕子飞时，绿水人家绕”的暮春季节，大自然生机勃勃，万木争荣，田野、山光、水色都引发人无限的情思，一早一晚的温馨气氛，都激起我对恋人刻骨铭心的思念，然而生活却像数学逻辑一样无情、严酷。我不得不把感情、爱好、对大自然的情趣压缩到深层意识中去，面对现实。

有几天，我的情绪不太好，无名烦躁。看见什么都讨厌，女伴们的谈话是那么无聊，门门功课都枯燥乏味，老师一个个都不行。尤其是一坐到教室，人就成了死鱼一个。也许，这一切都很正常，只是我心绪不好罢了。

我常常不满意别人，细想一下，其实这只是不满意自己的一种表现。

我不能认认真真地做功课，总想看小说之类的，想从文学作品里寻找一丝振奋，一种新鲜，然而看过之后又感到空虚。这些天又读到两本好书，《简·爱》和《德伯家的苔丝》。一个人若经常处于世俗的摩擦中，就会变得卑微渺小，狭隘庸俗，而读文学名著，则可以感受到一种与神明相通的快乐，一种居高临下的境界。你独自咀嚼那情感与思想的果实，感受自己内心美好的体验，那是一种怎样的愉悦！

十

除期中考试、期末考试外，学校还规定每月考试一次，从全班学员每人生活费中扣出五元，奖励考试成绩前十名者。每人奖励二十元，这是一个不小的诱惑。两年时间，十七次考试，我最好的成绩是第三名，最差的是第十七名。有五次名列老九，入学考试第九，毕业考试第九，中间三次考试第九，而最后决定命运的地区转正统考，则考了班里第十名。

按说每次考试我的成绩都不是很差，但每次都觉得不真实，觉得别人都比我好，总在对自己说，这是学校考试，学校考试作不得数的。将来的地区统考，才是决定命运的一锤定音。

新年过后的第一次月考，书、纸页子满天飞，把人都埋没了，一个个都弄得蓬头垢面，灰不溜秋。

这次月考，我排名第九，得到二十元的奖励，加上男友邮来十元，家里父母寄来十元，我觉得自己是一个富翁了。但发奖引起的反响却很大，学校不知怎么悄悄发了奖，结果哥们姐们都知道了，有骂的，有讽刺挖苦的，乌烟瘴气了几天。他们骂的对象不是我。我是凭实力考出来的，又不是事先知道考题，况且排在老九，也不是引人注目的对象。

除了交书本费，笔墨纸砚外，在学校主要花销还有来来往往的路费，吃喝拉杂等。上礼啦，人际交往啦，也是很厉害的，自己再省俭，但这些面子上的事却不得不为之。记得那年白糖从八毛涨到一块三，很长时间我都舍不得买。那次学校要求每个人回原学校办理民办教师职称评定，我开销了六块四毛五，就心疼得不得了。我详细记录了这次花销：从学校到县城来回车费六毛，给姑姑家割凉粉三毛八，给表妹买一本书五毛，复印毕业证两毛，去岭底学校来回路费两块三，买糖块一元，照相七毛，复印证明三毛，买洗头膏两毛五，买档案袋两毛二。

这次我终于有钱了。除了请本寝室女生客外，我上街买了几根麻花，称了一斤白糖，还给自己买了一些小玩意。

在六月份的一次会议上，县教育局通报，这一年全地区六百多名学员，转正名额三百二十五名。也就是说，只有考试成绩进入三百二十五名以内，转正才没有问题。而根据一班的情况，今年只能转正二十三名，过不了半。另外，二班七月中旬要去地区参加统考，非常严格，说这次考试成绩将占转正总成绩的百分之四十。大家议论纷纷，诅咒，叹气。然而顶什么用呢？该来的终究要来。我必须放弃一切悠闲和嗜好，把自己闷到教室里，啃一门一门琐碎的心理学、生物、语基等，强迫自己像小学生一样背公式记定理。

视力很快下降，右眼零点八，左眼只剩零点二，坐在第二排都看不清黑板。星期天去配了一副近视眼镜。

每天早上，我坚持跑步到公路那边的小房处，打起精神听完早上两节课，早饭后随便弹一支曲子，然后再连续上四节课。课程稠密、紧张，一节挨一节，需要高度集中，思路才能跟得上。

这段时间，我觉得浑身充满力量，能够做好多想做的事。而在疲倦或心情不快时，就信心不足，畏惧一切。我暗自制订了切实的计划，加强各方面修养，培养认真踏实的习惯，向训练有素的同学学习。学会按语法逻辑写信，培养逻辑思维能力。积累音乐方面的感性知识，通考以后再仔细学，学透彻。

学习成绩是个动态的东西，除了基础之外，还要时时刻刻努力，一旦松懈，马上下滑。班里入学考试时，成绩第一名的彩芹大姐，到毕业时，已下滑到二十几名了。她不是不努力，而是年龄大，精力不济。

在学校，成绩是个硬头货，成绩好，自然就受人尊重。成绩不好，就说不起嘴。

十一

天气越来越热了，宿舍里蚊子、跳蚤肆虐。大家东一堆西一堆聊大天，一盘散沙。灶上的饭千篇一律，这一切都让人难以忍受。

转眼到了七月，教育局前次说的到地区参加统考一事，诈唬一阵子后也一风吹了，最后还是由学校出题考试。从7月9号开始，到17号结束，一天一门。

终于考试完毕，长达十天的疲劳战。中间发生漏题风波，代数老师出题后，被同学看见，拿到班里散布，只好重新出题。

这次考试我又得了第九名。第二次获得二十元奖励。但这次得奖却犯了众怒。

这还得从考试抄答案说起。这一次考试，监考的是心理学老师。心理学老师嘻嘻哈哈，平时就没有人怕他，上课秩序一直很差。这次考试是在操场露天举行，大家跑来跑去互相抄，甚至前排跑到后排，后排跑到前排，他都不管。

我没有抄，考试过后，感觉很亏。这天我和李平去数学老师房间，看到他改的卷子，卷子摊在桌面上，人却不知道出去干啥了。看到这场景，我先是一愣，继而抓起笔，赶快改了一道题。慌乱中李平也改了一道，但她的改题和排名没有关系。

分数公布后，我又成了第九名，这让明玉等几个女生非常愤怒。我若不改题，她们中的谁就可以进入前十名，现在我得了第九，就没有她们的份儿了。

十二

我和明玉的蜜月期维持不到半年，就有些疏离了。一开始我把她看作女性中的另类，高雅脱俗，不拘小节，还在日记上仔细描写明玉之美，自以为找到了知己。我喜欢她的大气，还有野心勃勃，最初我俩还准备一起学英语。她说学好英语，将来出国要用。有许多次，同学们都回家了，寝室只剩下我和她，我们诉说着各自的思念之苦，她讲她的恋爱过程，我讲我的经历，坎坷的求学之路，考上这所学校的经过等。

我这个人经常意气用事，一上来和某人特别好，什么话都说，恨不得把心都掏给人家，时间一长，不定因为什么事起了隔阂，最后变臭。君子之交淡如水。我母亲也常说，“亲戚远来香，邻居高打墙”，意思都是说，人和人之间要有距离，亲近过度必然埋下后患。

随着时间的推移，我慢慢发现，明玉还是个高傲自负、非常任性的人，嫉妒心很强，她不容许别人超越她，不允许别人对她有任何冒犯。如果选班花，必定是明玉无疑。她的形象气质在班里都是鹤立鸡群一样的存在。班主任李老师对她很关照，有几个男生对她很心仪，教育局里有她的亲戚，学习成绩在班里中等偏上，这一切都让她没法不骄傲。相比之下，刘玫只是性格开朗罢了。但刘玫当着文体委员，爱唱爱跳，走到哪里都是大家的开心果，年底评模范有她，普通话大赛获奖也有她。在日常学习生活中，刘玫无论什么都要抢占先机，这让明玉很不爽，表面上她对这些不屑一顾，实际上也很在意。久而久之，两人之间暗暗较劲，女生中也慢慢形成两派：明派和玫派。

搬离一寝室后，我和明玉的关系自然疏远，后来又借个机会，不做同桌了。这时，我和刘玫的关系开始走近。虽然刘玫肤浅，但和她在一起，能够感受到一种简单的快乐，还能获得源源不断的最新消息。

女生喜欢成群结伙，大都以地域为圈子。比如刘玫的屁股后面总是跟着李平、文霞，因为她们是一个学校的；而彩芹和淑绒、爱芳总是一齐出出进进，因为她们都是风陵渡人，还有亚平和月芹是一个村的。而明玉和小爱又是表姊妹。一寝室还有一个半吊子朱芳，走路腿撂多高，她喜欢在几拨人里传闲话，这边刚说个什么，她马上就传到那边去了。人多嘴杂，一句话传来传去，早变了原味。

自从第二次考试排名第九得奖后，我和明玉的关系降到冰点。明玉撺掇几个女生围攻我。不记得我说了一句什么话，被那个半吊子朱芳传到一寝室，明玉就指责我说她们闲话。

空气中弥漫着紧张的气息，我打定主意不开口。这一段时间，我的内心在慢慢起着变化，由原来的优柔寡断、自怨自艾，慢慢变为一个意志坚定的强者了，感觉心理上强大许多。

奖金到手后，我买了瓜子花生糖块请全体女生客，明玉没有参与，她让另一个女生把我叫到一寝室，三堂会审，挤住我问闲话。明玉的眼镜片后，放射出凶狠的光。正在不可开交时，沈雪的女婿从部队上回来，打断了我们的争吵。

我心里十分愤怒，在当天的日记上写道：尽管狗在叫，骆驼队依然在前进！

出了一寝室的门，我直奔分管中师班的县教研室主任刘维民老师家，去看望他从台湾回来的老父亲，以此接近刘老师，为我未来的转正做铺垫。

十三

暑假过后，班主任换了，由沉稳老练的李老师换成一个年轻英俊的后生，这后生就是高波。据说李老师是主动提出回原来的高中教书的，他和这一群成人学生淘不起神。

高波二十四五岁年纪，刚从省教育学院毕业，家就在学校附近的村子。高波长得很生动，眼角眉梢都洋溢着一股逼人的英气。他上穿一件深蓝色西服，红色衬衫的下摆掖在裤腰里，露出皮带的金属扣环，一闪一闪，时隐时现。西服的下摆，随意飘荡在扁平的腹肌上，显示出潇洒和力度。上课时，黑亮的头发一甩一甩。相比于那些暮气沉沉的老教师，高波的到来让学生们，尤其是女生的神经兴奋起来。

高波教我们文选课。第一节讲中国文学概论，他从《诗经》里的“窈窕淑女”讲到《牡丹亭》里的杜丽娘和柳梦梅，讲《牡丹亭》，就用了大半节课，又讲到新时期文学，谌容的《人到中年》，戴厚英的《人啊，人！》，还有柯云路的《新星》等，他讲得神采飞扬，眉飞色舞，同学们听得入了迷，课堂秩序空前地好。我的思维也跟着他的讲述，一起一伏，上下翻飞。

不知怎么，高波就讲到了一个“少儿不宜”的故事。他讲自己在一本杂志上看到有一篇写知青的小说，说是十年动乱时期，一女知青插队于川藏交界地区，这里地广人稀，男多女少，野蛮荒僻。房东一男光棍对女知青垂涎三尺，产生了异性之感。女知青的服饰、生活方式带着城市文明，吸引了这位大龄男。然而由于民族习俗、文化差异，两人不可能成为一对。一天夜里，大龄男闯入女知青房间，嗫嗫嚅嚅要干那事。女知青开始不答应，后来在男的苦苦哀求之下，忽然想起国家号召，“急贫下中农之所急，想贫下中农之所想”，就答应了。

通过老师的渲染，全班人笑得前仰后合，哎哟哎哟。瞧，这就是最有趣的事了。我坐在第二排，感觉自己的脸都烧到脖子根了。我那时还没有结婚，虽然和恋人之间也有肌肤之亲，但一群人这样大张旗鼓地放肆，我还是接受不了，心想，这个老师怎么这样“流氓”啊。

高波和学生同龄，甚至比一些学生还小，他讲课的生动，还有课下的热情亲民，活力十足，很快赢得了全班同学的信任，班级风气跟着风生水起。

女生都喜欢高波，这是显而易见的事。从她们忽然爱上文选课、爱写作文可以看出。下了课，就仨一伙俩一团地前去问问题，什么使动用法啦，意动用法啦，他也热情地一遍两遍地讲。高波订有两份杂志，《作品与争鸣》和《文学评论》，有时我也去他房间，借杂志看。他办公室还有一块小黑板，上面经常写一些格言警句，诸如“鹰有时候比鸡飞得低，但鸡永远没有鹰飞得高”，“人心似平原走马，易放难收”之类，大家也争相传抄。

九月份，我请假回老家结婚。一个月后来到学校，一女生悄悄告诉我：“知道么？刘玫和小高好上了。”小高就是高波，这是女生背后对他的称呼。所谓好上了，就是关系超出了正常范围。我心里“咯噔”一下，好像一件自己欣赏的艺术品被别人拿走了。我也仔细观察过，刘玫和高波的关系不一般，但没有想到发展这么快。

刘玫和高波的关系越来越好，同学们议论一阵子后，似乎也默认了这种关系。有的女生有什么事不敢直接对高波说，就托刘玫前去。刘玫似乎成了同学与老师之间的一个桥梁和纽带。刘玫下课就往高波房里钻，晚上高波若回自己家住，还把宿舍钥匙交给她。刘玫就带几个伙伴在高波房间做功课，烧水洗衣服洗头煮饭，把他房间弄得乱七八糟。高波也很喜欢刘玫，这一点大家都看出来了。高波上课时，如果刘玫在座，他就讲得格外起劲；刘玫若不在，他就蔫不拉几魂不守舍。有一次刘玫请假去部队上探亲，高波就心神不宁，一副可怜巴巴的样子。

明玉先前也经常去高波房间，问问题，坐道聊天，表现得很热烈，自从刘玫捷足先登后，明玉慢慢就不去了。而刘玫和高波好上后，做事不但不低调，还有点大肆张扬炫耀的味道，明玉就气不过。由爱生恨，由恨生仇，她决心来一次行动。

机会很快来了。一天上午，我从外面回来，听小爱和明玉在寝室里大吵，一个说你情报不准，一个说你居心不良。原来明玉昨夜导演了一场捉奸游戏。她听小爱说刘玫和高波在房间里，就让几个男生赶快前去锁门。谁知门锁住以后，男生扒在后窗看，房间并没有高波，锁住的是刘玫和她的女婿。原来刘玫女婿从部队回来，天晚了，没有顾上回家，两人就拱在老师房里作乐。

捉奸事件后，高波很生气，慢慢地对明玉就不冷不热了。明玉很受伤，学习上也不上进了。女婿一个电报，她就到太原相会，一去就是半个月，最后毕业实习成绩划为二等，操行也被评为二等，转正就成了问题。

十四

刘玫爱上高波独占花魁，应该是很快乐的事，但她竟也有烦恼。她说别人不能理解这种感情，就找我，还说："你看书多能理解我。"

从刘玫口中，我知道了高波的许多故事。高波上初中时母亲就去世了，留下他和父亲、弟弟，筷子夹骨头三条光棍，日子过得艰难。这时邻居的一个姑娘经常去帮忙，高波的父亲看这姑娘能干，热心，就托媒给高波说下了。高波志向远大，将来要考大学，远走高飞，哪想找一个农村姑娘早早结婚呢？但现实就是这样，家里需要一个女人。他拗不过父亲，就糊糊涂涂应允了。高中毕业后，高波考上一所中师。两年中师毕业，被分到本乡一所初中教书，随即也和那位姑娘结婚，一年后有了儿子，有儿子这年他才二十一岁。儿子是怎么生出来的，高波一点印象都没有，一切都是妻子打理的。妻子非常能干，为他生儿子，还喂了一头老母猪，一年下十几头小猪。父亲满意极了，但高波不满意啊，他想自己的一生就是这样交代了？于是又去考省教育学院，两年后教育学院毕业，又被分配到这所成人师范学校。来师范的第二年春天，高波的女儿也降生了。

刘玫和高波相好后，很是狂热了一阵子。两人寻找各种机会相聚，甚至利用课间十分钟，在办公室亲热。

刘玫约我和她一起去高波房间，三个人在一起时，就是海阔天空无拘无束地穷聊。高波讲他小时候的可笑事，上教育学院的逸闻趣事，还把自己各个时期的照片拿给我们看。我就觉得一下子阅尽了高波的青少年全部岁月，了解到他的灵魂。

两人相好以后，互相都说了许多深话。刘玫把自己小时候遭坏人性侵的事都告诉了高波，高波也把新婚夜用酒灌醉自己的事都告诉了刘玫。以后这些话又通过他俩传到我耳朵里，让我开始理解他们的深情厚谊。

高波热心肠，脾气好，性格好，完全没有老师架子。不论男生女生，谁有什么困难，他都尽力帮助。男生王洁实家里负担重，平时几乎不在学校，只有考试的时候才来。高波对他网开一面，遇到学校检查，就替他打掩护。女生遇到困难，他也很热心。后来才听他说，学生中有他的初中同学，还有他的高中同学，他说，谁不知道谁的底细，摆什么架子？我只不过在高考中幸运一点而已。在同学面前，我只有当好服务员、勤务员才是。

我和高波的互动，更多的是在文学爱好方面，比如谈论读书，比如写作文。高波很注意作文训练。每周给学生出一次作文题，注重触发学生自身的感受，让你有话可说。学了

《游褒禅山记》后，他就让大家写一篇登山感想。还有写每个人在教学生涯中，怎样和学生做朋友。他还出了一个题目“我的师范学校生涯”，让大家尽情抒发自己的喜怒哀乐。我喜欢写作文，到后来，觉得他的作文题好像就是给我一个人出的。比如“我永远不能忘记”，远离家乡，远离亲人，漂泊在外，压力多多，我有多少感慨需要抒发啊，同学们都忙着应付考试，胡乱写写交差，只有我写得认真。高波就给我的作文打上十分、九分，然后加上长长的评语。我无法明写女生之间的争宠斗艳，就把作文写成一篇小说《小人国漫游记》。他看后大加赞赏，又是长长的批语。在这种一来一往的写作中，我也慢慢增强了自信。

十五

电视上正在热播《红楼梦》，校园里不时传来“一个是阆苑仙葩，一个是美玉无瑕”的歌声。

早上，清风习习，空气鲜润，迎着东方的霞光，在公路上奔跑，人也好像插上了翅膀。“快黄快熟”已经飞来了，那清脆、辽远的叫声把人带回故乡山区那自由的田野上，成熟季节特有的温馨气息,和这学校枯燥的生活形成强烈对比。

大自然充满勃勃生机，我们每天却被困在教室里，钻研枯燥的功课。憋得时间长了，大家都想出去放散放散。

终于有了一个机会。这天班长玉祥的女儿满月，我们全班倾巢出动，冒着受处分的危险到曹庄吃满月席。

高波找来一辆大卡车，停在学校门口。大伙鱼贯而出，悄悄爬上车。但不知怎么走漏消息，王校长知道了，紧赶慢赶出来阻挡，在离卡车还有一百多米的地方，高波低声对司机说，快开！在王校长“哎，哎”的追喊声中，卡车发动，一溜烟开走了。

南风吹拂，麦穗轻扬。我站在车头，迎着醉人的风，十分快意。大伙在车上东摇西晃，一路歌声一路笑。

芮城人吃席俗称“吃序子”，就是一碗一碗地上菜。上一碗甜的，必来一碗咸的，木须肉，甜米糕，吃个没完没了。一顿席下来，吃了三个钟头。上两块钱礼，美美饱餐一顿。那时同学之间，不管是结婚还是孩子满月，都是两块钱礼。记得我结婚时，寝室六个女生兑了十二块钱，给我买了一个床单。那床单厚厚实实，全棉的，质量很好，至今我还保存着。

班长玉祥这一年三十岁，属鸡，在农村来说是大龄得子了，加上女儿出生时超过预产期，于是班里几个男同学，王应强、焦新立等合计一下，给他出了一副对联：“金鸡报晓迟，迟中岂无迟中意；嫦娥出宫晚，晚里自有晚里情。”

吃完满月席，我们的车又开到大禹渡电灌站，车没有开下去，有些同学沿着管坡下去到黄河边，我和几个女生去看大禹渡那棵千年古柏。

坐在高高的台阶上，眺望大河南岸。河水大了许多，淹没了对岸的草、树木，我下意识地张望，想看对岸有没有车。如果有车，我真想坐上，立刻回到故乡，去和恋人相会。一开始，我并没有要哭的意思，但当高波调侃我：“你现在想什么呢？是不是想你小伙了？回嘛，咋不回呢？”一句玩笑话，让我的心忽然一沉，忍不住流下了眼泪。我不看对岸了，马上勾回坐到车上，回来时一路不高兴，好像跟谁置气似的。

回到学校，高波自然受到校长一顿批刮。王校长说，都什么时候了，马上就要进入地区统考，你作为班主任，不督促学生抓紧时间学习功课，还带上他们出去放风？

十六

假期结束来到学校，一时没有课本，需偷空看别人借来的书，所以很紧张。人人都感到压力之大，气氛不同往常。想想人活在世上，需要和多少东西争生存。每时每刻，看不见的敌人在窥视着你，你别无选择，必须去竞争。

这段时间学了十几篇古文，觉得收获很大，《子路、曾皙、冉有、公西华侍坐》《齐桓晋文之事》《公输》《庖丁解牛》《五蠹》《察今》《论积贮疏》《〈学记〉三则》等，古人那种能言善辩、设喻论证的才能令人望而兴叹。

儒、道、法、墨、杂，各家都有，他们的政治主张，社会历史观，对我都有启发。可惜的是，没有时间深入钻研那些丰厚的文化典籍，我们只能从中掠取一点，略知一二罢了。

1988年元旦来了，在高波的策划下，这个元旦热闹活跃，丰富多彩。元旦联欢晚会上，中师二班的器乐合奏《乡音》在比赛中技压群芳，一举夺冠。音乐班、幼师班的弟妹们被折服了，平时看不惯高波行为、对二班颇有微词的老教师们也都没话说了。全班大合唱《血染的风采》更是把气氛推向高潮。这首歌由文体委员刘玫领唱，男女同学分唱、合唱，情绪演绎得饱满到位。一种青春的激情在心里翻腾，莫名的力量在我们身上增长："也许我告别，将不再回来，你是否理解？你是否明白？也许我倒下，将不再起来，你是否还要永久的期待？如果是这样，你不要悲哀，共和国的旗帜上有我们血染的风采……"

女生表演唱《月亮走我也走》，刘玫独唱《你潇洒我漂亮》，赵丽唱《梦回故乡》，老大哥李一统唱了一首《一个美丽的传说》，还有一些小快板、三句半之类，总之很热烈很红火。这些节目随后还拿到大王镇下面的几个小学去巡演。

演唱会结束后，全班同学又举行了茶话会，大家围坐在一起，吃着糖块瓜子花生，你一言我一语，热烈地讨论联欢晚会的成败得失，一直闹腾到十二点，才渐渐散去。回到寝室，我却是翻来覆去睡不着，直到凌晨三点才蒙眬睡去。

第二天上午又进行了男女同学越野赛跑，二十个人中我跑了第九名，只不过将就跑完全程罢了。中午开完发奖大会，放两天假。我想借此机会，好好静静心。

刘玫在这次元旦联欢会上出尽风头，她既是指挥，又是领唱，还是编舞，还有独唱，充分展示了自己的艺术才华。她胆大自信，闯得出，每一个场面上都勇于表现自己，把好处占全了，又是地区模范，加十五分稳拿到手，实习时又得高分，平日里处处占上风头，这让明玉等人不嫉恨才怪呢。

十七

距离毕业还有半年时间，许多人已经开始活动了，有的到地区找关系，有的在县里找熟人，还有的积极寻找其他途径。尤其是成绩不上不下、处在中游的所谓“边界”上的人，活动得最厉害。

此前，姑姑已通过熟人找到分管中师班的县教育局刘维民老师，把我的情况向他做了说明，希望得到他的帮助。刘老师中等个头，说话干脆利索，不打诳语。“转正主要还是看成绩。如果没有人咬，其他问题都不算问题。”说着，他在一张纸上给我写了个人需要的资料，让我回老家把这些提前办妥，末了说，“到时候你若能考到前几名，进入地区名额，不占县里指标，那就没问题。如果占县里指标，就有点麻烦。”

我拼命学习，就是想考到班里前几名，但不管怎样努力，成绩也只能在九、十这个名次上徘徊，这似乎是一种宿命。

春节期间，我回到老家，让丈夫找他在教育口的朋友帮忙。朋友是个高中老师，去找教育局的熟人。熟人说，教师使用证、教材教法合格证办理，需要遇时机，现在不是茬口不好办，以后有机会再说吧。因为不是急用，这件事也就暂时放下了。

麦忙假开学后，学校正式宣布参加地区转正考试的几项规定和时间表，我这才慌了神。学校宣布，6月21号到28号，一周时间，学校审查资格，鼓励学生揭发告状，名曰公示阶段。随后两天，是地区审查资格时间。七月中旬到地区考试，十天后宣布分数，再十天后确定转正名额。从这个时间表上看，上边希望速战速决，一个月内定乾坤，以免节外生枝。

资格审查，就是审查入学条件、在校条件。在校条件很笼统，伸缩性很大，只要没有严重违反纪律的行为，问题都不大；而入学条件却是硬杠杠，它包括三年教龄、教师使用证、教材教法合格证，如果这些条件不具备，就要取消到地区参加转正考试的资格。

关于三年教龄，我在芮城教了两年书，在家乡也代过课，两处加起来足够。现在就是缺乏“两证”，1984年我在老家也曾参加过教材教法合格证考试，但没有拿到证，就来芮城了。现在，我的好朋友正在告我，与我学习成绩旗鼓相当的同学也在告我。毕竟少一个竞争对手，就多一份胜算把握。班里其他人被告没有，我不知道，只沉浸在自己的糟心事中，没有闲心关注别人。

学校要求我限期回家开出证明，把材料弄完善，但此时学校正在进行实习总结、操行评定，这个关键时刻，我不能离开。时间紧迫，姑姑决定请假回老家代我办理。

姑姑回到老家，可惜的是，丈夫下乡搞森林资源清查，帮不上一点忙。三天时间，姑姑和家人找到家乡我曾代课的学校，几经周折，开了一纸证明，证明我何时何地参加过两证考试，成绩是多少，编号多少等。等姑姑赶回芮城，我把证明交到学校后，长出了一口气，谁知第二天王校长从地区回来说："因为有人告状，地区不信任，说证明上面只有学校公章，不行，还必须有当地教育局公章。"我听后愣了一会儿，心想，难道再回去一次吗？

回！这时我只有一个念头，我要考试，我要转正，什么困难都阻挡不住我前行的脚步。于是我把事情交代一番，就从学校开拔了。

从芮城到我的家乡河南卢氏县，两地相距两百多里，中间隔着天堑黄河。俗话说，隔山不远隔河远。1980年代，道路交通远没有现在这样方便，火车还没有提速，没有个准点，汽车也没有现在多，小蹦蹦车、摩托车更没有现在这样普遍。边远一点的路线，像两省、两地区之间的交往就更麻烦了。

我平日往返有两条路，一是旱路，一是水路。如果走水路，从卢氏坐汽车在蜿蜒的山区公路上北行七十八公里到灵宝，再从灵宝坐汽车在秦岭脚下西行二十多公里到小镇常闫下车，然后走二十多里河滩路到南岸的大禹渡，再坐船过黄河，爬上高高的河岸，走二十多里才能到山西省的芮城县。走旱路，就是从灵宝坐火车到陕西省渭南市的孟塬车站（孟塬车站早在上世纪九十年代已经撤销，相当于现在的华山车站），再从孟塬车站转乘北上太原的火车到风陵渡下车，在风陵渡再坐班车走八十里，来到去芮城的中途大王镇学校。

我每次都是早上就从卢氏出发，晚上八点或者夜里两点才能到达芮城县。有一次，在路上一共坐了六种运输工具，分别是自行车、拖拉机、机帆船、小蹦蹦车、大货车，最后是汽车，才回到家里。寒暑往来，我奔波在黄河两岸，受尽旅途之苦。这次为考试，也是拼了。

回到家里，天已经很晚，丈夫还在乡下，联系不上，我没了主心骨，不知道该找谁。第二天一早，我到城郊高中找丈夫的朋友，上次找过他。但他不在，同事说人家老家有事，回去了。我站在学校门口，愣了半天，忽然想起西关姨表哥曾在卢氏一个校办工厂干过，想看他教育局是否有熟人。我到西关找表哥，表哥不在家，只有表嫂在，很热心，说她的表哥表嫂在教育局有熟人。表嫂抱上不满周岁的孩子，和我一起到实验小学找她表哥表嫂，恰好都在。说明情况，她表哥说："你得先到教过学的地方让人家给你开个证明，再拿到教育局来盖章，否则空口无凭，人家不会盖的。”

前次的证明交上去了，现在还得重新开。我跑回村里，找到村校校长，好说赖说开了个证明，这次证明说得更详细，教龄、教材教法、去山西的原因等。我拿上这个，又去找表嫂的表哥表嫂，相偕去教育局，找着管公章的李小刚。李小刚一听，头摇得像个拨浪鼓，一个不行两个不行，说没有局长点头批字，这个章子万不能盖。李小刚还悄声对表嫂的表哥说：“这是徇私舞弊，让局长知道了，不得了。”吓得表嫂的表哥也不敢管这事了。

没办法，我又来到西关表哥家，表哥刚从乡下回来，他听后很生气，说：“什么徇私舞弊？不过是为了参加人家外县的考试嘛，咱县不重视人才，人家出去了，现在连个章子都不给盖，还说什么扯淡话！我去给你找局长。”我问表哥和局长关系如何，他说：“认识，能搭上话。”

表哥冒雨出去，过了一会儿，回来说局长到地区开会去了，得明天下午才能回来。怎么办？再晚就错过期限了。表哥说，我明天死活候着他，无论如何要把公章盖上。

第二天下午，局长才从地区回来。在表哥的斡旋下，最后盖了章。

终于在地区统考之前，我的资格审查得以过关。

十八

乱，乱，乱，乱到放不下一张课桌了。听见风就是雨，人多嘴杂，一有风吹草动，就传言四起。愈近毕业，越发乱得很，有跑来跑去传播消息的，有扯筋牵线的，有调情骂笑的，什么都有。

我们的师范生涯走到风口，各种矛盾趋于白热化。

学校举行毕业考试，一切都是紧张忙乱的，使人不能有片刻的喘息机会。考试结束，累得连吃饭的劲儿都没有了。

接着开始毕业实习，为时一星期，就在大王镇的各个小学进行，也不过走走过场罢了。这些人以前大都是教学能手或业务骨干，实习对他们来说没有多大必要，但实习需要成绩，转正时要作为参考，当然也不能忽视。

麦忙假后，距离地区统考只剩一个月。能把要考试的八门课程再溜一遍就不错了，不会的已经不会了，会的需要巩固。最重要的是把模糊的东西弄精准，每次考试，我都败在模糊上。

实习完毕，我本想回老家复习。学校里吃的住的都不行，女生之间剑拔弩张，恶语相向，一切都让人受不了。但各种事情的干扰，我的计划无法实现。

这期间，我来回往返办手续，请假次数多，别人告状，操行被评为二等。我非常生气，缠住高波让他给我改，老师说："操行评定，主要一条就是请假，你请假多，这是公认的，咋改？”我说：“我不管，我就是要你给我改成一等。”高波老师笑着说：“你怎么玩赖呢？”我说：“我就是要当一个泼皮、赖皮、死皮。没办法，生活要把人往这个地方逼呢。”

十九

统考的时间终于到了。

这天我们到地区报名，一下车先看了考场。这之前，女生有喝葡萄糖水的，有输白蛋白的，增加营养。我顾不上营养，手表还莫名其妙丢了。没有手表，考试时掌握不住时间，咋办？高波知道后，就把他的表借给我。我戴着一只宽大的男式手表，进了考场。

两天时间考试八门。考完后，我和女伴上街逛了百货楼，给自己买了一款蓝色的折叠裙，还买了一件白色的泡泡纱短袖。这是我第一次穿裙子，感觉还不错。站在旅社房间的穿衣镜前，我孤芳自赏一会儿，就收起来了。毕竟，我还穿不惯裙子。

十天后，统考成绩出来了。出乎意料的是，一向成绩不错、自强、自信、特要面子的刘玫，却发挥失常。尤其是语文，只考了六十一分，低于全班平均水平。

而刘玫考砸的原因，竟是因为高波。高波因为要带队熟悉考场，还要预订旅馆，就提前一天来到市里，还带着三岁的儿子。得知消息的刘玫，也提前一天来到市里。两人结伴美美逛了一天。夜里小孩子吃不住熬，早早进入爪哇国了，给这对痴男怨女提供了机会。刘玫太兴奋了，考试前夜就没睡好，一上考场就头昏脑涨。她拼命用湿手帕擦汗，也不济事。加上第一场又是她不擅长的语文，这样总分一下子滑到边界，能不能转正还在两可之间。

刘玫一个劲哭，对高波说："我一心想考好，想给你争气，想堵住别人的嘴。这下打嘴现世，让人家嘴都笑歪了。"高波被逗乐了，安慰她说："什么时候了，还管人家嘴笑歪不歪？不要哭了，咱想想办法。"幸亏刘玫是地区模范，还有普通话大赛得奖，两项加了二十五分。在高波的奔走斡旋下，这才转了正。

中师二班这次整体成绩不错，有八名同学进入地区分数线，我考了三百一十一点五分，名列班里第十名。还是占了县里的转正指标，我感到很羞愧。

地区给县里二十四个转正指标，加上考进地区的八名同学，这次我们班一共转正三十二名，比上一届的一班多转正九人。

其余的同学，以后几年参加民办教师招生考试，也都陆续转了正。剩下极个别成绩实在不行的，也在最后达到年限转了正。

十天后，转正名单报到地区。

我打算分数一下来就回老家去，休整几天，同时办理户口迁移等，但刘维民老师告诉我，不要离开这里，勤打听着，等填完转正表再回家办户口不迟。他还说，还有人在告我，举报信都写到地区了，管资格审查的人把信让他看了，问题提得很尖锐。但终究还是分数第一嘛。

明玉考试完毕，就跑到太原女婿那里去了，论成绩她也许可以转正的，但因为和老师的关系不佳，操行被评为二等，实习分数也不高，她本人也不在家守着，结果一点一点被别人攻掉了。

8月12日，我填了转正登记表。

秋季开学，我又回到原来代课的岭底中学。随后办理户口、粮食关系等。

二十

两年的中师生活结束了，同学们作鸟兽散。由于交通不便，通信不发达，除了几个关系比较好的同学外，其他人的情况都不清楚。

毕业以后，我再没有见过明玉。后来从同学口中，漏七漏八得知她的一些情况，说她为转正，跟管教育的莫县长好了，还为莫县长生下一个女孩。但莫县长有家室，离不了婚，就把明玉包养着。莫县长帮明玉转正后，就把她安排到地区一家单位当会计。

2020年8月，毕业三十二年的中师二班同学第一次全体聚会。五十二名同学来了四十五位，除了早夭的一名李姓同学，还有远在新疆的小爱，以及去外地给儿女带孩子的四位同学外，当年的主要人物俱现。然而我期待的明玉并没有出现。事前在同学群里通知了她，但明玉说，她刚好参加侄儿的婚礼，来不到现场，但发来了她的近照。照片上的明玉，穿着练功服，正在练剑，脱去了早年的青涩，神情显得更加从容优雅、雍容华贵。

随后我俩加了微信。一通话，就很亲切。穿过三十年的时间隧道，仿佛一下子回到当年惺惺相惜的上下铺，但我们绝口不谈中师生活，不谈毕业转正，不谈同学老师，只谈云淡风轻的现在。

明玉现已退休，和女儿生活在一起。女儿大学毕业后主动回到当地，陪伴妈妈。明玉平日和一群人一起打拳，练剑，远足，旅游，还参加了当地的合唱团，日子过得很潇洒。

末了我说："年龄大了，找个伴吧，不要那么苛求。"她说："以前没有想过这事，这几年朋友们都劝，才有这个想法。正在找，看缘分吧。"

放下手机，我大哭一场。说不清为了什么。为了当年那个美丽高傲的班花明玉？还是那个身材矫健、一身标准军姿的小伙子？还是为了我们那永逝不再的青春岁月？说不清。

我想起明玉曾对我说的话，她和她的小伙"爱得很深很深”。我不敢想象明玉和她的小伙分手时是怎样的撕心裂肺，不敢想象在漫长的岁月里，彼此如何面对自己的内心。我想，明玉当年的成绩也不至于差到非得给人家当小三才能转正的地步，她就是想争气，想在刘玫、高波等人面前显示自己的不凡。

随后，明玉退出同学群。

毕业以后，高波和刘玫也没有走到一起。两人都有家室，高波还是两个孩子的父亲，热恋几年后，他们选择分手。分手后，刘玫害了一场大病，后来生了女儿，她才慢慢缓过来。她对高波的一往情深，每次都是那种浓得化不开的样子。“这是不凋的艳魂，这是难拾的坠欢”，我想起这两句诗，用来形容他们当年的恋情，应该是很恰当的。

随着年纪慢慢变大，两家人已经变成世俗意义上的好朋友，闲暇时在一起锻炼锻炼身体，聊聊健康，红白喜事互相帮帮忙，挺好的。但有一次刘玫对我说的话，还是让我震撼了一下：“将来高波要是死到我前头，我要为他穿老衣。”

同学聚会时，副班长陈廷杰赤裸裸地对高波说：“感谢老师，感恩老师，老师是我一辈子的恩人。”听了这话，我觉得有点肉麻，但廷杰是认真的、真诚的。他和老师之间，这几十年的友情，也是我所不了解的。

中师二班，也是高波人生的高光时刻。他用青春的激情，点燃了同学之间的竞争力和创造力，不但在当时，也在以后许多年和这些人建立了深厚的友谊，至今仍是中师二班的核心和灵魂人物。我们毕业后，高波也离开了教育战线。先后在县政府办、县人力资源局等部门担负重任。人生命运像他的性格一样风生水起。高波老师总结道，中师二班“是一群时代的幸运者，一批不服输的抗争者，一些干事创业的成功者”，幸运，是幸时代之运。如果没有改革开放，就没有我们这些人的出头之日，没有为国家为社会发挥才干的机会。

从聚会上得知，毕业后，除八名同学改行从事经商、行政、保险业务外，大多数同学又回到原来的教学岗位。三十年间，先后有十七人担任联校正副校长、中小学正副校长、教导主任、党支部书记等职，多数都是教学能手、业务骨干，郭海平同学还到县教育局任职，杨淑绒同学被评为山西省小学语文特级教师、山西省最美乡村教师。

毕业以后，我在芮城又教了两年书，终于调回老家。回到老家后，先后在县委宣传部、乡镇、县科技局工作，又经历了许多人和事。

中师二班的故事似乎已经很遥远了，但有时午夜梦回，想起那段波澜壮阔的青春岁月，连同那个时代特有的气息，还是会有一丝丝的感动。

站在黄河南岸，遥望对面的中条山，和中条山上那紫蓝紫蓝的岚烟，我知道，我的青春在那里。而对岸，也一直都在。

中国诗的“哥德巴赫猜想”

谭夏阳

破解马勒《大地之歌》中的唐诗歌词之谜。

大地之歌

灯光亮起，天鹅绒的大幕徐徐拉开，演奏正式开始。交响乐曲将人们带到千年前的杨柳堤岸、皓月江汀、玉笛高楼之中，意境优美而忧伤……

这是1998年的北京，一场特别的交响音乐会，交响乐团来自德国，演奏曲目来自百年前的《大地之歌》，而乐曲当中的歌词，却是一千多年前的中国唐诗。

这注定是一场备受关注的音乐会，在申请之初就自带流量。1998 年 5 月，一支由德国艺术家组成的交响乐团向中国文化部提出申请来京进行访华演出。他们报备的演奏乐曲叫《大地之歌》，注明由奥地利的伟大作曲家马勒创作，并在乐曲来源中标注“根据中国唐诗创作”。如同随后进入中国的迪士尼动画片《花木兰》或梦工厂动画片《功夫熊猫》，本土元素成为宣传噱头，一下子点燃了人们的观看热情，门票瞬间被抢购一空。

人们的关注点似乎超越了音乐本身，更多落到两种文化的碰撞上来。一百多年以前，唐诗是如何传播到国外，并让国外艺术家产生共鸣，进而影响他的创作的？交响乐中到底是哪几首唐诗，诗的作者又是谁？这些唐诗在国外听众的心目中有怎样的地位，他们会喜欢这些诗吗？根据这些诗歌创作出来的乐曲，这次要回到诗的故乡演出，国人会喜欢这种演绎吗？我们又将如何面对来到自家门前献艺的异国艺术家？

这些问题在演出之前统统找不到答案。

当晚，音乐厅中除了普通观众，还悄悄进来了一批中国诗人、文艺学者和古典诗歌专家。令人惊讶的是，时任国务院副总理李岚清也来到现场。他也是一位造诣颇深的古典音乐爱好者，退休后曾出版过《李岚清音乐笔谈》一书，介绍五十位欧洲音乐大师及其经典作品。

一份依据德文翻译的中文“乐章说明”交到观众手中。有关人员介绍道：对于德国交响乐团来说，此次中国行其实也是一次“寻根之旅”，因为他们也想搞清楚这些唐诗歌词的出处，于是在演出之前做了功课——将歌词的德文版整理出来，请人翻译成中文，并为每章配上相关说明，以期到场的中国学者能短时间内将原作辨认出来。

把一场纯音乐会演变成学术研讨会，这在音乐史上想来还是头一回。

《大地之歌》的副标题为“一个男高音及一个女低音（或男中音）声部与管弦乐的交响曲”，这部被称为“交响曲”的作品，实际上是一部管弦乐伴奏的声乐曲，而且是把歌曲以交响乐形式交织于器乐之中。这种富有创意的音乐形式取得了相当成功的效果，在世界范围内享有盛誉。

全曲一共六个乐章，每个章节都设置有标题。第一乐章《尘世苦难的饮酒歌》，注明了作者是李白。尽管译文很晦涩，但学者们一致认定，歌词是从李白的歌行体诗《悲歌行》中摘录出片段作为这一乐章的歌词的。歌词分成三节，每节都有一句由马勒自己插进去的“生和死一样黑暗，一片黑暗”做结尾，表达了他对生命的看法。音乐激昂热烈，有对大自然和生命的热情颂扬，也有对命运的抗拒，但总的情绪没有脱离孤独和悲唳。

第四乐章《咏美人》的德译歌词十分明白：“年轻的姑娘在采摘花朵，阳光在她们身上编织金网……一群俊美的少年，骑着高头骏马从岸边过来……”这不正是李白《采莲曲》中所写的“笑隔荷花共人语，日照新妆水底明……岸上谁家游冶郎”吗？这一乐章比较短小，描写青春生活的快乐，表现马勒对青春生命力的赞美和怀恋。

第五乐章《春天里的醉汉》为李白的《春日醉起言志》，也是短小乐章；而第六乐章《告别》则更快被学识渊博的学者当场破译——来自王维的《送别》和孟浩然的《宿业师山房待丁大不至》。第六乐章音乐长达三十多分钟，占整部交响曲的一半，表现大地的永恒和生命不得不告别尘世的悲哀。这个乐章写得非常铺张，作曲家用音乐语言表达哲理性的内容，反映出马勒感到老之将至时，面对生命的复杂情怀——他既赞美生命和大地，又怀着不得不离去的无奈，感情变化十分强烈。

然而，所有在场学者都卡在了第二乐章和第三乐章。

第二乐章《秋天里的孤独者》，歌词描写大地上万木凋零的萧瑟景色，气氛晦暗。德文歌词作者署名是“Tschang-Tsi”，根据译音猜测，可能是张籍或张继，又或者是钱起，但一时之间无法从这三人的作品里找到内容相近的诗。

第三乐章《青春颂》，德文歌词作者署名“Li-Tai-Po”，但由于词作内容过于冷僻和玄奥，以致在场学者无一能说出它所对应的到底是李白的哪首诗。这真是李白的作品吗？留下一个难解的谜。

当乐曲最后一个音符结束，整个大厅静穆了一会儿，随即爆发出热烈的掌声，作为对德国艺术家精彩演出的致意。不过，这场音乐会下来，倒给中国学者们留了两道未解的世纪难题。演出结束时，李岚清对中央电视台音乐艺术委员会秘书长郭忱低声交代说：“一定要尽快把德国艺术家演奏的两首唐诗搞清楚！一定！”

世纪末的愁绪

1907年夏天，生活上的一系列变化让马勒变得郁郁寡欢，而他之前的日子可谓春风得意。

古斯塔夫·马勒，1860年出生于奥地利帝国波希米亚的卡里什特（今属捷克共和国）一个犹太人家庭，从小受到良好的教育，童年即显露出超凡的音乐天赋。他十五岁进入维也纳音乐学院，向茱里奥斯·艾柏士坦学习钢琴，向福克斯学习和声，向奥德·克雷学习作曲。在音乐学院毕业后，又到维也纳大学修读作曲家布鲁克纳讲授的课程，并旁听了两年历史、哲学等课程，深厚的学识基础为他日后的音乐事业提供了较大的帮助。他第一次尝试作曲，是为参加一场歌剧比赛而写下《悲叹之歌》（后来马勒把这部作品改为合唱曲），不过并未成功，于是他把注意力转向了指挥。

马勒的指挥生涯始于1880年，他在巴德哈尔市夏季剧院获得第一份指挥工作，以后陆续担任多家大型歌剧院指挥：1881年在莱巴赫城市剧院，1882年在奥洛穆茨，1883年在德国卡塞尔皇家宫廷歌剧院。1885年开始，在布拉格的日耳曼歌剧院担任指挥，同时比较深入地研究莫扎特和瓦格纳的音乐，这对他的作曲产生了重要影响。

马勒的指挥才华得到了勃拉姆斯的赏识。1887年的音乐季在莱比锡上演五十四部歌剧，共演出二百一十四场，当时由于首席指挥尼基施卧病半年之久，几乎全部由马勒担任指挥。1888年，马勒被提任为匈牙利布达佩斯皇家歌剧院院长，1891年则在汉堡歌剧院任院长，任职六年。1897年，由于勃拉姆斯的推荐，他担任了维也纳歌剧院院长及首席指挥职位。勃拉姆斯去世后，马勒便成为维也纳音乐界的中心人物。

1907年是个多事之秋，成为马勒事业生涯的一个转折。当年七月，他心爱的长女玛丽亚不幸夭折，不满五岁，这令他悲痛万分。而接下来的一连串打击更是让他应接不暇。马勒一向以严谨认真的态度对待工作，担任维也纳歌剧院首席指挥当然也不例外。当时歌剧院乐队成员大都是“老油条”，认为自己的乐队在欧洲首屈一指，演出前根本无需多加排练，而马勒不仅要求乐队不放过任何一个细节，重复排练直至他满意为止，而且经常搞分部排练，甚至要求独奏（唱）演员在他面前单独演练。这种严格的态度遭到部分队员的反对和非议，得罪了不少人。事情来了，由于他是犹太血统音乐家，同年有人在维也纳的反犹报纸上攻击他，指责他上演自己作品的次数太多，乐队成员也随声附和，一时间责难声四起，而他任职的维也纳歌剧院却态度暧昧，并没有站出来为他做任何辩护。为此，心灰意冷的马勒废弃了与维也纳歌剧院签订的“终身指挥”合同，主动提出辞呈，转而远渡重洋，受聘于纽约大都会歌剧院，出任指挥。

更大的打击还在后面，马勒被医生诊断出患有严重的心脏病，医生严厉地警告他：“如果您要多活几年，请最好自此之后严格限制户外活动，严格遵照医嘱并悉心地进行调养……”

这一系列突其如来的事件，使马勒的身心受到严重打击，思想和生活方式发生了很大变化，尤其情绪笼罩在悲观和忧郁之中。在给德裔美籍指挥家布鲁诺·瓦尔特的一封信中，他如此写道：“我整个生活方式不得不改变，你无法想象这对我是何等的折磨和痛苦。多少年来我习惯于做剧烈的锻炼和运动，在林间山区健行，从大自然中愉快地构思我的音乐……甚至在长距离的行走和登山后，精神上的烦恼也消失了。但现在我必须回避所有的这些，经常地照顾自己，散步也几乎是不可能的。我生活在专心于我自己的孤独之中。我正强烈地感到身体越来越坏……至于不得不尽弃昔日作息方式，实在叫人生气。我过去从来没有办法一直孤坐在书桌前，我心灵的运作需要外在的运动来配合。……（然而现在）只要我缓步走上一小段路，我的脉搏就跳得飞快，叫我沮丧极了，想要放松一下身体却只是适得其反……这真是我受过的最大磨难。”

马勒的妻子阿尔玛在回忆录里对他的这种情绪有过印证性的描述：“如果不是我们孩子的死亡，我们在纽约的日子可能是十全十美的。马勒有一半的时间郁闷地躺在床上。孩子的名字不得在他听到的地方提起，我们的生活是如此的忧郁不欢……苦难使我们疏远和分离。他（的病情）在不知不觉中增加我们丧失（女儿）的苦味。更有甚者，他现在知道自己受到威胁（指心脏病），这使得太阳黯然失色。他紧张、激动、烦躁……我们最伤心的一晚是圣诞夜，我们孤独、凄凉，整夜流泪不停。”

在纽约的街头，夜晚常常会响起断断续续的手摇风琴的声音，马勒每次听到，都会沉浸其间。有一次，他指着窗外喃喃地对阿尔玛说：“多么可爱的手摇风琴啊——一直把我带回到童年时代。”在纽约生活的这一年里，由于心情苦闷，马勒没有进行任何音乐创作。

1908年夏天，马勒从美国返回欧洲，在慕尼黑、柏林、汉堡、巴黎、维也纳等地指挥了一系列音乐会之后，他想安顿下来，找一个僻静的地方休养和创作。阿尔玛经过多方寻找，终于找到一座环境舒适的农庄，它坐落在多洛米蒂山区的一个名叫托布拉赫的小镇附近，远离嘈杂的都市，非常适宜静养。在这里，马勒重拾创作，《大地之歌》和《第九交响曲》由此诞生。

此前，马勒已经写就八部交响曲。《大地之歌》其实也是一部交响曲，但为什么没有定名为“第九交响曲”呢？主要是他忌讳，因为贝多芬和布鲁克纳都在写出各自的“第九交响曲”后就与世长辞，他怕定这乐曲为第九，自己也会跟着死去，所以就没有将它纳入交响曲的编号当中。创作现编号内的第九交响曲时，他曾经这样对阿尔玛说：“这实际上是第十交响曲，真正的第九交响曲是《大地之歌》，现在看来那个危险已过去。”这说明马勒是留恋生命的，尽管他因生活中找不到快乐，经常在创作的乐曲中出现死亡主题并对其进行歌颂。《大地之歌》也不例外，不过它还需要一个刺激的爆发点。

这个爆发点就是中国唐诗。

阿尔玛的父亲有一个生肺病的朋友，这位父辈朋友非常关心马勒的创作，总在寻找能给他作曲的歌词，同时留意着任何可能使马勒振奋或刺激其灵感的东西。有一天，终于找到了一个好素材——他得到了一本《中国之笛》——汉斯·贝特格最新从中文翻译过来的诗集。“哦，这真是个好东西！”他知道马勒一定会喜欢，于是专程给马勒送去。见到诗集后，马勒果然非常高兴，把它留下来不时翻看。后来，他逐渐萌生了选用里面的诗歌进行谱曲的念头。

对于马勒来说，这些唐诗犹如一剂治愈心灵的药物，在痛失女儿和对心脏的灾难性判决之后，这些诗又回到他的心中，唤起了内心忧郁的共鸣。离开农庄之前，在漫长孤独的散步途中，马勒已经构思好这些为声乐而作的交响曲片段，一年之后，它们终于组成了《大地之歌》。

马勒对中国文化和中国音乐的关注，要追溯到学生时代，维也纳大学开设的音乐史课程中就涉及部分中国音乐。而受到决定性影响的是，他在1904年接触到了普契尼创作的《蝴蝶夫人》，富于东方色彩的音乐元素让他相当着迷，并于1907年首次在维也纳歌剧院指挥上演了这部歌剧。自此以后，他开始思考如何在音乐中结合异域文化来表达自己的思想。

马勒能得到《中国之笛》这部诗集，说明当时欧洲已广泛关注中国文化。他们对中国文化表露出来的不仅仅是兴趣，更是一种可行性的功能药方。这种观点在尼采那里就很具代表性，他曾有过一个这样的设想：为医治欧洲文明的弊病，将中国人请到欧洲，带来东方思想方式和文化方式，因为中国文化“能够整个地帮助欧洲，把亚洲的平和、宁静以及特别有益的亚洲的坚韧性，注射到不安的喧扰的欧洲血液里去”。这种观念理想化地影响了马勒对中国文化的认识，以致他在写《大地之歌》时，常常感到自己“飞出了现实生存的世界”。在《大地之歌》第三乐章《青春颂》里，就存在着一个马勒的理想世界，那正是唐诗在他心中的投影。

仅仅局限于个人的不愉快遭遇来理解《大地之歌》是有失偏颇的，从整体上看，马勒的全部创作表达的是“世纪末情绪”，这种情绪在《大地之歌》中表现得尤为突出。

什么是“世纪末情绪”呢？它特指十九世纪、二十世纪之交欧洲知识分子中间流行的悲观失望的思想情感。十九世纪最后二十年的欧洲充斥着世纪末的情绪，工业革命为社会注入的新力量，在快速改变人们生活的同时，也增添了人们的精神焦虑。作为这个大背景之下的一种文艺思潮，“唯美主义”又常常被称作“新浪漫主义”，这是因为浪漫主义于1848年资产阶级革命失败，其写作方式被自然主义代替，但后来人们对自然主义面对现实照相式的描写感到厌倦，又出现了“浪漫主义”回潮，然而这种“浪漫主义”是在新的社会背景下出现的，它有着另外一种“生活感觉”，所以被称作“新浪漫主义”。马勒在音乐史中一般被归入后浪漫主义，但从整个文艺发展大潮流来看，将他的音乐看作是“新浪漫主义”也未尝不可。这些看法或许还在争论之中，不过对于马勒的音乐流露着强烈的“世纪末情绪”这一点，却是有公论的。

阿尔玛的回忆录中提到，在创作《大地之歌》这部作品时，马勒被一种强烈的“不得不说再见的情感所占有”：“由于那位医生严厉的词句所带来的恐惧，他想到他自己已走到了死亡的边缘。在这种气氛下，关于生活的方方面面对他来说像是被打上了痛苦和紧张的色调。这种气氛使得他带着对自然和这个世界宗教般的情感，安分地屈服于那些几乎不可忍受的词句，并且在这部被称为《大地之歌》的作品中去歌唱他不得不说再见的这个尘世。”

《大地之歌》更确切的译法应该叫作《尘世之歌》。可以说，马勒把七首唐诗作为“衬底”，谱写了这部有人声交响曲。对于唐诗，这显然是一种误读，但作者有他自己想要表达的思想——他在音乐里所表达的不单是个人的情感，更多的是其所处时代西方知识分子巨大的思想苦闷和精神失落，他们无路可逃，只能去迎接死亡，此谓“世纪末情绪”。

罗曼·罗兰在1908年对马勒做了这样的评价：“研究了他的作品，你会相信，他是当今德国极为难得的人才：一个转向内心世界的人，一个有真诚感受的人。然而，这种思想

马勒《大地之歌》LP 黑胶唱片封面，布鲁诺 · 瓦尔特指挥，纽约交响乐团 1960 年录制。

马勒《大地之歌》LP 黑胶唱片封面，伯恩斯坦指挥、路德维希演唱，1972 年录制。

感情并没有找到真正忠实的、个人的表达方式。它们是通过一层怀旧面纱、一种古典气氛传给我们的。”

由于工作过度劳累，马勒在巴黎休养一段时间之后未见好转，不久于1911年5月18日病逝于维也纳。半年之后，《大地之歌》才在慕尼黑首演，大获成功，领衔指挥的，是他的门生兼好友布鲁诺·瓦尔特。

歌词汉译与原诗比较

要寻找与歌词对应的原诗，第一步工作就是要拿到可靠的汉译版本，之前德国乐团组织的翻译错漏太多，必须找高手来对歌词进行重新翻译。李岚清第一时间想到了梅兆荣，他是中国驻德前任大使，在外交工作中展现出来的纯正德语口音与纯熟德语运用，连德国人都佩服得五体投地。可以说，找对人了。

遗憾的是，梅兆荣当时公务繁忙，遂向李岚清推荐了自己的同学严宝瑜来完成这项工作。严宝瑜是北大教授，对日尔曼语文学有着很深入的研究。严宝瑜应承了下来。

严宝瑜与《大地之歌》也颇有渊源。他很早就知道马勒，但很晚才听到《大地之歌》。1983年在魏玛德国古典文学研究所工作期间，他在魏玛街上一家唱片店里买到了一张《大地之歌》密纹唱片，该唱片由桑德林指挥，德国男高音舒赖尔和瑞典女低音芬妮莱联袂演唱，民主德国ETERNA公司录制。听了音乐和看了歌词之后，严宝瑜便对贝特格的诗集《中国之笛》发生了兴趣。机缘巧合之下，他在魏玛图书馆借到了这本诗集。

严宝瑜借到的《中国之笛》出版于1907年，正是当年马勒所看到的那个版本。由于出版年代久远，该书属于魏玛图书馆收藏的善本之列，非常珍贵，严宝瑜看完之后就拷贝了一份带回北京。在翻译《大地之歌》的歌词时，他参考了这个拷贝，尽可能照顾到贝特格的笔调和风格，目的是让读者看到贝特格所译的中国唐诗的真实面目。

于是，我们就见到了这版相对严谨的汉语歌词翻译（本文如无特别注明，所引歌词皆出自此版本，同时根据钱仁康教授对词曲的分析调整了分节位置）。下面，我们将《大地之歌》各章的汉译歌词呈现出来，并附上确定了的唐诗原作（引自中华书局版《李太白全集》）做一个对比，看看它们和原诗之间发生了怎样的变化。

第一乐章：尘世苦难的饮酒歌

美酒在金樽里招手，
且慢饮！待我为你们唱支歌。
一支震撼灵魂的忧愁歌。
忧愁走近，灵魂的花园一片凋零，

欢乐，枯萎了！
歌声，沉寂了！
　　生和死一样黑暗，一片黑暗！

这家的主人啊！
你地窖里满藏着金色的酒浆。
在这里我怀抱着我的琉特琴，
弹拨琴弦，痛饮美酒，
这两件事是相配相称的！
酒杯斟满及时痛饮，
其价值超过拥有世上所有的王国。
　　生和死一样黑暗，一片黑暗！

穹苍永呈蔚蓝，大地将会
长久存在，春来漫开鲜花。
可是，人啊，你能活到多久？
你享受世间浮华与虚荣，
连一百年的时间都没有！
请向那边看！在月下的坟地
蹲着一个面目狰狞的鬼影。
那是一只啼猿！你们听它的哀鸣！
它冲破生活甜蜜的氛围，刺耳锥心。
现在举起你们的杯子吧！同志们！

时候到了，把金杯里的酒一饮而尽！
　　生和死一样黑暗，一片黑暗！

李白原诗：《悲歌行》

悲来乎，悲来乎！
主人有酒且莫斟，
听我一曲悲来吟。
悲来不吟还不笑，
天下无人知我心。
君有数斗酒，
我有三尺琴，
琴鸣酒乐两相得，
一杯不啻千钧金。
悲来乎，悲来乎！
天虽长，地虽久，
金玉满堂应不守。
富贵百年能几何？
死生一度人皆有。
孤猿坐啼坟上月，
且须一尽杯中酒。
悲来乎，悲来乎！
凤鸟不至河无图，

微子去之箕子奴。
汉帝不忆李将军，
楚王放却屈大夫。
悲来乎，悲来乎，
秦家李斯早追悔，
虚名拨向身之外。
范子何曾爱五湖？
功成名遂身自退。
剑是一夫用，
书能知姓名。
惠施不肯千万乘，
卜式未必穷一经。
还须黑头取方伯，
莫谩白首为儒生。

贝特格只译了原诗的前半部分，估计因为后半段全是中国古代名人典故，无法译出，只好作罢。贝特格译诗原有四节，马勒删去第三节译诗的最后三行，把第三、四两节合并为第三节，音乐长度与第一、二节刚好持平。

第一乐章抛弃了传统的“奏鸣曲式”，以主、副歌部的倒装来突显副歌的“叠句”，即把李白原诗“悲来乎，悲来乎”的感叹，改为“生和死一样黑暗，一片黑暗”这行诗句，表达的情感更加绝望和黑暗。为调动听众的情绪，马勒让这个“叠句”每次出现时，都比前一句升高一个半音，所起到的艺术效果是不言而喻的。

第二乐章：秋天里的孤独者

秋天的湖上翻腾着灰雾
远近的绿草披上了白霜。
疑是一位艺术家把玉粉
洒满了美丽的花瓣。

甜蜜的花香已经消失，
阵阵寒风把花枝压倒，
枯萎了的荷花金色的
花瓣将快随流水飘走。

我的心啊，已经疲倦，
我的灯啊，噗的一声熄灭，
一切都在催我去安睡。
我来到你这里，温馨的安息地。
请给我安宁！
我需要清静！

我孤独寂寞常独自哭泣。

秋天在我心中逗留太久啦！

为了擦干我痛苦的眼泪，

爱情的太阳，难道你不再照耀？

第二乐章表现的是一个孤身只影、漂泊天涯的游子，在秋天里身心疲惫的精神状态，故乐章名称又译为《寒秋孤影》，整个乐章始终处在这样一种悲凉、凄惨的情绪之中。这是一首变奏发展的分节歌，歌词由女低音独唱，和它作复调结合的，是小提琴（加弱音器）上蠕蠕而动的“爬行”旋律和双簧管上冷寞慵倦的五声音调，相互之间形成变奏关系。

在创作手法上，第二乐章主要是复调性质。马勒式的各个旋律声部相对独立的复调音乐技巧，在表现这样一种凄凉、寂寞的气氛上获得了很好的艺术效果。由加上弱音器的小提琴演奏作为背景音乐，呈现出呆滞、阴森、冷冰冰的情感特征，再以循环反复、单调的声部行进，描绘出晚秋湖面上薄雾弥漫的凄凉气氛。

《秋天里的孤独者》德文歌词作者署名是“Tschang-Tsi”，照音译，可能是唐代诗人张继，也可能是张籍，还有可能是钱起……那就要看谁的诗里曾描写过类似的意象了。但是没有，专家们翻遍《全唐诗》以及各种民间版本，无论是张继、张籍、钱起以及与译音相近的十几个诗人，都没有找到一个写过和《秋天里的孤独者》类似的诗。这成了一个待解之谜。

第三乐章：青春颂

在小小的池塘中央，
有一只用白绿相间的
瓷砖建造的亭子。

有一顶白玉砌成的桥
像高高拱起的虎背
通向那瓷做的亭子。

在亭子里满坐朋友，
穿戴漂亮，喝酒，聊天，
有的在赋诗写字。

他们的绸袖高卷
他们的丝织小帽
风流地推向后脑。

小小池塘宁静的水面
像镜子般返照着
这一切美好的景象。

白、绿色瓷砌的

亭子中一切的景物，
都倒立在静静的水面。

拱桥像一轮新月，朋友们
在倒悬的弧形下面，
穿戴漂亮，喝酒，聊天。

《青春颂》是马勒改称的标题，贝特格《中国之笛》诗集中原题为“瓷亭”。这一乐章的主题是回忆青春的欢乐，音乐生动流畅，展现出欢快而美好的生活图景。以木管乐器优游自适的五声音调为前奏，男高音依次唱出七节歌词，其中第一节歌词的旋律不仅再现于第六节，并在间奏段落中多次重复，构成一首有回旋曲特点的分节歌。

这首歌词里所描绘的景象相当中国，也相当优美：朋友们经过一条白玉砌成的小桥，坐在白绿相间的瓷亭里，置身于水中央，大家喝酒、聊天，多么惬意而美好的时光……这种情景与那时的西方人以损害健康和优雅为代价，去追求物欲的生活形成鲜明的对比。马勒在《青春颂》乐章中，渲染的就是这样一种悠闲自得、无拘无束的自我生活，承载了他心中的理想世界，因此有的音乐家认为，这一乐章是《大地之歌》这部交响曲中最优美的一个章节。

《青春颂》德文歌词作者署名是“Li-Tai-Po”，已经很明确，但专家们查遍李白诗文集，包括补遗、续补、续拾、外编等一切现存的文献，在传世的千余首诗作中，还是找不到可供比照的文本，遂成为第二个难解之谜。

第四乐章：咏美人

年轻的姑娘在采摘花朵
她们在岸边采摘着荷花。
她们在树丛和荷叶中间坐着，
她们把采集的荷花放在兜里。
她们互相呼喊互相嬉笑。

阳光在她们身上编织金网，
返照在平滑的水面，
她们苗条的身影，甜蜜的眼睛
都栩栩如生地倒影在水中。
微风爱抚的手打开了她们的衣袖，
它把她们迷人的香味
传到周围的空气中。

看！那边一群俊美的少年
骑着高头骏马从岸边过来。
他们像灿烂的阳光光彩照人，
那些年轻活泼的少年

穿过绿色的柳枝骑马奔来。

有一少年的骏马快乐长嘶，
像一阵旋风奔驰掠走而去，
马蹄在花朵和绿草上呼啸，
他们把低垂的花朵踩得粉碎。
嘿，马的鬃毛在飘扬，
马鼻孔里喷着热气，
阳光在她们身上编织金网，
返照在平滑的水面。

采莲女中最美的少女，
对这位少年送去长长的秋波，
她们凛若冰霜并非真是冰霜，
她们大大的眼睛放出火花，
她们热切的深黑的眼神里，
依然看出她们激动的内心的哀怨。

李白原诗：《采莲曲》

若耶溪傍采莲女，
笑隔荷花共人语。
日照新妆水底明，

风飘香袂空中举。
岸上谁家游冶郎，
三三五五映垂杨。
紫骝嘶入落花去，
见此踟蹰空断肠。

这一乐章，贝特格译诗原题为“在岸边”，马勒谱曲时改成“咏美人”，李白原诗为《采莲曲》。对比译诗，马勒的歌词有多处添加和用词上的改动，但基本保持了译诗的本来面目。读译诗和歌词时，我们会发现里面描写的情形不是采莲，而是采荷花，这可能是由于译者没搞清楚原诗的情景所致。

本章音乐轻盈妙曼，从容不迫，表现优游自适的情趣。女低音独唱大调式的抒情旋律，木管乐器助奏，吹着婉转流利的五声曲调，形成水乳交融的复调音乐。

如果说在第三乐章中，马勒通过李白的诗表现了一种悠然自在的理想生活，那么在第四乐章中，他同样通过李白的诗来表现理想中的那种浪漫爱情。为突出这一主题表现，他把四节译诗扩展为五节，并在第四节诗中重复了第二节的词句，目的是要对诗歌中的景象做进一步的诠释，强调美丽少女倒映在水中的倩影和采莲韵味的艺术性表现。

第五乐章：春天里的醉汉

既然人生不过是一场梦，
那又何必为它辛苦操心？
我整日价喝我的酒，
直到喝不下去为止。

假如我喝不下去了，
因为我的喉咙、灵魂都装满，
我摇摇晃晃走到我的大门口，
我倒头便睡，睡得香又沉！

待我醒过来，我听到什么？
听！一只小鸟在枝头叫。
我问它，是否春天已来到？
我好像在梦里。

小鸟说：是啊！春天已来到。
它在一夜之间就来临！
我打了个寒噤仔细听，
小鸟在唱，在笑。

我重新斟满一杯酒，

一口气把它喝干，
我唱歌，直到月亮
升到乌黑的天顶。

当我不能再唱时，
我倒头睡着了，
春天与我又何干？
还是让我醉着吧！

李白原诗：《春日醉起言志》

处世若大梦，胡为劳其生？
所以终日醉，颓然卧前楹。
觉来眄庭前，一鸟花间鸣。
借问此何时？春风语流莺。
感之欲叹息，对酒还自倾。
浩歌待明月，曲尽已忘情。

第五乐章是一首放荡不羁、恣情陶醉的饮酒歌，与第一乐章遥遥相对。此标题为马勒所改，《中国之笛》中的德译应为“春天里的饮酒人”，马勒的谱曲歌词对贝特格译文有多处无关大体的改动，与李白原诗相比，意思却有了很大的出入。李白饮酒是对庸常的一种超脱，他胸中是有抱负和济世之志的，而译诗表达的则是一种消极的、醉生梦死的人生态度——在认识到人生是一场梦，以及人所做的一切努力都是徒劳这一事实面前，摆脱或忘掉现实的最好方式，就是喝酒。

在这一乐章里，马勒为描写醉汉醉酒的状态，故意把主题的音乐用半音阶来扭曲，形成一幅音乐漫画，音乐变得没有了调性，这是马勒音乐中的苦涩幽默。“十二音序列音乐”的创始人安东·韦伯恩效法这个处理，并在这基础上进一步发展出了无调性音乐，所以说，十二音体系的无调性音乐与马勒的无调性手法是有师承之处的。

《大地之歌》的第三、四、五乐章都比较短小、明快，是作为全曲的一个过渡与渲染铺排，主要表现作者对失去的快乐梦想的一种追寻，在艺术上有不俗的感染力。

第六乐章：告别

夕阳在山背后渐渐下沉。
暮色在山谷里悄悄降临
阴影里满是逼人的凉气。

看，月亮像一只银色的小舟，
在蓝色天池的水面上漂浮。
我感到一阵凉爽的微风
从幽暗的杉树林后吹来！

小溪唱着歌儿穿过黑暗。
花朵在朦胧中显得苍白。
大地深深呼吸着安详和睡意。
一切渴望和思念都成为梦幻。
疲倦的人们踏上回家的路途，
想望着能在睡梦中去重温
遗忘的幸福和失去的青春。

鸟儿在树间安静地休息。
世界入睡了！
杉树荫影中吹来阵阵凉风，
我伫立在此等候我的朋友。
我等着和他作最后的告别。

朋友，我多么想站在你身边
和你共享这份晚色的美丽。
你在哪里？你让我独自久等！

我带着我的琉特琴来回徘徊，
我在长满了柔草的路上徘徊。
美啊！喔，在永恒的爱情——
不朽的生命中陶醉的世界！

他下马，献他一杯浊酒
饮别。他问他将去何方，
并问他为何一定要走。
他用瘖哑的声音说，你，我的朋友！
在这个世界，快乐与我无缘。
我去何方？我去深山。
我为寂寞的心谋取安宁。

这次我再不远走他乡
这次我回我的家园——寻找归宿。
我心已枯槁，只等它的时刻来到。
春天来临，亲爱的大地
仍将是处处鲜花，处处绿茵。
遥远的天国无处不闪耀永远明亮的蓝色
永远……永远……

孟浩然原诗：《宿业师山房待丁大不至》

夕阳度西岭，群壑倏已暝。
松月生夜凉，风泉满清听。
樵人归欲尽，烟鸟栖初定。
之子期宿来，孤琴候萝径。

王维原诗：《送别》

下马饮君酒，问君何所之？
君言不得意，归卧南山陲。
但去莫复问，白云无尽时。

第六乐章的演奏长度占全曲的一半，是一个非常长的终曲，也是《大地之歌》主题思想的落脚点。德文歌词由《中国之笛》中的《期待朋友》和《告别友人》两首译诗合成而来，前者源自孟浩然的《宿业师山房待丁大不至》，后者为王维的《送别》。马勒对贝特格的两首译诗做了精心修改，特别是在《告别友人》的结尾，把失意隐退的思想，改为重返故乡，迎接繁花似锦的春天，尤为耐人寻味。

有人认为，马勒所谓的“告别”，是向世界诀别，表现的是悲观厌世的情绪，而第六乐章中间长长的间奏，就是一首与世诀别的送葬进行曲。其实马勒的人生观是“愁世”而不是“厌世”，他生前曾就《大地之歌》第六乐章问过布鲁诺·瓦尔特：“这是听众可以忍受得了吗？它会驱使他们厌世轻生吗？”如果他在《大地之歌》中表现的是悲观厌世的思想，也就不会有这种顾虑了。马勒修改《告别友人》诗的结尾，正是出于避免给听众以负面影响的考虑，他自己作为一个“无家可归的人”，异国他乡的游子，心中怀有强烈的回归故土的愿望，可以说，马勒在音乐中深化了这一主题。

第六乐章是一个奇特的章节，既有叙事性，又有抒情性，还有戏剧性。马勒为适应贝特格散文化的“译诗”，把音乐写成宣叙调风格，它随着语言表达的情绪变化而自由起伏。这是一种不遵循任何既定曲式的作曲方法，虽然如此，音乐听起来却没有丝毫杂乱松散的感觉，后面大篇幅的铺排，也不显得冗长拖沓，与整个交响曲融合起来十分协调。

诗词学中的“哥德巴赫猜想”

1998年的某天傍晚，郭忱拿着一套印有《大地之歌》六首汉译歌词的资料，找到周笃文教授家，向他转达李岚清的嘱托。周笃文是中华诗词学会副会长，早年师从夏承焘，学识渊博。将破译《大地之歌》唐诗密码的任务交付予他，多少使人放心。但事实上，并非想象的那么简单。

一年后的某天，《深圳商报》记者陈秉安打电话采访周笃文教授，询问研究的结果，想不到答案是否定的：“没有，至今还未破译！我同时邀请了一些朋友和同好一起来破解，但也没有结果。”

陈秉安追问：“破译这两首唐诗的困难究竟在哪里？”

“第一，这几首唐诗是由中文译成法文，又从法文译成德文，再从德文谱成乐曲的。中间经过了多个人多次不同文学版本的翻译，只要其中一个人的中国诗歌或中国文学的功力不够，对原诗的理解有误差，翻译就会走样，作曲家马勒拿到手的，就可能是一首不是原作的‘唐诗’。所以要弄清这两首‘唐诗’，就必须返回去，重新研究贝特格、戈谢、海尔曼等人的译本。这就不仅要精通中文、法文、德文，而且要对中国古典文学、法国文学、德国文学以及欧洲古典音乐有极深的造诣。”周教授说，“我敢说自己了解一些中国古典文学，但我的德文、法文到不了那个程度，所以我感到力不从心啊！我老了，要到达那个高峰，恐怕不易了。”

“《大地之歌》涉及的问题极广、极深，可以算得上是诗词学中的‘哥德巴赫猜想’！”周教授最后总结道。

虽然周笃文教授没能解开《大地之歌》中的唐诗难题，却为后来的研究者指出了一个破解方向——“返回去”，从各种译本入手，将七首唐诗的流传轨迹逐一梳理清楚，将查对范围尽量缩小，再估计到发生变异的各种可能性，最后进行分析查证。

贝特格在《中国之笛》后记中透露了一条线索：他是根据海尔曼的《中国抒情诗》、戈谢的《玉书》和圣丹尼斯的《唐诗》来编译《中国之笛》的，由于他的译笔非常自由，故而自称为“仿诗”。

这是一条重要的线索，解放军总参三部退休研究人员任一平、陆震纶两位老先生根据这个提示，经过仔细研究和大量查考，终于把七首诗的流传轨迹搞透彻——

最早的版本是赫维·圣丹尼斯（即汉学家德理文侯爵）

的《唐诗》，出版于1862年，第一次由法国人将唐诗译成法文。该书选诗九十七首，作者三十五人，其中李白二十四首，杜甫二十三首，其他五十首除一首来源不明外，其余都能查到原诗。这本《唐诗》，注明是直接根据以下四个中文版本选译的：《唐诗合解》十二卷，钦定本，雍正年间版本；《唐诗合选详解》十二卷，乾隆年间版本；《李太白文集》十卷；《杜甫全集详注》十卷。这些书当时可以在法国巴黎黎塞留街的法国国家图书馆旧馆里找到。

朱迪特·戈谢的法文版《玉书》初版于1867年，选诗七十一首，内分爱情、明月、秋日、出游、美酒、宫廷、战争、诗人等八个主题章节，收录李白、杜甫、王维、苏轼、丁敦龄等十八位诗人的诗作以及《诗经》中的部分作品，但该书没有提及这些诗是从哪些中文书籍里选出的。

汉斯·海尔曼的德文版《中国抒情诗》，序言写于1905年，根据法文版《唐诗》、法文版《玉书》等转译。

汉斯·贝特格的《中国之笛》又是根据海尔曼的《中国抒情诗》、戈谢的《玉书》和德理文的《唐诗》转译的，出版于1907年，书名的副题为“中国抒情诗编译”，收诗八十三首，有孔子一首，《诗经》三首，李白十五首，还有《唐诗别裁》的《月夜》及几首佚名诗。

经对照比较，在两个德语译本中，海尔曼《中国抒情诗》的译文比较严谨；而在两个法文译本中，德理文《唐诗》的译文则要可靠得多。虽然戈谢从未说明《玉书》译诗所根据的中文版本，但有证据表明，这本书也参照了德理文的《唐诗》译本。

《大地之歌》六个乐章的七首唐诗，除第三乐章一首外，其余六首都能在德理文的《唐诗》中找到；在戈谢《玉书》中可以找到第二、第三、第四乐章三首，其中第四乐章一首也源于德理文的《唐诗》。事实证明，凡是根据德理文《唐诗》转译或改写的，即使译文有一定程度变异，但仍能根据马勒歌词和贝特格《中国之笛》识别唐诗来源，如第一、四、五、六乐章五首唐诗；凡是根据戈谢《玉书》转译或改写的，就成了难解之谜，如第二、三乐章两首诗。这是任一平、陆震纶的研究结果，最后他们得到这样的一个结论：

德理文《唐诗》是《大地之歌》唐诗的译本源头，戈谢《玉书》可能是解开《大地之歌》唐诗之谜的关键密码。

戈谢与《玉书》

1999年10月，李岚清致函中国驻法国大使馆，要求对《大地之歌》相关问题进行查证。1999年11月8日，中国驻法国大使吴建民发函至李岚清办公室，就查证一事做了“关于查核奥地利作曲家马勒交响乐中涉及唐诗的情况”说明，现摘录如下——

根据来函要求，我馆即派专人到法国一些著名学府和文学研究机构，向有关专家学者查询，并多次到法国国家图书馆和其他资料中心查找资料。近日终于得到1867年出版的法国女作家戈谢所著的《玉书》复印本。经仔细核对，马勒《大地之歌》乐曲中的第二章和第三章的歌词的确来自《玉书》。第二章“寒秋孤影”（又译“秋天里的孤独者”）的法文原题为“秋夜”；第三章“青春”（即“青春颂”）的法文原题为“瓷亭”。第四章“美女”（即“咏美人”）中的小部分歌词与《玉书》中的“河岸”相似，其他三个乐章的歌词并非出自该书……

在信的后半部分，吴建民大使对《玉书》作者戈谢做了简单介绍，并对成书经过做出简要说明。在信末他提到一点，《玉书》首页注明了题赠给丁敦龄。

朱迪特·戈谢（Judith Gautier，一译朱迪特·戈蒂埃）1845年8月25日出生于法国巴黎，卒于1917年12月26日。其父特奥菲尔·戈谢是法国十九世纪著名诗人、文艺评论家，与法国文学艺术界名流有广泛交往，如雨果、波德莱尔和福楼拜，都是家中座上客。他曾提出“为艺术而艺术”的口号。戈谢的母亲是一位意大利歌唱家。在浓厚艺术氛围的熏陶之下，戈谢自小就表现出极高的文学天赋，十九岁已开始发表文艺评论文章。戈谢对东方文化的浓厚兴趣源自她的父亲。据说戈谢家族有东方血统，特奥菲尔·戈谢热爱中国，在其诗作《中国花瓶》中，他如此吟唱道：“我之所爱，远在中国。”他想让女儿专攻中国文化，为此专门为她请来了一位中文教师，就是《玉书》首页题赠的丁敦龄。

丁敦龄曾被当时的澳门主教加勒里带到巴黎参与编撰《法汉词典》，但不幸的是，由于主教突然病故，丁敦龄遂失业，以致流落巴黎街头，机缘巧合来到戈谢家中，担任戈谢的中文私教。

自此以后，戈谢彻底迷上了中国诗歌。

在丁敦龄的帮助下，戈谢进步神速，很快就能说一口流利的中文，并开始编译中国古诗词。中国古诗词一向被认为是不可译的，即使学识渊博的汉学家也大都望而却步，而戈谢在父亲的鼓励下知难而上，且将其视为一项高尚的事业。1867年，在学习中文五年之后，戈谢以Judith Walter（朱迪特·瓦尔特）为笔名出版了中国译诗集《玉书》，她将自己的名字Judith的第一个音节取作“玉”字，来作为译诗集的名字——这就是《玉书》的由来，很有中国味道，又与个人气息结合在一起。为醒目起见，她还在初版书的封面上专门用中文标上“白玉诗书”四个字。

《玉书》推出之后大受欢迎，赞誉纷至沓来，很快就被翻译成英文、德文、意文，传遍欧洲。戈谢把《玉书》送给雨果，使热爱中国文化的雨果欣喜若狂，对她大加赞赏，并称其为自己的“缪斯”。

戈谢出版《玉书》时才二十二岁，对汉语特别是古诗词的理解难免稚嫩，初版时她没有采用原名发表，除避免受到父亲的影响之外，更多的原因是想着后面继续完善和修订译作。在她有生之年，《玉书》一共出过三个版本（1867年、1902年、1908年），死后又出了两个版本（1928年、1933年），后来的版本均用回了她的原名朱迪特 · 戈谢。据她回忆说："《玉书》是崇高努力的产物，虽然尽力而为，忠实原文，但不能保证译诗的准确性……后来重新把它拿起来，加以扩充、修正，到这时才能保证它是从中文翻译过来的。"心愿不乏美好，努力的方向也没错，不过事与愿违，实际上《玉书》仍然存在着不少谬误。

1901年增订《玉书》时，中国驻巴黎公使裕庚曾专门向戈谢祝贺，写了热情洋溢的贺词，这一贺词后来被收入新版《玉书》正文之前，成为中法文化交流的见证。

左：《玉书》1933 年版书影。
右：根据《玉书》1867 年初版内容再版（2012 年）书影。

戈谢一生都没到过中国，但对中国十分神往，阅读过不少关于中国的书籍。《玉书》出版次年，她又发表了以中国为题材的小说《御龙传》，介绍当时中国的风土人情，作品中关于中国的描写全是根据别人的口述和她自己看到的一些资料想象加工而来，从这一点看，她的确大胆而充满冒险精神。因《玉书》和《御龙传》的文学成就，戈谢成为第一位龚古尔文学院女院士。

任一平、陆震纶两人将手头上的1867年《玉书》初版与1933年新版做了一个比较，发现新版由初版的七十一首诗增加到一百一十首，其中两首（李白《玉阶怨》和杜甫《饮中八仙歌》）做了重译，用新译代替旧译，翻译质量明显有了提升。其他诗词除标点和个别用词变动外，与初版没有太大变化。总体来说，新版中所增加的三十九首诗词的翻译水准，明显要高于1867年七十一首的整体水平，显示出戈谢这些年来的研究水准一直在提升。

下面通过书中几首古诗的翻译，一起来看看戈谢的翻译特点吧。

李白原诗：《玉阶怨》

玉阶生白露，夜久侵罗袜。
却下水晶帘，玲珑望秋月。

朱迪特·戈谢译诗：《玉阶》

玉阶闪烁着露水的光芒。
在这漫漫的长夜中，
任袜子的薄纱和宫袍的拖裙被露水打湿，
挂满晶莹的露珠。
皇后拾阶缓缓而上。
她在亭阶上停下步，然后垂下水晶帘。
水晶帘如瀑布般落下，
瀑布下人们看到了太阳。
当清脆的叮咚声平息时，
忧郁而长时间沉思的她，
透过珠帘，注视着秋月在闪闪发光。

这首译诗遵从了原诗的意思，并且准确地把握了幽怨的意境，翻译出来的文字非常优美。比较原诗我们会发现，译诗增加了一些细节，比如拾阶而上、亭阶驻足、忧郁而长时间沉思，这些细节处理得合理而细腻，使整首诗的情景变得更加丰满；再比如水晶帘瀑布的比喻，形象相当生动；还有水晶帘“清脆的叮咚声”，秋月的光等等，声音、色彩都有了，也更加具象化，在另一个语境里，它几乎复活了原作的神韵。

崔护原诗：《题都城南庄》

去年今日此门中，
人面桃花相映红。
人面不知何处去，
桃花依旧笑春风。

朱迪特·戈谢译诗：《周年纪念日》

去年，就在今天，
在这扇门框里，向我呈现出
一个动人的女人的面容和
桃树的朵朵花儿，在一道阳光下反射出
它们柔和的照影，并把它们粉红色的妩媚
融合在一起，那么现在
这个令人爱慕的面容在哪里呢？
只有桃花在那里，并在春风中微笑。

这首译诗同样忠实于原诗，译文完整准确，除题目改动之外，几乎是逐字逐句翻译的。“粉红色的妩媚”这个意象译得非常妙，既写出了女人的神态，也写出了花的娇俏，对于原作来说，是一种额外的提升。此译诗最大的特色在于标题的改动，意思拿捏得很到位，既巧妙地概括了诗的内容，又照顾到西方读者的习惯和接受力，并且更具吸引力。这类诗题的改动在《玉书》中俯拾即得，相当有意思，例如将李白的《清平调三首》改成《即兴曲：在明皇和美丽的宠妃太真面前作》，将李白的《采莲曲》改成《在河边》，将王昌龄的《闺怨》改成《西窗》，将苏轼的《慈湖夹阻风》改成《躲避逆风的船》，将李清照的《卖花声》改成《野天鹅》，将《诗经·齐风》里的《南山》改成《有罪的爱情》……形象生动又趣味横生，不禁令人莞尔。不过也有翻车的情况出现，如初版中将杜甫的《寄李十二白二十韵》改成《寄李白十二月二十日》。

以上是《玉书》做得不错的方面，而缺陷更多，简直不胜枚举，归纳起来大致有三类。

第一类是错漏谬误，张冠李戴。如把《湖上对酒行》的作者张谓弄成了张籍，把汉朝班婕妤《怨歌行》作者的帽子莫名其妙戴到唐朝诗人张若虚的头上；一些本已失去作者的诗篇，却把诗篇的类属标题当成了作者，如将《诗经》上的多篇《国风》诗文标为“Sao Nan”（召南）所作；相反，一些诗篇明明是有作者的，却被标作“佚名”，如白居易的作品《宫词》，戈谢译作《失宠》，作者居然是“佚名”。更令人啼笑皆非的是，《玉书》中有一首题为《爱情的誓言》的短诗，作者为杨太真，当然就是杨贵妃了，一经查证，发现也是乌龙所致，这首诗的原文出自白居易《长恨歌》最后六句：“七月七日长生殿，夜半无人私语时。在天愿作比翼鸟，在地愿为连理枝。天长地久有时尽，此恨绵绵无绝期。”

第二类，是意译或随意改写。戈谢根据某一首诗所描写的意境或某些语句，通过自己的理解、想象甚至是“二次加工”保留自己需要的，裁剪掉不理解的，添加上自己感兴趣的内容，形成另外一首诗。例如王昌龄的诗《闺怨》：“闺中少妇不知愁，春日凝妆上翠楼。忽见陌头杨柳色，悔教夫婿觅封侯。”戈谢将原诗编译成了《西窗》：“率领成千狂怒的战士，在铜锣的怒吼声中，我的丈夫出发奔向光荣／我开始为获得少女的自由而高兴／现在我隔窗望着柳树那发黄的叶子，他出发时，它们还是嫩绿的／他是不是也一样为离开我而高兴呢？”意思来了个一百八十度的大转弯，愁怨哪里去了？这类诗在《玉书》中占了大多数，虽有蓝本参照，却信马由缰，让自己的思绪自由驰骋，从而距离原作十万八千里远。从另一个角度来看，这类诗由于译者的自由发挥，更易迎合读者的喜好，因此更能赢得读者青睐，这就是德理文的《唐诗》虽然比戈谢的《玉书》译得准确，却没法比它流传得更广的原因所在。

第三类是伪作，自己杜撰，然后假托于他人。戈谢凭自己头脑中的想象制造出来，没有具体的参照物，有点儿类似于恶作剧——译诗译得太累了，就玩一下呗。例如在“饮酒”一章中就有假托唐朝诗人崔宗之的一首诗《在杜甫家里饮酒》：“我把一种酿得很好的酒斟满我的杯子，直到与杯口对齐／但是当我想要喝时，我的杯子却是空的，因为从窗户进来的微风把它吹倒了／下雨时，风又吹倒了不朽贤人斟满酒的杯子，因为他们正在山上的云层中自我陶醉／但是太阳吸进的田野的露水和江河的潮湿重新装满了天才们巨大的杯子／杜甫家里有足够的酒，我还可以喝／同时作些诗赞美诗人和唐明皇”。这首诗无论从哪方面考察，都是一首假托的杜撰诗。从作者方面考察，在《全唐诗》中，崔宗之只有唯一的一首诗，题目叫作《赠李十二白》，并没有《在杜甫家里饮酒》的诗；从诗的内容看，两首诗也相去甚远。那么，这首诗是怎么炮制出来的呢？它很可能是以杜甫的另一首诗《饮中八仙歌》为背景而作的。杜甫在这首诗中戏写了八位酒仙饮酒的故事，其中之一就有崔宗之，这就为假托崔宗之提供了可能。杜甫的诗充满诙谐和浪漫，戈谢在翻译此诗时受到感染而突发奇想，然后杜撰了一首诗，与杜甫的饮酒诗放在一起。这应属技痒之作，那些严谨的学者们就没必要太较真了。

“Tschang-Tsi”到底是谁？

峰回路转，终于要解谜了。

先来解决第二乐章《秋天里的孤独者》。德文歌词作者署名是“Tschang-Tsi”，这是一个关键信息，根据译音猜测，可能是张籍或张继，又或者是钱起……那么，把上述几个译本对应的诗找出来比较一下，看看能否有所发现。

马勒第二乐章的歌词，严宝瑜译（因歌词与汉斯·贝特格、汉斯·海尔曼两人的德译大同小异，为节省篇幅，故不录这两人的版本）。

再看朱迪特·戈谢的译文（由任一平、陆震纶转译自1933年法文版《玉书》）——

秋天的晚上

秋天的蓝雾弥漫在河上；
小草上覆盖着霜，
好像雕塑家把玉粉撒在草上。
花儿已经不再芬芳；
北风把她们吹倒，
这些荷花即将随波飘荡。
我的灯已经自行熄灭，
黄昏已尽，我要入睡。
我心中的秋日过于漫长，
我脸上擦干的泪水，
又重新流出来了。
婚姻的太阳，什么时候来
晒干我的泪水？

以及德理文的译文（由任一平、陆震纶转译自1862年法文版《唐诗》）——

忆古：秋天的长夜有感

银河在秋空中闪光，
玉屑般的霜在飞扬；
北风带走了荷花的芳香。
一位少妇在沉思凝想。
她在孤灯的弱光下织锦，
擦干眼泪，感到漏刻标志的
夜间，特冷、特长。
蓝天的净云在屋前飘荡。
月儿是亭中的唯一来客，
在那里只听到乌啼雁鸣。
是谁家的少妇在机前绣鸳鸯？
是谁在镶嵌螺钿的屏风后面，
锦幕之中，隐藏着巨大痛苦，
是谁看到窗外的落叶，忧愁悲伤？
是谁家的少妇在受苦，可怜，
而且孤独无援？

第二乐章歌词在贝特格《中国之笛》中题为《秋天里

的孤独者》，在海尔曼《中国抒情诗》中题为《孤独者的秋夜》，在戈谢《玉书》中题为《秋天的晚上》，内容虽有变异，但可以看出，几个译本是一脉相承的，作者署名都是张籍（德文Tschang-Tsi，法文Tchang-Tsi），但是在德理文《唐诗》中的署名却是钱起（Tsien-Ki），到底是哪里出了问题？

许多研究者往张籍的方向探寻，翻查张籍的全部诗作，结果一无所获。再翻看《玉书》1867年的版本，发现这首诗的作者赫然写着：Tsien-Ki，原来戈谢初版是正确的，但在修订时却把作者改错了！又因为戈谢的《秋天的晚上》是另外几个译本的源头，所以导致歌词的作者也跟着写错了。

对比戈谢的《秋天的晚上》和德理文的《忆古：秋天的长夜有感》两首诗，我们会发现前半部分的内容几乎是一致的，《忆古：秋天的长夜有感》后半部分织布的内容在戈谢的译本中没有具体展开，最后换成了“婚姻的太阳”（贝特格改为“爱情的太阳”），是戈谢为加强主题而增加的。这里存在着一种可能性，就是戈谢只译了原诗的前半部分。

按照作者“钱起”这个方向，再对照德理文的《忆古：秋天的长夜有感》译文，我们很容易从德理文《唐诗》的源头《唐诗合解》（即王尧衢注《唐诗合解笺注》）里找到钱起的《效古秋夜长》：

秋汉飞玉霜，北风扫荷香。

含情纺织孤灯尽，拭泪相思寒漏长。
檐前碧云净如水，月吊栖乌啼雁起。
谁家少妇事鸳机，锦幕云屏深掩扉。
白玉窗中闻落叶，应怜寒女独无依。

《效古秋夜长》全诗共十句，戈谢只译了前四句，而且将第一句“秋汉飞玉霜”中的“秋汉”弄错了。《唐诗合解》的注解是：“秋汉，秋河也。惟秋宵河汉最清，霜飞殆五更矣。”戈谢大概看了注解，只知道“秋汉”是“秋河”，而不知道“河汉”是“银河”。这一错误反而证明戈谢《秋天的晚上》前面三句就是费尽心机翻译“秋汉飞玉霜”的产物，而且是根据《唐诗合解》翻译的，从而肯定了张籍是钱起之误。

德理文的译本倒是忠实于原作，全文句句吻合，准确无错，连戈谢“秋汉”的错误在他这里也没发生，而是译作“银河”。同时，证明德理文是按《唐诗合解》翻译的还有，诗中“净如水”“啼雁起”，《全唐诗》（上海古籍出版社版）作“静如水”“啼鸟起”，特别是最后一句“应怜寒女独无依”（《全唐诗》中作“独无衣”）。

戈谢译文与德理文译文有较多相同的关键词，如“秋”“玉”“北风”“荷”“香”“灯”“泪”，都是对原诗的正确翻译，而且出现的顺序也符合原诗，这证明了他俩翻译的是同一首诗。

由此可以断定，《大地之歌》第二乐章《秋天里的孤独者》歌词的原诗，就是钱起的《效古秋夜长》。

第一个唐诗之谜终于解开了。

1999年10月31日，《北京晚报》记者王军华在该报刊发的专稿《德国艺术家留给中国学者一道世纪难题》一文中，详细披露了任一平、陆震纶两位先生如何从德理文的法文本《唐诗》中找到《秋天里的孤独者》准确完整的译本，从而推知其原诗为钱起《效古秋夜长》。同年12月23日，任、陆二人在《光明日报》联名发表题为《揭开马勒〈大地之歌〉第二乐章唐诗之谜》的文章，叙述他们查找歌词出处的经过。

这一发现是突破性的，一经披露就引起了社会轰动，进而得到众多专家和学者的认同，周笃文教授还特地发文支持这一观点。2000年12月14日，由中央音乐学院、北京大学和中国音乐家协会理论委员会联合举办的“马勒《大地之歌》唐诗歌词解译及作品评价研讨会”在中央音乐学院召开，这个研究成果在会上得到确认和通过，成为一个定论。

这期间还发生了一个小插曲。

1999年10月，《音乐爱好者》杂志1999年第五期刊载了上海音乐学院钱仁康教授的文章，一方面指出《寒秋孤影》（即《秋天里的孤独者》）确是钱起的《效古秋夜长》，另一方面又指出这个观点“我早在1983年已经提出来了，只是不被太多的人知道而已”。

在接受某报记者采访时，七十六岁的老教授钱仁康先生说："1983年法国研究马勒的著名学者唐纳德·米切尔来华访问，文化部请我接待了他。当时，米切尔在研究马勒《大地之歌》时，也碰到同样问题，即弄不清《寒秋孤影》是哪位唐人的作品。于席间问我，此事开始引起我的注意，米切尔回国后，我便着手研究这个问题。我将张继、张籍等人的诗都查了，全对不上号，经过长时间考证，我终于在钱起一首诗《效古秋夜长》中找到了答案。1983年8月5日，我将研究结果写信告诉了米切尔博士，他给我回了信，表示十分同意我的考证成果。后来在他的专著《古斯塔夫·马勒》一书的第三卷《生与死的歌曲和交响曲》中肯定了我提出的观点：《寒秋孤影》即钱起的《效古秋夜长》。"

钱教授当时并没有留下信件的底稿，因为写信一般是不留底稿的，这个可以理解，不过由此留下遗憾，他无法证明自己在同米切尔的交往中已解决了这一难题的事。

后来，钱教授找到一个佐证，他向记者提供了米切尔博士《生与死的歌曲和交响曲》一书的片段，书中确有如下一段话："《大地之歌》中来历不明的歌词不仅使西方学者感到困惑，中国学者也在探索解疑。我十分感谢杰出音乐家、上海音乐学院钱仁康教授，他提供给我唐诗人钱起的古诗《效古秋夜长》，提出这可能就是戈蒂埃（即戈谢）弄错了作者的《秋夜》一诗的原作……"

米切尔在书中进一步展开阐释："《效古秋夜长》与

《寒秋孤影》在形象上处处相互契合——秋天、玉霜、荷花、孤独的人、思念远人、热泪盈眶等等——这些至少可以使我乐于把钱教授提供的诗，作为《寒秋孤影》可能的来源。”虽然不尽肯定，但到底承认了这个观点有最大的可能性，也间接证明它来源于钱仁康教授的研究结果。

事后，钱仁康教授又去信给记者，提供了自己最先破译《寒秋孤影》一诗的实证：一篇发表在《解放军歌曲》中的小文章《马勒的〈大地之歌〉与唐诗》。文中通过分析，最后指出："可以初步肯定，《秋天里的孤独者》（即《寒秋孤影》）是钱起的诗（即《效古秋夜长》），不是张籍的诗……”文章发表于《解放军歌曲》1983年第12期，出版时间为1983年12月5日。

仿诗，还是无解？

只剩下第三乐章了，这却是最难破解的谜题。

《大地之歌》第三乐章标题《青春颂》，在贝特格的《中国之笛》中，在海尔曼的《中国抒情诗》中，以及在戈谢的《玉书》中，都可译为《琉璃亭》或《瓷亭》。德理文的《唐诗》没有翻译这首诗。经查证，贝特格和海尔曼的译文都转译自《玉书》，所以可以断定，《青春颂》歌词的源头是戈谢《玉书》的《琉璃亭》。

下面抄录戈谢《琉璃亭》的译文（由任一平、陆震纶转译自法文版《玉书》）——

琉璃亭

在小小的人工湖中央，
有一座绿白两色的琉璃亭；
通过一条虎背似的拱形玉桥，
就可以到那里。

亭中有几个朋友，
穿着亮丽的长袍，
在一起饮微温的酒。

他们兴高采烈地聊天、赋诗，
因而把帽子往后推，
把袖子稍稍撩起。

在湖中倒映出小桥，
像玉色的新月，
几个朋友，穿着亮丽的长袍，
头脚倒置地在琉璃亭中饮酒。

海尔曼将戈谢“小小的人工湖”照译不误，而贝特格改译为“小小水池”，马勒后来采用了贝特格的译文。对于这一歌词的解译，专家学者们形成了三种不同的意见，具体如下：

其一，《青春颂》源于《宴陶家亭子》。

持这一观点的学者是钱仁康教授，在《试解〈大地之歌〉中两首唐诗的疑案》一文中，他提出了自己对第三乐章《青春颂》的看法：“第三乐章在《中国之笛》中题作《陶亭》，但我翻遍《李太白全集》，找不到一首内容与此相近的诗。后来从《陶亭》的诗题得到启发，发现李白有一首《宴陶家亭子》，诗题和内容都和《陶亭》有关：

曲巷幽人宅，高门大士家。

池开照胆镜，林吐破颜花。

绿水藏春日，青轩秘晚霞。

若闻弦管妙，金谷不能夸。

我想贝特格改写此诗时根据的《玉书》的作者戈谢女士，一定是把‘陶家亭子’误解为‘陶制的亭子’，才把诗题译为《陶亭》的，如果译诗不是来源于李白的《宴陶家亭子》，则译者何以把诗题译作《陶亭》，就完全不可理解了，因为译诗的诗题不仅和李白的任何一首其他的诗对不上号，也和我国历代任何一首古诗挂不上钩。我国古代园亭只有竹亭、木亭、茅亭、砖亭和石亭，连铜亭也很少见，至于陶亭就更闻所未闻了。而且李白的《宴陶家亭子》是写池上招饮、亭园雅集的事，和《陶亭》的题材内容正好吻合。《陶亭》的译者并不拘泥于李白的原诗，而是根据诗题自由发挥，描写‘曲巷幽人宅，高门大士家’的觞咏盛会。诗中形容用绿白陶瓷建成的凉亭，是意译‘青轩秘晚霞’一句；诗的后半部分（最后三节）描写水中倒影，则是从‘池开照胆镜’一句生发出来的，因此我初步肯定，《青春颂》的原诗，是李白的《宴陶家亭子》。”

其二，《青春颂》源自《夏日陪司马武公与群贤宴姑熟亭序》。

该诗的作者是李白，全文如下：

通驿公馆南有水亭焉。四甍翚飞，巉绝浦屿。盖有前摄令河东薛公栋而宇之；今宰陇西李公明化开物成务，又横其梁而阁之。昼鸣闲琴，夕酌清月。盖为接辅轩、祖远客之佳境也。制置既久，莫知何名。司马武公，长材博古，独映方外。因据胡床，岸帻啸咏，而谓前长史李公及诸公曰："此亭跨姑熟之水，可称为‘姑熟亭’焉。"嘉名胜概，自我作也。且夫曹官绂冕者，大贤处之，若游青山、卧白云，逍遥偃傲，何适不可？小才居之，窘而自拘，悄若桎梏，则清风朗月，河英岳秀，皆为弃物，安得称焉？所以司马南邻，当文章之旗鼓；翰林客卿，挥辞锋以战胜。名教乐地，无非得俊之场也。千载一时，言诗记志。

秦晋在《马勒〈大地之歌〉第二、第三乐章试解》一文中提出，《青春颂》来源于李白的《夏日陪司马武公与群贤宴姑熟亭序》，两者的共通之处，第一均有水中亭子，第二都提到亭子的建筑形态，第三皆涉及横跨的桥，第四都讲到朋友在亭中聚会，第五聚会者衣着都很华贵，第六两者在主题“饮酒畅叙，赋诗作乐”方面一致。

中央音乐学院音乐学家廖辅叔先生详细比较译诗与《姑熟亭》一文的大量相似之处后，也得出了与秦晋相类似的观点，即《青春颂》源自《夏日陪司马武公与群贤宴姑熟亭序》一文，此为第二种观点。

其三，《青春颂》源于《清平调三首》题注。

在《唐诗合解》中，李白《清平调三首》正文前有一段简短的题注：

天宝中，明皇在兴庆池东沉香亭，与贵妃赏木芍药。命李龟年持金花笺宣赐李白，立进三章。龟年歌之。上调玉笛以倚曲。太真笑领歌意。

任一平、陆震纶二人在确证第二乐章歌词的出处之后，继续研究第三乐章的疑题，与杨文科共同撰写了《探寻马勒〈大地之歌〉第三乐章唐诗之源》一文，提出《青春颂》源于《清平调三首》题注一说：“戈谢在《玉书》中把李白《清平调三首》的题目译为《即兴曲：在明皇和美丽的宠妃太真面前作》。研究表明，戈谢也从《唐诗合解》和《李太白文集》选诗，而且根据她在《清平调三首》第三首诗的‘沉香亭北倚栏杆’译文中添加了‘在牡丹花丛之上’这一情节，说明她看过‘题注’。我们认为，戈谢将《清平调三首》题注改写成了一首署名李白的诗，就是《琉璃亭》。”

以上三种观点形成了争鸣的态势，三方多次发文对别家观点提出回应与反驳，一时间在媒体上你来我往，“百家争鸣”，好不热闹。因为大家都无法像第二乐章那样拿出充分的证据表明自己的观点为正解，最终你无法说服我，我也无法说服你，多方论战互为胶着。不过，几方都有一个共识：这首译诗戈谢自由发挥的可能性比较大，就算找到，也与原诗相距甚远。

后来，周笃文教授发文谈到对上述几个观点的看法：“有人以李白的《夏日陪司马武公与群贤宴姑熟亭序》为其原型，尽管这里提到水亭、飞梁、逍遥、啸咏，但散文体的序与韵文体在诗、在文章学上有明显区别，不能相混。而且姑熟亭为当涂胜景，横跨姑水，亭大水阔，见载于历代方志，与诗中所写小巧池亭相去太远，无法类比。还有人以为即李白的《宴陶家亭子》。不错，在法、德译本中，诗题为‘瓷亭’，或许这同‘陶’‘琉璃’有些关系，至于诗中的意象，什么‘幽人’‘大士’‘照胆’‘青轩’皆于译诗毫无着落。有的朋友则认为可能源于李白的‘清平调’题下的注文，是在兴庆池东沉香亭上赏牡丹，并奉唐明皇之命写诗赞美杨贵妃的。但是这段题记并非李白所写，也不见于《李太白集》，而是后人根据《松窗杂录》编入题下的，其主要意象、主题与译本相距太远，沉香亭也无法与瓷亭、琉璃亭相合。因此，它不可能是题记的衍生作品……”

周笃文团队反复查阅李白诗文集，包括补遗、续补、续拾、外编等各种存世的文献，在现存的千余首李白诗中找不到可供比照的文本；通过电脑检索，在《全唐诗》中也排除了应有的可能。做过大量研究之后，周教授最后提出“谜底之我见”：这首译诗是戈谢的仿作。

他认为，当时的欧洲，在喜爱汉学的艺术家中，模仿中国诗歌几乎成了一种时尚。席勒就写过两首《孔夫子箴言》，托孔子以言志。他还把普契尼的同名剧本改写为《杜兰朵——中国公主》诗剧。这些行为同《马可波罗游记》以及香格里拉传说相似，不过是艺术家的一种浪漫与“狡狯”罢了。周笃文谈到这首译诗，无论从文献的承传，风格的角度，以及意象的表达上，都能看出它同李白的飘逸、深秀与奇特想象相差太远。联系到当时的风气，以及《玉书》存在的其他赝品，他有充分理由相信，该诗的作者极可能就是那位年轻浪漫的女诗人：戈谢。

也许再也找不出新的证据，周教授的观点抛出来之后，逐渐得到大家的默认，这场争论也就渐渐平息了下来。

因为无解，所以它是一个仿作——这是最终的答案吗？

探寻丁敦龄

1862年的一天，戈谢的父亲把一个中国人带到家里来，戈谢第一次见到丁敦龄。

在回忆录里，她写下了对这个中国人的最初印象：这是一个地道的中国佬，一张发黄的脸上留着一小撮胡须，斜视的眼睛上戴着一副又大又圆的眼镜。头上一条又细又长的辫子，不断打着双肩，一直下垂到织贡呢蓝色马褂的下摆。头戴瓜皮帽始终没有摘下来。帽子上镶着一颗红色小球。脚穿一双便鞋，腋下夹着一把从老家带来的大纸伞。他显得很机智、优雅，像个神父。见面时他握拳举手，高过额头，表示了最大的敬意……

想来丁敦龄给戈谢留下不错的印象，不过，戈谢却给了丁敦龄一点难堪。当时，戈谢父亲问她想不想学中文，虽然对中国文化向往已久，但在一个刚认识的中国人面前，戈谢还是矜持了起来，故意说了反话："看看再说吧！"这使得丁敦龄不禁皱了皱眉头，然而出于礼貌，他并没表露出太多情绪。

那时戈谢十七岁，已长成大家闺秀的样子，举止雍容大方，颇有乃父风度。丁敦龄却在落魄之中，他来法国本抱着大好希望——受当时澳门主教加勒里之邀，到巴黎参与编撰《法汉词典》的工作，本想着到异乡大展一番拳脚，不料主教突然病故。在巴黎，丁敦龄只认识主教一人，一下子变得举目无依。更糟糕的事还在后面，原来进行中的编撰工作也不了了之，丁敦龄失业了。

当时他大约三十岁，前途的无望让他忧心忡忡，显得老成、世故。戈谢在回忆录中记下了他与父亲街头相识的情形：在巴黎火车站，戈谢父亲遇到彷徨无助的丁。出于对中国人的友善和同情，戈谢父亲慷慨提出买船票送他回国，但丁表示有家难回，因为家乡正闹太平军患。戈谢父亲便将他带回家中，邀请他做女儿的中文私教。

在走投无路的情况下，做戈谢的私人教师算是一份不错的差事，就这样，丁敦龄住进戈谢家，当起了清客。除指导戈谢学习中文之外，他也别无他事，每天习惯于在圈椅上懒洋洋地午睡。在戈谢决定翻译中国诗后，他突然来了兴致，变得勤奋起来，整天查找中国韵书和字典，忙得不亦乐乎。

丁敦龄对戈谢的教诲，不限于汉语、唐诗，还给她讲历史故事、风俗民情、名胜古迹，并给她取了一个中文名字“俞第德”，即“高尚美德”之意。戈谢把这些见闻写进了小说《御龙传》里，还计划把丁讲的故事写成一本《女皇传》，可惜后来没有实现。直到晚年，戈谢还说：“他用远方祖国的种种珍闻来滋润我的内心，我们一同诵读中国诗人的作品。他向我描绘那边的风土人情，奇幻般地讲述异国流传的神话，让我的想象里充满东方光洁的梦境。多少年流逝了，但我不改初衷，依然是一位中国女性。”甚至在某些公开场合，戈谢声称自己是“一个中国公主的化身”，可见丁敦龄对她影响之深。

丁敦龄还是戈谢爱情的信使。

在翻译《玉书》后期，戈谢爱上了诗人蒙戴斯。蒙戴斯是个美男子，长得一表人才，并且生性浪漫，恋爱加上译书的顺利，使戈谢完全沉浸在美满、纯洁、崇高的理想境界之中。然而，戈谢与蒙戴斯的恋爱遭到父母的反对。对于戈谢这段感情，丁敦龄的态度是支持的，暗地里还为他们当起了传递情书的信使，常常把蒙戴斯的书信夹在一大本中国古诗里带给她。在结婚的时候，由于父亲不同意这场婚姻，虽然尊重戈谢的选择，却拒绝出席其婚礼，最后到场祝贺的反而是丁敦龄，给了她很大的安慰。由此丁逐渐成了戈谢生活与写作上的密友，故在1867年《玉书》出版之时，戈谢将此书题献给了他，以表谢意。

后来证明，这桩婚姻是不幸的，蒙戴斯容易冲动，爱好浮华，感情不专一；而戈谢重视思考，思想深刻，爱情专一。性格上的分歧从一开始就埋下了隐患，八年之后，他们分手了。

丁敦龄是一个文化素养很高的人，不仅能熟练使用《康熙字典》，而且还写诗、写小说。《玉书》中曾收录有他的《白发》等几首作品，他的另一首诗作《中国之魂》，经戈谢翻译后刊登在《文艺评论》上，这是法国最出色的一本文艺刊物。他还有一首诗曾被大文豪克洛岱尔翻译过，可见其在法国文化界有一定影响力，经常出入于中国驻法使馆和巴黎名流的集会。

1872年，同样因为个性的原因，丁敦龄与戈谢吵翻而被辞退，搬出住了近十年的戈谢家，住进旅店中。那一年戈谢父亲刚好离世。在外面，丁敦龄遇到一位女教师，两人一见如故，便结了婚。事后女子发现丁敦龄在中国原来早有妻子，遂告到法院，以重婚罪判其入狱。后来弄清了原委，原来是个误会，丁最后被无罪释放。此事记载于丁狱中写的中文小说《小破鞋》中。

此后丁敦龄一个人过着孤苦伶仃的生活，戈谢没有忘记他，仍不时予以接济，直到1886年他去世。去世的时候，丁敦龄身边没有一个亲友，戈谢为他安排了一个体面的葬礼，也算安抚了这个流落异乡的孤魂。

这是记述于《戈谢传》中的丁敦龄，给我们留下一个模糊的侧面。在中文的记载中，“丁敦龄”似乎成了一个被湮没的名字，几无可寻，只找到零星的三两则记录。外交官张德彝在其《航海再述奇》中曾提到过丁：“同治八年（1869年）正月初五，志刚、孙家穀两钦宪约法人欧建暨山西人丁敦龄者在寓晚馔。”欧建即戈谢的父亲特奥菲尔·戈谢。张书中还提到丁自称“曾中举人……现为欧建之记室”，记室即秘书。戈家友人说“丁本卖药为生，居戈家，以汉文授其两女，时时不告而取财物”，云云。

上述文字也是记叙海外的情形，本土并无记录。倒是数十年之后，钱锺书在《谈艺录》补订中谈过此人，语气间尽是苛责：“其人实文理不通，观译诗汉文命名，用‘书’字而不用‘集’或‘选’字，足见一斑。”又说：“（丁）取己恶诗多篇，俾戈女译而蠡其间……欺远人之无知也。”为此，周笃文教授说了句公道话，对于一个对中法文化交流做出过有益贡献的人，如此责难是否过于严厉和有欠公允？用“书”字而没用“集”或“选”，也许是根据国外的习惯，不一定非要遵从中文的拟名法；把丁诗掺进诗选当中，更多的是戈谢的行为，对自己老师的作品推崇本也无可厚非。在诗选中，有一首署名为丁敦龄的诗，其实写得并不差，从某个角度来看，它恰恰代表了戈谢的审美口味，或者说，此诗间接道出了戈谢恋爱时的那种少女情怀——

丁敦龄：《橘树影》

在孤独的闺房里
整日劳作的少女
会为突然间传到耳中的
一声玉笛
而感动。
她想象着自己听到了
一个少男的声音。

透过窗纸
橘树叶的阴影
透了进来，压上了
她的膝盖。

她想象着有什么人
撕开了她丝绸的衣裙。

周笃文在中央音乐学院召开的《大地之歌》研讨会上曾经倡议："为了回应《大地之歌》乐曲的回响，为了安息《中国之魂》不泯的思念，我们似应从其魂萦梦绕的故土家园去探寻他的足迹……"

西方对丁敦龄的评价则稍为正面。《玉书》出版次年，戈谢推出了另一部力作《御龙传》，当时一位评论家说："多亏有了丁敦龄，文学界才有《御龙传》这样的好书。"福楼拜也说："这本书是我们时代的奇迹。"

根据法国人格里森的一篇报道，我们大致能推断出丁敦龄的年纪，报道这样说：丁是第二次鸦片战争（1860年）后由法军带来的，让他担任法兰西学院汉语助理教师，受朱利安教授领导，但他却骂朱利安"目不识丁"，最后导致被开除。其时朱六十四岁，比丁大一倍……这段文字虽然与他跟从澳门主教来法编书的情况有些出入，可能后来为他安排的职位大概如此吧。在这里，我们得到一些有用信息，他是1860年后到法国的，年龄只有朱利安的一半，那么大致可以推算其为1830年左右出生，而且曾经中过山西举人，则其应试时间大约不出1852年、1855年、1858年三科，如果有心人去考查山西乡试老档案，或许能找到一些线索。

1902年《玉书》推出第二版，初版中"题献丁敦龄"的字样在这一版中被删除，那时丁敦龄已辞世十六年。

守护看似日常的生活

栾颖新

花森安治与《生活手帖》倡导的是，在惜物和节约的前提下过一种好的生活。

逛日本的书店，很容易发现杂志区里有很多生活类杂志。那些杂志风格各异，有的追随欧美潮流，有的寻求日本本土的生活方式，甚至有专门介绍北欧生活方式的杂志。而在这些杂志中，《生活手帖》是一种很独特的存在。

《生活手帖》是双月刊（创刊初期为季刊杂志，每年发行四期，中途有段时间改为一年五期），大开本，一厘米的厚度，扎实稳重。翻开杂志，想必习惯了时尚杂志的读者会很震惊地发现，《生活手帖》竟然没有品牌广告，只是在最后几页介绍一下杂志社最近出版的书。

以2020年9月25日出版的《生活手帖》第五世纪第八号（《生活手帖》杂志的独特说法，从第1期到100期为“第一世纪”，第101期到200期为“第二世纪”……）为例，开头第一篇文章是对在东京原宿咖啡店店主坂本织衣的采访；然后是大原千鹤的菜谱，她提供了五顿饭的菜谱，每一餐包含不同的主菜、配菜和汤，所需材料和操作步骤都写得非常清楚，而且配上了照片。那些照片拍得很好，让人忍不住发出“这看起来真好吃”的赞叹，可又不会觉得照片上的菜品太过精致，看着这些照片会有一种自己也想做做试试的冲动。《生活手帖》便是这样一本让人产生对美好生活的向往的杂志。本期还有有元叶子烹饪秋季特有食材蘑菇的菜谱，杂志内容与季节时令高度匹配。

除了烹饪相关的内容，还有用纸和布自制相框的教程，以及缝纽扣的方法，每一个步骤都有详细说明和配图，很容易上手；还有对日本设计师皆川明的采访、对制作日本餐馆橱窗里摆着的仿真食品模型的师傅的采访、挑选平底铸铁锅的窍门、做章鱼小丸子的机器的测评、在新冠疫情流行期间如何降低感染风险和减轻不安的方法、书和电影的推荐……内容丰富多样，涉及生活的方方面面。排版简洁，杂志的页面主次分明，读起来十分轻松。

《生活手帖》的创立

这样一本优秀的生活杂志的诞生与两个人有关，一位是大桥镇子，另一位则是花森安治。

2016年NHK的晨间剧《当家姐姐》，便是以他们两位为原型拍摄的，不过鸡汤性质的晨间剧多以女性为主角，剧情往往是女主角经历若干困难最终成就一番事业，《当家姐姐》的主角还是大桥镇子，而不是花森安治。

1945年底，在《日本读书新闻》工作的大桥镇子，觉得以自己目前的工资无法让家人过上好的生活。她幼年丧父，想让操劳一生的母亲享享福，于是决定自立门户从事出版工作。《日本读书新闻》的主编田所太郎便向大桥镇子推荐了花森安治。

花森安治与大桥镇子的相识十分偶然。战争以后，曾在大政翼赞会工作的花森安治失业了，田所太郎与花森安治是老同学，曾一同就读于旧制松江高中和东京帝国大学，他便请花森安治给《日本读书新闻》画插画。

花森安治1911年生于神户，大桥镇子1920年生于东京，1946年起，两人开始长达数十年的合作。

1946年，大桥镇子在东京银座的日吉大楼成立了名为“衣裳研究所”的公司，出版一些教人如何用简单的方法和不多的布料做衣服的小册子，在战后的日本取得了成功。可同时也出现了很多模仿他们的杂志，衣裳研究所的生意受到冲击。

1948年9月，大桥镇子决定创办《美好生活手帖》杂志，把公司的名称改为“生活手帖社”，她任社长，花森安治任主编，这便是如今《生活手帖》杂志的雏形。

简单易懂的语言

上高中时，花森安治便参与编辑学生杂志，1932年初被选为松江高中《校友会杂志》的编辑委员。他在《校友会杂志》一展身手，自行设计版面和装帧。花森安治日后曾对《生活手帖》编辑部的成员说，那是“我作为编辑的起点”。

1933年，花森安治进入东京帝国大学美学美术史专业，他对编辑工作的热爱也一直持续，读大学以后进入了《帝国大学新闻》的编辑部。花森安治的毕业论文主题是衣妆美学，题目是“从社会学美学的立场看衣妆”。后来在跟大桥镇子合作出版教人做衣服的小册子的那两年里，他对服装和化妆的兴趣成了一种优势。1937年，花森安治大学刚毕业，去拜访在化妆品公司伊东蝴蝶园任设计师、插画师的佐野繁次郎，被当场录用，此后便开始在伊东蝴蝶园工作。佐野繁次郎在装帧和插画方面的造诣也深深影响了青年花森。花森安治在伊东蝴蝶园负责撰写广告语。他的特点是用词亲切，减少使用汉字，多用假名，不用艰深的词语。这种语言风格在后来的《生活手帖》中发挥到了极致。

花森安治想把自己的想法直接传达给读者。1948年9月，《美好生活手帖》创刊，封二是花森安治写的发刊词：

这是属于你的手帖

内容包罗万象

希望其中有一两项

能马上对你今天的生活有所助益

即使有一两项

看似不能马上起到作用

也期许能留在你的心里

未来逐渐改变你的生活

就像这样

这是属于你的生活手帖

津野海太郎是《改变日本生活的男人：花森安治传》的作者，他认为这段发刊词是"花森式文体的正式登场"。使用很多假名，用日常生活中人们使用的普通的词。而这一段七十多年前写下的话，依然印在现在出版的《生活手帖》的封二上。

花森安治曾批评手下的编辑，"你们写的文章，蔬果店的老板娘能直接读吗？鱼铺的老板娘看得明白吗？要带着这种意识去写"；"要写出亲切易懂的文章，关键在于要像对话一样去写。尽量别用那些必须看一眼才能明白意思的词"。他还说过："所谓的好文章，是能够让对方原原本本领会自己想法的文章。……要用温柔的语言来表达愤怒。"

杂志的名字也体现了花森安治对语言的敏感及其对简洁易懂的语言的偏好。《生活手帖》最初名为《美好生活手帖》。而当初用的词并非汉字"生活"二字，而是"暮し"。这两个词的区别似乎不是很明显，因为翻译过来确实都是“生活”的意思。当下的日本人也未必知道，“暮し”一词在杂志创立的时候是带有晦暗色彩的词。发行公司认为“暮し”太晦暗了，可能影响销售，才在“暮し”前面加上了“美好”二字。津野海太郎对比了“暮し”一词在不同时代给人的感觉：现如今“暮し”给人一种“都市的优雅气质”，而曾经的“暮し”是“自古以来平民阶层贫乏的生活意象，因此带有几分土气”。也正是花森安治改变了“暮し”一词给人的感觉。

1953年，杂志改名为《生活手帖》（暮しの手帖），去掉了“美好”二字。

花森安治追求用语简单明了、贴近生活口语。在杂志的内容方面，他努力追求一流。他向有名的作家约稿，曾请室生犀星、川端康成、森茉莉等人为杂志写随笔，也曾请一流的厨师来为杂志的菜谱栏目写面向大众的菜谱，如高级日本料亭“吉兆”的汤木贞一、香港饭店的总厨战美朴、大阪餐厅“生野”的主厨小岛信平、大阪皇家饭店的主厨常原久弥。

亲力亲为的主编

花森安治在《生活手帖》工作了三十年，从1948年杂志创刊到1978年他去世，杂志的销量从一万册达到了一百万册以上。花森安治在第100号的卷末《编辑的手帖》一文中骄傲地说："从1号至100号，无论哪一期，我都亲自参与采访、拍摄、撰写原稿、排版、绘制插图、校对，这是作为编辑的我最大的存在价值，既是一种乐趣也是我的骄傲。"

他认为自己是一个手艺人，不是artist，而是artisan，是日语里的匠人。

改名之后的杂志去掉了"美好"二字，而且开始重视图片和插画，《生活手帖》成为重视视觉的杂志，有了与现在的《生活手帖》十分接近的风格。花森安治对杂志有着自己的审美，杂志内页视觉明亮，使用留有余白的排版方式。曾在《生活手帖》当过编辑的唐泽平吉形容这种排版，是"优雅地呼吸着"。花森还亲自绘制封面，甚至连封面上"生活手帖"这几个字每一号都会重写。

作为主编，花森安治教手下的编辑写文章："把简单的事情复杂化，是没脑子的学者才会做的事。把复杂的事情用简洁易懂的方式表达，正确地传递信息，才是编辑的工作。"

花森安治也在编辑部教编辑们生活技能，通过安排编辑做各种各样的事情，让他们亲身体验生活的方方面面。花森安治的手很巧，他不仅擅长做饭，还会针线活。他很喜欢学习日常生活的技术，也喜欢教给别人。教学的方式就是成立当班小组，《生活手帖》的内容与生活息息相关，因此编辑必须也要有生活的经验。

当班小组每组四人，从周一到周六一共是六组（大桥镇子和花森安治以及几名干事不参与轮班）。当班小组的成员要比其他人到得早，一大早就要烧热水，保证大家在九点开始工作的时候能喝上热茶。还要收拾前一天洗干净的布巾，调节做商品测评的房间的温度，之后要淘米，做好中午大家吃的米饭。社里有一个大型厨房，员工可以任意使用，中午可以直接在厨房做饭。花森安治曾写道："我们小小的研究室里，面积最大的，是厨房。到了午餐时间，大家聚集在厨房。有人开始烤油豆腐，有人默契地切起配菜用的黄瓜，有人去附近的店买素天妇罗，有人留下来准备萝卜泥蘸料。"午后三点，当班的人要给所有人准备红茶，晚上给加班的同事做晚饭，饭后还要负责刷碗和收拾。编辑们在当班的过程中体验生活中不可或缺的各个环节，这对于平时很少做家务的男编辑而言更是难得的锻炼。

商品测评和菜谱

商品测评和菜谱，是体现花森安治主编时期《生活手帖》性格和追求的两大栏目，至今仍是杂志的重要部分。

《生活手帖》杂志社从 1953 年开始做商品测评，同时在麻布狸穴町的苏联大使馆旁边增设了用于商品测评的"生活手帖研究室"（现已被毁），编辑的重心也转移到那里。大桥镇子和花森安治从最初一起合作的时候就有做研究的倾向，最初成立的公司名为“衣裳研究所”，这个名字就代表了一种不仅是出版杂志，同时也做研究的取向。这也许跟花森安治大学时期以来一直思考的问题有关，他的毕业论文是对服装和化妆的思考，这种对日常生活中的现象进行认真思考和研究的思路，一直延续到《生活手帖》杂志的商品测评。

花森安治是《纽约客》杂志的读者，对美国的新闻也十分关注。他最初决定开始做商品测评，受到了二十世纪消费者运动的先驱——美国消费者协会的影响。美国国家测试与研究中心做商品测评，然后把测评的结果发在月刊《消费者报告》上。花森安治决定从生活中常用的物品开始测评，如洗衣机、电冰箱、煤油炉、婴儿车等。个人生活经验也为他提供了测评的思路，花森安治家曾经遭遇火灾，家里的煤油炉起火，烧掉了他所有的书和唱片，这件事促使他做煤油炉着火时应如何灭火的选题。

1953年第二十二号首次刊登了《商品测评》栏目，最初是断断续续的，后来则变成了杂志的重要栏目。现在《生活手帖》的测评栏目，相比于花森安治时代的测评似乎少了一些魄力。花森安治在测试早餐烤吐司面包用的吐司炉时，配的照片上是堆成小山的吐司面包片，那些都是测评期间使用的面包片，看到照片的读者想必会十分信任杂志的测评吧。如今的《生活手帖》做在家自制章鱼小丸子的机器的测评，虽然会把参与测评的机器的照片排列在一起，却没有一大堆章鱼小丸子堆成山的照片。花森安治想通过照片告诉读者，杂志社是如何尽心尽力地做测评，测评的过程也想让读者看到。

杂志社有一套完备的商品测评规则，力求客观。编辑部自行购买产品来做测评，测试时至少用两台产品，一台购于商场，一台购于电器店，不用企业提供的产品。花森安治力求测试的准确，在测试中还原消费者使用产品的真实场景，比如不用机器插拔插头来检测插头质量，而是请员工手动插拔。他说："因为这是在用好或不好来评判别人豁出性命制造出来的东西，所以商品测评也应该拼上性命。"

为保持商品测评过程的中立取向，杂志不刊登广告。花森安治的解释是："时常被问，为什么《生活手帖》不刊载广告？理由有二：一是作为编辑，想把杂志从封面到封底的所有页面，全部把握在自己手中。二是刊载广告便要受到赞助商的压力，那绝对是困扰。《商品测评》栏目，扯上金钱关系，万万不可。"他甚至不让杂志社的编辑和工作人员有过多的社会交往，让他们尽量不要参加聚会，怕他们在社交场合被企业的人影响。他甚至对印刷厂都很提防，很怕测评的内容被印刷厂提前泄露出去。如此认真地做商品测评，一方面是为了让消费者在购买商品时可以做出自己的选择，另一方面是为了让企业发生改变，他想在日本创造出"产品好就能卖得好"的风气，鼓励企业全力以赴做出好的产品。

《生活手帖》从创刊开始便刊登很多菜谱，介绍用随处都能买到的食材做出好吃家常菜的方法。而《生活手帖》的菜谱是怎样诞生的呢？

一、请专业的厨师来做平常的家庭料理，将其步骤用一组照片的方式进行记录；

二、由在一旁观察的责任编辑将其整理为一页食谱；

三、由不在场的其他编辑，按照这张食谱制作相同的料理；

四、请大家品尝比较；

五、如果味道和厨师做的一样就获得通过，如果不一样则要修改食谱；

六、重复上述步骤，直到通过为止。

花森安治曾说过："萝卜、羊栖菜、炖油炸豆腐，我们努力去改进这类出现在任何一个家庭餐桌上的家常菜，哪怕效果甚微。因为与其让一道菜看上去光彩鲜艳，不如让它真正为生活添滋加味，这是我们的想法。如此一点点改善做法，是否会逐渐改变生活的模样呢——我们怀着这样的期待。"他认为做菜是很重要的事，"现如今，也只有美食中还能看到诗。倘若我们的生活里还有动手的乐趣，那就是做菜。做菜这件事里蕴藏着诗心"。

脾气很差又很温柔

花森安治对待工作的态度十分严格。曾任《生活手帖》副主编的二井康雄从1969年入社工作，一直工作到2009年退休。他认为晨间剧《当家姐姐》中以花森安治为原型的花山伊佐次在剧中只会发火，这有些偏离现实。可二井康雄也承认，花森安治确实是发过火的："工作上，我基本是在他的'骂'声中走过来的。花森先生简直是无所不能的超人，从策划到采访、图片拍摄、撰稿、校对、封面、报纸广告制作等，无论哪个环节，他的工作都是超一流的。"

唐泽平吉也提供了佐证，他还归纳出花森安治训人的三个特点，第一是当众发火，不会私下叫人；第二是一旦开骂就连细节也不放过，甚至会殃及无辜；第三是一旦发火就自己也不工作了，可谓老板也罢工。根据津野海太郎的说法，花森安治"在家里是一个任性的暴君，完全不是一个温柔的父亲，可有时也会流露出温柔的一面"。

花森安治听起来似乎是个脾气很差的人，可唐泽平吉又认可花森安治的脾气，在评价花森安治时用的词是"公认的顽固"，但又认为他是一个"作风优雅、保有自由精神的人"："花森先生非常独断专行，偏执得有些不讲道理，自己的任何意见都必须贯彻到底。但是，所谓'主编'，本就要具备这样的条件，可以说这正是主编的职责。"

花森安治要求社里的每个编辑自费购买录音笔和相机，理由是"用统一配发的工具，成不了出色的手艺人"。录音笔和相机当时都还价格不菲，刚入职的年轻编辑难以承担。可花森安治又贴心地给每一位刚入社的员工发一笔足够购买这两样工具的奖金。杂志社对年轻人十分关照，据唐泽平吉回忆，他当时去杂志社面试的费用都是杂志社承担的，够他买大阪和东京之间的往返新干线票、住酒店，还有剩余。他在被《生活手帖》录用以后，用第一个月收到的奖金买了录音笔和相机。他觉得花森安治的做法是有道理的，因为只有是自己的东西，用起来才会爱惜。

虽然花森安治喜欢发火，可他又有着自己的温柔。他讲求平等，信任同事。唐泽平吉回忆说，编辑部里有一种平等的气氛，编辑们不会以职位彼此称呼，没有等级观念，称呼是平等的。编辑部实行男女平等的原则，当班的编辑不论男女都要做事。生活手帖社是一个并非只有女员工才给客人倒茶的杂志社，男员工也一样要给客人倒茶。社里也没有员工守则，花森安治曾说："在只有三五十人的职场制定规则，是对在这里工作之人的侮辱。"《生活手帖》的平等理念还体现在每期杂志都有十分之一的版面是对读者开放的，从读者投稿中选出稿件刊登，现在也是如此。读者投稿的一个栏目是生活中的小窍门，主要是主妇的投稿，投稿内容都不长，但看了就能马上明白是如何操作的。这个栏目的投稿曾结集出版，广受读者好评。

女性主义

在中年时期的照片中，花森安治留着及肩卷发，还有齐刘海，眼睛很大，猛一看感觉像一位女性。而花森安治确实是有意识地选择了自己的着装风格。津野海太郎认为，这是一种以思想为依据的社会实验。他还认为这是花森安治给刚创立的《生活手帖》打广告的一种方式：通过奇装异服让自己变成杂志的广告牌。

杂志刚创刊的时候销路一般，经销商卖出的数量甚至不到印数的一半，编辑们只能自己背着杂志去书店上门推销。花森安治的奇装异服确有为杂志开拓销路的作用。津野海太郎认为花森安治的女士发型也很可以理解，毕竟同时期的日本画家藤田嗣治也留着童花头。而花森安治本人确实受到了女性主义思想的影响，他从女性的角度思考问题，尊重女性，认可女性对生活的贡献。

花森安治在神户读中学，在高中入学考试落榜后的一年里，他曾频繁去大仓山的市立图书馆（现神户市立中央图书馆）看书。在这间图书馆里，花森安治读到了平冢雷鸟的文集，文集收录了平冢雷鸟主办的女性文学刊物《青鞜》的创刊词："天地万物之初，女性本是太阳……如今，女性成了月亮，依旁人而生，因映照别处的光而闪耀，是有着病人般苍白面容的月亮。"花森安治读完以后陷入了困惑，不知如何整理自己的心情，而回过神来的时候，他已经从德国社会主义者奥古斯特·倍倍尔的《妇女与社会主义》开始，把图书馆里大约二十本关于"女性地位与解放"的书给读遍了。

这便是花森安治所经历的女性主义启蒙。

女性主义一直影响着花森安治，他的大学毕业论文研究的是衣服和化妆，从性别的角度对服装进行思考，他写道：“如果想象一个女性占优势地位，男性依存于女性的社会，恐怕女性的衣妆会选择朴素实用的形式，男性的衣妆则与之相反，有可能会变得轻快、线条柔和，继而拥有优雅的形式。……两性的身体条件也会随着社会地位的变迁而变化，除去本质上的差异以外，在身高、肌肉力量、骨骼等方面产生一定程度的变化也不是不可能的事。”

花森安治对服装与性别的关系的思考没有停止，他不仅穿女装，还提出自己的观点。1952年为埃里克·吉尔的《服装论》日文版所作的序中，他写道：“比起女人穿裤装，男人穿裙子要更加合乎道理。”他尤其反对西服，认为穿西服与在显眼的地方戴上帝国大学校徽是同种性质的行为。“西装本身是否适合生活，或者是否贴合自己的身材，倒是其次，一心希望被看作是知识分子，被看成有知识的人，所以才要穿西服，我认为是这么一回事。”他认为穿西装跟戴校徽都“包含了骄傲自负的特权意识，包含了将一般国民视为不值一提的鼠辈、只有自己高高在上的意识和心理”。

而花森安治是否真的穿过女装，此事似乎尚无定论。有人说他穿的不是裙子，只是裤腿宽大的裤子，因为他曾经很胖，那时的裤腿很肥。不过花森安治不肯定也不否定，继续穿着奇装异服。

1940年，花森安治曾与佐野繁次郎一同在生活社发行旨在改善生活的《妇人生活》丛书，该丛书在四年间一共发行了五册。花森安治在《妇人生活》中以“安并半太郎”的笔名写了名为“和服读本”的连载。

战后，花森安治开始与大桥镇子一起办《生活手帖》杂志，他反思自己在战争期间为日本大政翼赞会工作的经历：“过去，我曾经尝试在大政翼赞会这一政府名义下的国民运动中实现自己‘改变日本人生活’的梦想。可这显然是个错误。从今往后，我再也不会和政党、机关、大企业、大学等外人成立的组织有所瓜葛，也不会指望他们的帮助。一切都由我和少数几个伙伴完成。因此，我这次的伙伴不是政治家，不是官员，不是企业员工，也不是学者，而是实实在在支撑着日本人日常生活的女性。其中当然也包括男性，可中心是女性。主妇、职业女性、女学生，我想让这些普普通通的女性在日常环境中对自己和家人的生活进行研究——不仅是运用头脑，也要动手，总之就是采用和专业学者不同的方法。”

花森安治所说的伙伴，其实也大多是女性。生活手帖社最初是家族经营的，以大桥镇子为中心，大桥镇子的两个妹妹和母亲都有参与。虽然杂志后来也有了很多男性读者（如大阪大学理工学部担任助教的梅棹忠夫），而《生活手帖》最初的目标读者是女性。花森安治想让女性发现更加美好的生活的可能性，他说：“煮味噌汤，冲泡咖啡，这些事情，我希望学校里成绩最差的主妇，也能比一流餐厅的厨师做得好。”

花森安治积极思考女性的处境，还引导他人从女性的角度思考。他曾写道：“请思考，在这个世上，女性，正在被怎样对待？请思考，女性拥有的快乐，更重要的是，女性遭受的种种不幸，来自哪里？思考这些问题，便是思考女性的生活方式。你的母亲、祖母，以及更久以前的女性长辈，是如何生活的？思考这个问题的时候，不要站在旁观者的立场，而是要设身处地去想。女性，已经得到解放了吗？如果答案是否定的，那么我们便可以开始写一部今后的女性生活史了。当你一旦明白，无论是服装还是打扮方式，都不能脱离女性的生活，那么，所谓美好穿着，真正的美好究竟指什么，你也就清楚了吧。”

花森安治的理想真的实现了，《妇人公论》主编三枝佐枝子高度评价《生活手帖》对战后妇女生活的影响：

第一，对于战败后一无所有的女性而言，《生活手帖》让她们思考如何面对新生活，教会她们活用身边的物品，指向与以往不同的“生活的美学”。

第二，通过摒弃对外在的空洞模仿，《生活手帖》推翻了一直以来压在女性身上的某种权威，根植了合理的精神。而且，这种精神并非来自高处，而是源自生活。通过日常的衣食住，女性以自己的眼睛判断。

第三，让女性从一直以来的束缚中得到解放……

第四，明确女性作为战争牺牲者的角色，同时通过真实的生活告诫女性，要避免这样的悲剧再次发生。

第五，这是花森安治的业绩中最受人瞩目的工作，即通过商品测评，打开消费者的视野，并实现对生产者的督促、警示。通过商品测评，女性能够学会对社会、政治、文化进行反思，提出质疑甚至批判。

反战

战后，花森安治明确表达反战思想，1971年他出版一本反思战争的书，名为《一分五厘的旗》。而他的反战思想是逐渐形成的，他曾参与战争，又在战后开始反思，以《生活手帖》捍卫日常生活，认为保卫日常生活就是一种反战。

1937年花森安治接到入伍通知书，1938年1月10日，作为筱山步兵七十连队的一员，他被送到位于松花江北岸的依兰，当时的依兰是一座小城（现为黑龙江省哈尔滨市依兰县）。花森安治曾在1956年4月的《文艺春秋》上撰文回忆这一段经历。

1939年2月，花森因患肺结核被送到松花江南岸的佳木斯市陆军医院。他从依兰沿佳木斯、牡丹江、铁岭南下，从大连坐上医疗船，经青岛到达日本博多港，之后被送入和歌山的陆军医院。1940年，花森安治出院，面对即将回归的日常生活，他深感不安。他重新回到化妆品公司工作，可是当时的社会已经变了，1940年7月，日本开始实行限制制造和销售奢侈品的规定，人们不再对化妆品感兴趣了。

有人批评花森安治在战后的反战思想是投机的，列出的证据是他在战争期间曾为大政翼赞会工作，“那个烫了头发的反战论者在战争期间其实做过这种事”。而津野海太郎则认为，花森安治加入大政翼赞会是出于生计的需要：二十九岁的花森安治已经结婚，为保证一家人的生活，稳定的经济来源十分重要，他感觉化妆品公司的工作随时可能消失。

花森安治确实在大政翼赞会的宣传部工作过。这一时期曾有一个著名的标语，“奢侈就是敌人”，很多人认为这标语出自花森安治。可花森安治在余生中对此不肯定也不否定，我们无从知晓其背后的真相。津野海太郎引用了酒井宽在《花森安治的工作》中的澄清，酒井宽认为那些“国民决意标语”是花森安治在应征的标语中选出来的，不是他本人所作。津野海太郎则认为不论这些标语到底出自谁之手，“都不能改变一个事实——花森安治身为翼赞会宣传部的一员，曾经投入制作这些标语的过程当中，这一点作为过去的事实早已无法撤回。木已成舟，所以事后他也不会再去辩解了，面对任何说法都保持沉默”。他在花森的传记中曾写道：“假如辞去翼赞会的工作，像花森这样的人想要在当时的日本找个正经工作也几乎是不可能的。想到家人，他确实无法做出这样草率的决定。在种种犹豫之下，他错失了辞职的时机，又在第二次改组后，在有能力的人才流失殆尽的翼赞会中被提拔成了中层管理人员。”

1943年春天，花森安治第二次应召入伍，然而他在集训中发烧病倒，在临出发的时候得到了“留下”的命令，召集令被取消。1944年11月起，美军开始在东京和东京近郊实行无差别空袭，花森安治一家三口当时住的川崎市在1945年4月也经历了空袭。花森安治在院子里挖了防空洞，直到日本宣布投降时都住在位于元住吉的房子里。1945年6月13日，大政翼赞会宣布解散，花森安治失业。

1945年8月15日，日本宣布投降，花森安治曾写过一篇文章，名为《对于我们来说8月15日意味着什么》。他日后也曾说起当时的心情：“不用再去经历战争了，也不用去死了，只是这种利己的感情。”

失业以后，花森安治曾尝试过各种工作，甚至有人说他在走投无路的时候曾在有乐町朝日新闻社后面开了个咖啡店，最后还是做了与书籍、杂志装帧有关的工作。大桥镇子邀请他一起办杂志后，花森安治曾这样回答她：“女性在这次战争中吃了很多苦头，其中有我的责任，所以我会为你们的事业提供帮助。”1971年，花森安治在《周刊朝日》杂志上讲了决定跟大桥镇子合作时的心情：“我确实犯下过战争罪。如果能允许我找找借口，那就是当时我什么都不知道，我被骗了。可是，我不认为自己可以因此得到赦免。从今往后，我绝不会第二次受骗，也会去让更多的人不再上当。看在这一决心和使命感的份上，我想，过去的罪行至少能获得缓刑吧。”

花森安治在战后重新思考：“要保护的国家究竟是指什么？第一，是我们的生活，即日本人的日常生活。我要倾尽全力，让我们的日常生活成为值得保护的东西”；“天皇陛下也好，神国也好，大和民族也好，除了跟随这些东西之外，还有没有别的什么呢？比如，我们每个人的生活？如果大家都非常重视自己的生活，那么当有人要破坏这生活时，难道不应该战斗吗，难道不应该反对吗？”

在花森安治看来，守护日常的生活，是反战的一种方式。他以《生活手帖》为平台，向读者介绍生活的重要性。花森安治开始去日本各地发掘认真生活的人，1954年起设立专栏“一个日本人的生活”。这个专栏采访的不是名人，而是过着普通生活的平凡人，记录的也是普通人的生活。他说这是“要把我们生活中‘值得守护的东西’找出来”。

1968年8月发行的第九十六号，是“战争中的生活记录”大特辑。这本特辑由读者的投稿组成，而百分之八十的投稿人是女性。投稿的内容不仅是文字，还有照片、日记、记事本、衣物和其他生活用品。花森安治又一次与女性站在一起，他说：“输掉战争的冲击过于巨大，自己的生存方式到底哪里是对的，哪里是错的，一些人无法进行这样的价值判断了。男性在这时就沉默了……可是女性却不一样。她们坚信，自己的体验都是真实的。”花森安治曾在一篇《每日新闻》的专栏文章《岁首》中写道：“珍惜日常就是抵抗战争……想要维护和平的话，相比那些如殉道者般的反战活动家，尊重日常的普通主妇更值得期待。”而这本“战争中的生活记录”特辑从此畅销，多次加印，后又以单行本的形式出版。

花森安治认为：不要觉得反对战争、反对企业排放污染物是政治家才能做的事情，大家其实都可以做到，在自己的生活中捍卫自己的日常生活。而他也给没有勇气的人鼓劲：“不管是好的，还是坏的，都不去模仿他人，希望你能有这种程度的精神洁癖。这也许需要勇气。那么请鼓起勇气。”

花钱的智慧

《生活手帖》主打的是在惜物和节约的前提下过一种好的生活，日本经济高速发展以后，这一主张不再受人欢迎，人们开始习惯于买新东西，用旧了就扔。而反观当下，人们虽然比以往有更多的财富，却似乎没有过上更为美好的生活。商家的广告创造出了本不存在的需求，人们觉得有很多东西都要买，不买好像就不行，因为别人都在买。可通向美好生活的道路真的是这样吗？如今，我们似乎又需要重读花森安治了。

花森安治对待生活和金钱有着自己的态度。无印良品与读库联合推出的“人与物”系列文库本中，就有一本《花森安治》，是花森安治文章的节选。其中很多段落讨论的是如何生活和如何花钱。

他主张在生活中追求美，美是美，美不等于金钱："任何时代，美好之物都与金钱和闲暇无关。创造出最美之物的，总是那些经过打磨的感知力，注视日常生活的慧眼，还有不懈努力的双手。"花森安治主张看到事物的美好，而不是事物的价格，把新东西交给孩子的时候要说"这个很美，你要爱惜它"，而不是"这东西很贵，千万别弄坏了"。要像千利休一般，在渔夫日常吃饭用的碗里发现美。

花森安治强调要节约，要惜物："每天使用的工具，看在眼里，仿佛事不关己。不打磨、不除尘、不修缮。坏了，随即丢弃；旧了，一扔了事；腻了，立马换新。自从买了吸尘器，清扫变得马虎；自从买了电冰箱，食物常被浪费。"他反思消费至上的风气，质问是谁让人们沉迷于消费："教会我们扔东西的人，是谁？边制造东西，边满心算计着怎么让人扔掉它；边出售东西，边一味盘算着怎么让人尽快扔掉后再来消费的，又是谁？"

花森安治对穿衣也有自己的价值观。他认为一切衣物都不如人本身重要，"你身上穿戴的所有东西——从衣、帽、鞋，到腰带、包、项链、胸针、戒指、丝带、发饰等等，这一切当中最美的，是你。你的身体、你的头发、你的脸，还有最重要的——你的眼睛。莫要打扮得庸俗无聊，把自身可贵的美好破坏掉。青春之美，多少金钱都买不来。请珍惜，并为之自豪"。花森还主张不要只关注能露出来的衣服，也要注意保持内衣体面美观。他说："现在，请想一想，是不是该停止那种流于表面的、浑浊的时髦打扮了。哪怕没有新衣，也要认真对待内衣，请务必，做一个这样的人。"

他认为打扮得光鲜跟有没有钱没关系，需要做到的是仔细对待自己拥有的东西。买了十年的皮鞋认真保养的话，也会显得很亮。打扮得光鲜不等于是奢侈，使用的东西如果发现了毛病，及时拿去修补，花费也不会很多。

花森安治说："不值得花钱的地方，哪怕一分钱也不花；值得花钱的地方，花多少也面不改色。"但他认为，为省钱而浪费大量时间和精力的举动是不可取的，"我们大概穷怕了，对于眼前以金钱形式流出的东西异常敏感；对眼睛看不见的支出，对自己体力心力的支出则异常不敏感。对于过久了捉襟见肘日子的我们，这种观念不可或缺，甚至值得感激，可一旦根深蒂固，无论是肉体的劳顿还是心神的耗费，只要不直接以金钱形式出现，就认为是免费的，到底还是令人感到羞耻"。

花森安治深谙花钱的乐趣，他说没什么特定的购物目标、不需要像完成任务似的买东西的时候，手里又恰巧有一笔闲钱，这种就有了乱花钱的喜悦感。在聪明开支的前提下，留一笔钱给自己乱花，既不会打乱收支平衡，又能兼顾小放纵的乐趣。

花森安治对《生活手帖》有着自己的感情，他把杂志当成了自己的作品，甚至是自己的堡垒。杂志初创时期，他以奇装异服甚至女装来让自己被人注意，把自己当成《生活手帖》的活广告。因为杂志不能刊登广告，除了卖杂志，没有其他收入来源，花森安治便自己去给各种报刊写稿子，写评论也写杂文，用稿费补贴杂志社。而在杂志走上正轨以后，花森安治给其他报纸、杂志写的稿子就减少了，甚至都没有出版自己的书，他的文字都发表在了《生活手帖》上。从1948年起，到1978年因心肌梗死去世为止，花森安治整整工作了三十年。对于他而言，《生活手帖》就是他一手打造的世界，是他的城堡。

参考资料：

《花森安治》，花森安治著，王玥译，新星出版社，2018 年
《改变日本生活的男人：花森安治传》，津野海太郎著，毛叶枫译，书海出版社，2020 年
《编辑部的故事：花森安治与〈生活手帖〉》，唐泽平吉著，张逸雯译，书海出版社，2020 年

巨大的沉默物

船 长

还有什么比这些景象更让人肃然起敬、毛骨悚然。

皇帝使节的飞船抵达保罗的故乡卡拉丹，球形船体神谕般降临在绿洲中，这是《沙丘》全片最美的镜头之一。

《沙丘》改编自美国科幻作家弗兰克·赫伯特的同名小说，1965年出版后摘下“星云”“雨果”双奖，风靡半个世纪，跻身“史上最伟大科幻小说”之列。《沙丘》的宝藏之一，在于为太空歌剧这一类型留下了众多里程碑式“奇观”——瑰丽迷幻的沙漠星球，靠香料驱动的太空远航，庞大无比、吞噬一切的沙虫。

然而，科幻文学的丰碑，往往是科幻导演的噩梦，五十多年来，好莱坞对《沙丘》的改编屡次难产，项目如同巨船搁浅，等待一位可以支撑其恢宏图景的掌舵者。2021年，接棒的是来自加拿大边境，喜欢沙漠又恰好具有“科幻野心”的丹尼斯·维伦纽瓦。

电影《沙丘》中，皇帝使节的飞船抵达卡拉丹星球。

毫无疑问，美术风格是电影《沙丘》的最大亮点，巨构建筑、巨型飞行器、巨大几何线条，都很符合维伦纽瓦对宏大叙事的一贯处理。

我们常说，科幻的核心趣味是“陌生感”。科幻，尤其是太空歌剧这一分支，是一种建立在光年尺度上的类型。无垠的时空赋予了创作者某种自由，允许他们想象无法抵达的远方，进而创造超出想象的物品。那么，“陌生感”在科幻里是如何被制造出来的？维伦纽瓦对“巨物”的痴迷是否抵达了这种科幻的核心趣味？

这就需要走近《沙丘》视觉呈现的秘密，众多伟大科幻作品营造陌生感的不二法门，科幻大师阿瑟·克拉克精神深处的最终梦魇——BDO。

BDO是什么

BDO，big dumb object，巨大的、沉默的物体。它最早是1993年澳大利亚学者彼得·尼科尔斯（Peter Nicholls）在《科幻百科全书》（*The Encyclopedia of Science Fiction*）中杜撰的一个概念，后来逐渐广为人知。

BDO有几个特点：

一、它是“被制造”的（非自然产物）；

二、它不是“人类制造”的；

三、它的制造者通常不会出现，呈现被遗弃或关闭的状态；

四、它非常大，人类可以进入探索。

狭义上，BDO是一个科幻术语，只有在科幻作品中，非人类制造的巨大沉默物体才是BDO。后来，这一概念突破科幻圈，受到影迷、艺术家、亚文化群体的广泛追捧，外延也不断扩大，任何能够唤起类似情感的物体，都可以宽泛

《银翼杀手》中的泰瑞尔公司总部大楼。

王者双柱，《指环王》最具代表性的场景之一。

苏维埃宫的建设计划于 1931 年刊载在苏联报章上，同时公开征集设计。1933 年，鲍里斯·约凡（Boris Iofan）的候选方案胜出，计划将其建设成世界最高建筑。

地理解为BDO。比如《银翼杀手》中制造仿生人的泰瑞尔公司总部大楼，一座金字塔状巨构建筑，结合了埃及、玛雅、阿兹特克建筑风格，高达八百层；《指环王》中的王者双柱"阿刚那斯"，两座把守人类王国刚铎入口的巨像，"他们是消逝已久的王国的沉默守护者，仍拥有伟大的力量和威严……小船飞速从努门诺尔双卫的恒久阴影下漂过，脆弱短暂如同渺小的树叶"；上世纪五十年代到七十年代遍布东欧的野兽派建筑，和苏联未能成形的、高达四百一十五米的"苏维埃宫"，则是现实世界中的BDO案例。

很多伟大的科幻小说和电影都曾使用BDO。

拉里·尼文1970年获雨果奖的《环形世界》，描写了一个绕恒星转动、硕大无朋的环形外星天体，人类派探险队靠近观察，却被不明武器击中，坠向那片相当于三百万个地球总面积的环形土地。后来，这个设想成为著名游戏《光环》的灵感来源之一。

《环形世界》经常被视为正统意义上的BDO始祖，不过，这份桂冠依然要让位给描写BDO的无冕之王——阿瑟·克拉克。1968年，克拉克的《2001：太空漫游》和库布里克的同名电影横空出世，呈现了史上最成功、最深入人心的BDO：黑石碑。

故事中，三块神秘的黑色石板贯穿人类历史，分别出现在远古非洲草原、人类月球基地和木星轨道，以诡异的方式促成人类进化。黑石碑"四边方正锐利，表面没有任何纹

电影《2001：太空漫游》中的黑石碑。

《与拉玛相会》最有BDO味道的一版封面。

路，根本无法分辨其成分到底是石头、金属、塑料，还是人类尚一无所知的什么东西”，边长比例是“达到可测精准之极限”的1：4：9，轻描淡写中，毫不客气地展现人类科技无法企及的几何的极致。

《2001：太空漫游》之后，阿瑟·克拉克又创作了长篇科幻小说《与拉玛相会》，继续讲述BDO降临人间的故事：二十二世纪，一艘巨大飞船自外太空悄然而至，外表像是由车床加工而成的完美圆柱体，直径四十公里，质量十万亿吨。它似乎是一艘死船，内部空空荡荡，只留下无比宏伟的遗迹。正当人类迷惑之时，它却突然改变轨道，以每小时十万公里的速度向地球袭来。

克拉克的粉丝、同为科幻作家的刘慈欣也善于描绘大到丧心病狂的物体。《三体Ⅲ》中的四维实体“魔戒”，就是一个封闭的巨大金色环状物，像是太空中一道巨大的拱门，没有活动迹象，也看不到内部，“只能感受到一种巨大的纵深感和包容性”。

除了作家和电影导演，动画制作者也在努力呈现BDO，比如庵野秀明。《新世纪福音战士》作为给日本动画造成第三次冲击的怪物级名作，展现了大量“精神污染”级的巨物——来历不明、完美几何状的使徒，坠落在红色海洋中、面目崩坏的白色头颅，种种画面，都是观众心中永恒的梦魇。

《沙丘》之前，导演维伦纽瓦曾在其前两部科幻作品

《新世纪福音战士剧场版：Air/ 真心为你》中的名场面。

里成功塑造过BDO。在《降临》里，十二艘巨大的外星飞船凭空出现，如上帝的黑色棋子，轻轻落在海洋、城市和山野；《银翼杀手2049》里，K为了寻找前任银翼杀手戴克，在昏黄沙暴中穿过巨大人像。与这些相比，《沙丘》里的BDO更为夸张：影片开头，球形飞船降落在海洋星球卡拉丹，为厄崔迪家带来皇帝的任命，舷梯打开，巨幕厅里的观众恐怕只有眯着眼才能看清走下红毯的使者。保罗举家前往沙丘时搭乘的飞船，更是大到无法目测。环形船体悬浮在深空，船体中飞出的小点，都是这艘飞船的搭车客——在原著中，厄崔迪家的所有运输舰船，只占宇航公会飞船的一个角落。而在电影的另一个场景中，我们可以看到，厄崔迪家的运输船本身已大如宫殿。

“爸爸，宇航公会的飞船真的很大吗？”

《降临》里的外星飞船，如上帝的黑色棋子，轻轻落在海洋、城市和山野。

《银翼杀手 2049》里，K 在昏黄沙暴中穿过巨大人像。

《沙丘》电影中，保罗举家前往沙丘时搭乘的宇航公会飞船，环形船体悬浮在深空，船体中飞出的小点，都是这艘飞船的搭车客。

从环形船体中飞出的小点，其本身其实已大如宫殿。

《沙丘》英文小说封面，几乎都以沙虫为最重要的视觉标志。

“是的，很大，我们将乘坐一艘远航机……远航机非常大，它的船舱可以把我们所有的护航舰和运输船塞进去，而且只用到一个小小的角落。”

其实《沙丘》里最像BDO的物体是沙虫。沙虫并非严格意义上的BDO（人造的、非自然的），但作为科幻史上最重要的视觉符号之一，它是沙丘的本土生物，也是珍贵资源“香料”的产出者。书中，人们曾在沙丘的香料开采区深处发现“长达四百五十米”“下颚直径二百四十米”的沙虫，据说极地还有长达一千米的沙虫。它巨大、无声，被土著人视若神明，种种设定，仍提供了意象上的神秘感。

科幻史上最优秀的BDO，无不带有鲜明的“去人类中心主义”色彩。它的巨大，本质上是为唤起我们对自身的反思。

BDO 为何让人着迷

在网上的BDO爱好者小组，每天有无数粉丝努力描绘巨大沉默物体带来的愉悦和战栗。所以，BDO到底为何令我们上瘾？

要弄清BDO的魅力，得把这个词拆开来看。

首先，big。巨大尺寸，是一种对常识的摧毁。

刘慈欣有一个经典观点：人的感官对大尺度是麻木的。“对于大尺度，我们能用数字去把握它，但是没有办法用具象的想象去把握它……你想想，光一秒钟绕地球七圈半，你走一年才能走多少？如果我们真的在这种大尺度中生活，是很难受得了的。科幻努力做的就是让我们意识到这种巨大，把它形象化。”

举个例子，在新浪潮名家J. G. 巴拉德的小说《溺亡的巨人》（被改编为网飞科幻剧《爱，死亡和机器人》第二季第八集）中，一具来历不明的巨人遗体被冲上海滩。人们先是对这座巨物敬若神明，后来便开始劫掠般的洗刷。仿佛旅游景区一般，巨人的身躯成为打卡留念地，供人嬉闹追逐，肆意涂鸦，眼眶里丢满烟头，尸骨遭到肢解。最后，巨人的肋骨被肉铺用作门牌，头颅遗弃路边，器官泡在罐子里展览。当巨大的残骸完全融入小镇熙熙攘攘的日常，影片的魔幻与荒诞达到了顶峰。“被肢解”这一动作，不仅消解了巨物的神圣性，也用一种直观的方式，让观众迟钝的感官意识

《爱，死亡和机器人》第二季第八集中的巨人。

到“巨大”及其背后的反常。这种对常识的颠覆，本身就是一道难以名状的奇观。

其次，dumb。沉默，代表拒绝、漠视和危险。

所有BDO的共同点是：平整，光滑，不透明，无法窥见里面，少有可供辨识或理解的部件。BDO明显是“被制造”的，它一定是某种思想和意图的产物。这种思想的目的和技术比人类优越，或处于人类无法理解的维度，但拒绝解释自己。当一个巨大物体保持沉默，也就把一种态度明明白白写在脸上：“你是虫子。”

《2001：太空漫游》中，科学家想方设法破坏黑石碑，都无功而返。人们绝望地自嘲：“只有化外之民碰上他们不明白的东西才会加以摧毁，不过，和那些制造出这个东西的生物比起来，也许人类自己就是化外之民。”

在《从〈降临〉浅论隔壁老王与外星文明的根本差异》

一文里，作者糖匪指出，这些巨大之物给出关于它自己的线索如此之少，更让人类抓狂的，是没有可见武器。“没有可见武器有两种可能。一种可能，没有武器；第二种可能，它携带着未知的武器……未知武器，这四个字所包含的震慑，远比一个真枪实弹装着好多激光炮的外星飞船更可怕。”

她引述了科幻学者吴岩的观点：人类与外星文明的接触可以分为“热接触”和“冷接触”。BDO的冷接触，因为人类对未知的恐惧与想象，而变得更有震慑性和压迫感。而人类与陌生文明接触的张力与悬念，也自此有了实感。

BDO的诱人，在于它背后的力量和态度。越是傲视一切、沉默不语，越是镜子般照出我们自己的弱小。在澳大利亚拉筹伯大学讲授当代科幻小说等课程的克里斯托弗·帕尔默（Christopher Palmer）指出，BDO的本质魅力，也许是完成了一种“对‘崇高性’的塑造”。

BDO故事里，人类的探索手段和知识积累完全失效。我们的科技相形见绌，我们的心智退化成孩子，探索者的行动通常是“缓慢地摸索”，既是为抵消大尺度带来的麻木，将这种第一类接触拉近到人体尺度，也是为了制造绝望。

《与拉玛相会》里的探险者，要花费大量时间攀登连接拉玛内部的巨大楼梯，进入如此精密的高科技产物，而他们的交通工具竟是摩托车。人们除了对抗呼吸困难和肌肉疲劳，还要分秒必争，因为队伍只能在那里停留二十一天。《降临》中，探险队乘坐升降梯进入外星飞船，身着臃肿的防护服，靠抛荧光棒、携带鸟笼等近乎原始的方式检测船内空间的安全性，如此笨拙，如此艰难，时刻敲打观众：在这里，人类最顶尖的技术也简陋如猴子杂耍。

在此，BDO的浩瀚和力量，与在它面前缓慢挪动、无能为力的人类形成对比，完成了一种对“崇高性”的塑造。帕尔默认为，“自十八世纪以来，这种对比就一直是崇高的本质”，而“耸动奇诡的视听语言对制造崇高至关重要”。

科幻小说中，这种崇高经常表现为对奇观的白描。《环形世界》中，圆环过于巨大，人们需要长途跋涉几个月才能抵达边缘，主角因为广阔而只有地平线的单一景致而陷入瞌睡和恍惚，就像我们在广阔平原上长时间开车而引起的精神疲劳。克拉克大师则拒绝煽情，刻意用平淡的、功能性的语言凸显巨大。《与拉玛相会》中人类初入外星飞船时所见的是这番“恐怖”景象：“诺顿正紧紧地贴附在一个高达十六公里的弯曲悬崖面上，悬崖的上半部则当头悬挂，并与现在是天空的弓形顶部汇合在一起。在他底下，梯子向下延伸五百多米到第一层平台为止。扶手楼梯就在那里开始。这条庞大的扶手阶梯以高屋建瓴之势直泻而下。他现在是在圆柱体（拉玛）的顶部。而不是在底层。他像一只苍蝇，倒挂着身子在穹形天花板上爬行，下面是五十公里的垂直落差。”

影视作品中，奇观由画面更直白地呈现，只需借助电脑特技或模型，尽可能描绘巨物的庄严和人类的敬畏，好比《降临》中初次接触外星文明而几近昏厥的主角。在巨幕诞生、画幅扩大、CG特效狂飙突进的今天，银幕容许BDO与人类演员同框，呈现出静默、诗意的对比，外星文明不必再以刺激吵闹、华丽妖冶的外观出现。

人的平庸和宇宙的崇高，总能在科幻中制造大量乐趣，而BDO是制造“崇高”的灵药。

彼得·尼科尔斯总结道：它（BDO）是一种巨大尺度构成的“矮化”，在这种巨大广阔之下，我们试图维持自己的人性，维护人性的光辉与缺陷。同时，它又代表了我们对“变得更好”的渴望。

BDO 不是万金油

既然BDO是营造陌生感的法宝，是不是所有东西只要往大里做就完事？显然不是。

刘慈欣会告诉你，大尺度写起来容易，往尺度后面加多少个零都没有问题，“难就难在如何用文字和图像来表现它的巨大。我们作为一个很渺小的人，在如此巨大之中，会如何和它发生关系”。

科幻的核心，也是它最难的地方，就是处理好个人命运与巨大尺度（宇宙）的关系。

《降临》里，调查队进入飞船，地球上的重力法则立刻失效。《与拉玛相会》里，探险队进入巨大圆柱体，发现拉玛的内部表面布满类似城市的几何结构，头顶和四周都是大地，中央有一条圆柱海洋，因为低重力，人能用衣物作为减速伞降落。

从《降临》《银翼杀手2049》到《沙丘》，维伦纽瓦延续了自己大全景、运镜缓慢的风格，对巨大物体的处理十分克制，因为傻大不等于震撼，BDO之所以迷人，除了尺度难以理解，最重要的是陌生感带来的战栗。

《降临》在营造战栗感时做得极妙。外星人的飞船虽大，如果外观是繁复的工业风，神秘感就会立刻丧失。影片刻意安排物理学家轻抚粗糙的“岩壁”船壁，难掩内心狂喜。作为一种来自外星文明的、难以理解的高科技产物，它却采用了一种极简的风格，用接近石头的原始质感唤起了人类的远古记忆。

在飞行器设计上，《沙丘》的战栗感也做得不错：所有飞船都一个共性，就是不把技术显露在外表。光滑的船体上，隐约有一些纹路显示它是人造之物，但不展示其中原理，跟《星球大战》或赛博朋克作品里管线毕露、内部结构一目了然的飞船完全不同。

“繁复”是科幻中惯用的一种审美倾向，能让你看到技术的演进，清晰地昭示那个世界中人跟技术的关系。然而《沙丘》中，沙漠星球的表面上悬停着那样一艘飞船，它所带来的视觉冲击是一种简洁的美。这种简洁，把异域世界给人的感受向前推进了几千年，甚至几亿年。它暗示观众：这

《降临》中外星人“七肢桶”的飞船内部。

《沙丘》中的飞船，都是外表光洁的几何体。

个世界一定离我们非常遥远。在这样一个时代，人类的精神状态也一定发生了巨大变化。

所以，BDO不是科幻作品的万灵药，用得好才是加分项。《沙丘》对BDO的运用更加纯熟，用不同于今天主流科幻的飞船，制造了一种新的审美。遗憾的是，影片对“大尺度”的呈现始于飞船，也止步于飞船。两万年后，人类如何利用香料，驱使大到恐怖的航船在星间飞行？在能造出如此庞然大物的时代，人类的技术跃进到了何种程度？这些问题若不能在第二部中解答，飞船再大，恐怕也只会是空有场面、丧失灵魂的徒劳之举。

今天，科幻作品仍在孜孜不懈地突破人类感官极限，描写巨大疯狂的物体。不管一光年、十光年，还是十亿光年，尽管我们难以想象，但巨大沉默物体在心中激起的宗教般的震撼和敬畏，仍会久久回荡。那正是只有科幻才能带来的体验。

（本文首发于未来事务管理局微信公众号“不存在”Non-exist-FAA）

参考资料：

《从〈降临〉浅论隔壁老王与外星文明的根本差异》，糖匪，不存在日报，2017-01-23

《〈特警判官〉中的巨构建筑为何在科幻中流行》，西老米，果壳网，2013-03-13

《维伦纽瓦越过“沙丘”》，缈秒，观娱象限，2021-10-29

Big Dumb Objects in Science Fiction: Sublimity, Banality, and Modernity, Christopher Palmer, *Extrapolation,* 2006.1(47)

《水浒》六题

刘 勃

都说“少不读水浒”，其实正是因为《水浒传》的气质是年轻的，尤其是赤裸裸表达着年轻男性火辣辣的欲望。

游民的世界

《水浒传》故事，和历史原型关系不大。这是一部世代累积的作品，作者是谁，也并不重要。

水浒故事发展起来，不是在农村，而是在城市。不管是说书还是搬演戏剧，主要都在城市里盛行。这也就注定了，《水浒》故事里，城里人的经验要多于农村人。即使它讲到农村，更多也是城里人看见、想象的农村，或者说期待视野中的农村。

谈中国的城市发展史，宋代一直是被重点关注的。一来宋代中国城市人口在总人口中所占的比重是最多的；二来，宋代城市打破市坊界限，城市生活比较自由；还有第三点值得强调：宋代城市里，出现了空前庞大的游民阶层。

宋代城市的大发展，有一个重要原因，是农村出现了大量的剩余劳动力。因为宋代的土地开发基本已经达到了极限，没有新的荒地可供开垦，而宋代的人口数，远远超过汉唐。

一定生产力条件下，单位面积的土地上需要多少农民劳动，有一个最佳比例。假如说，一片土地上，五个人在上面劳动，每个人的平均收获是最多的；增加到六个人、七个人，总产量只能略微增加，但平均下来每个人得到的反而减少了；增加到八个人、九个人，总产量甚至根本没有增加，人均就更少了。经济学上，这叫边际效应递减，这两年流行的词“内卷”，出学术圈之前，也常被用来讨论这事。

农村里不需要这么多农民，这些农民就涌入城市，成了城市里的游民。

和带着大量资源入主城市的权贵不同，这些农村多余人口，既没有什么资源，刚开始也未必掌握多少适应城市生活的技能，他们的生活是很惨的。

这在文献中有大量记录，随便引一段：

今自立春以来，阴寒雨雪，小民失业，坊市寂寥，寒冻之人，死损不少，薪炭食物，其价增倍。民忧冻饿，何暇遨游？臣本府日阅公事，内有投井投河不死之人，皆称因为贫寒，自求死所。今日有一妇人冻死，其夫寻亦自缢。窃惟里巷之中，失所之人，何可胜数？（《欧阳文忠公集 · 乞罢上元放灯札子》）

古书中会称这些人为流氓，其实就是流动人口的意思；或者无赖，本来就是生活没有依赖的意思。流氓、无赖这些词，也都有道德败坏的意思，其实就是仓廪实才能知礼节，日子太苦的人，当然也就很难保持高尚的道德；或者，他们眼睛里的道德，和生活维持在某条水准线之上的所谓安善良民，大不相同。

所以城市是两极分化的：一方面，这里是权贵生活的地方，集中了大量社会财富；另一方面，又有大量赤贫的游民充斥其中。

同时，游民人口又是年轻化的。这个很好理解，老人被抛弃在乡村，年轻人到城市里闯荡。而城里的游民大多数饥寒辛劳，根本活不到老年。

都说“少不读水浒”，其实正是因为《水浒传》的气质是年轻的，尤其是赤裸裸表达着年轻男性火辣辣的欲望。

现代，大致是发达国家，城市人口女性多一些，因为城里第三产业为主；发展中国家，男性多一些，因为城里还有许多工业尤其是重工业。落实到具体城市，情形当然还要更复杂些。这是由城市里能提供的工作机会决定的。

古代的城市又是一种面貌：男女比例更加极度不平衡，男性远远多于女性。因为城市人口主要来自农村的多余人口，而农村的多余人口，主要是男性：第一，中国古代一直有杀女婴的习俗；第二，因为那种要生一个儿子传宗接代的疯狂愿望，导致古代女性比男性寿命短。当然宋代没有这方面的统计数据，但古代社会有它的稳定性，可以根据晚清一些数据逆推。有的村庄里，排除掉不满周岁就夭折的婴儿，男性预期寿命是三十五点七周岁，女性只有二十九周岁。诸如此类的统计结论，就很有代表性。

宋代科举大规模扩招，而且考试也比较公平。那些“朝为田舍郎，暮登天子堂”的传说，给了很多并不那么富裕的人希望，觉得书中自有黄金屋颜如玉千钟粟。同时由于造纸术的进步，印刷术的普及，读书成本也降低了，所以宋朝读书的风气很盛。结果就是，录取率实际上反而降低了，落榜的永远比考中的要多得多，社会上穷书生酸秀才的数量，也空前庞大。

虽说读书改变命运，但多数人的命运其实是改变不了的。或者说改变体现在：读过书的人，心态变了，很多工作不愿意去做。他们宁可留在城市里，当一个无业游民。

这样的结构和处境，当然会影响到游民的行为方式，而所有这些，都非常鲜明地体现在《水浒》里：

第一，游民真讲义气。

我们知道，很多汉字，都有好几个不同的义项。这些，有时乍一看差不多，但越想会发现区别越大。

比如“义”字。义是儒家的五常之一，是“羞恶之心”，又有所谓“以仁安人，以义正我”：仁是对待别人的，对人要厚道；义是对待自己的，是高标准严要求。

不管这个高标准严要求的内涵是什么，反正儒家的义，是一种自我修养。而《水浒》里的义，显然不是这个意思。在江湖上，一个人是没有办法讲义的，只有人和人相处，你

智取生辰纲。戴敦邦 绘

宋江放晁盖。戴敦邦 绘

遇到麻烦了，我不惜代价，出手相救，这叫“讲义气”。就是说，江湖上的义，是一种人际关系。

还有一个相关的字眼就是“侠”。今天我们更习惯认为，路见不平拔刀相助是侠，甚至有所谓为国为民侠之大者。这个“侠”是和儒家的“义”配套的。

但“侠”还有一个意思，也是更古老并且曾经占主流的意思：“救时难，济同类”，帮助和自己属于“同类”的人。这个“侠”是和江湖上的“义”配套的。

也就是说，江湖好汉的侠义，主要是指游民要帮助游民，和一般的安善良民却没什么关系。

这也很好理解，对游民来说，国家的法律是打击我们的，良民的道德是歧视我们的，宗族之类的传统社会组织也已经把我们抛弃了，不然我们还能沦为游民吗？我们自己不帮自己，还能帮谁？并且，我们自己帮自己都帮不过来，还管得了别人吗？

所以梁山好汉讲义气，其实是一种黑道上的小团体意识、帮会意识。

《水浒》里有个特别值得重视的细节，宋江把梁山聚义厅改成了忠义堂，不光是换了个“忠”字，而且是想悄悄把原来江湖上的义，替换成儒家的义，并且最终酿成了梁山的大悲剧。

第二，游民真挨过饿。

《水浒传》写吃，不会像《红楼梦》那么精致。一个物质生活条件很好、生活讲究品位格调的读者，读《水浒》里的吃，可能会毫无食欲，甚至觉得怎么吃得这么粗野。但是，一个挨过饿的人，一个从事重体力劳动的人，看他写大碗喝酒大块吃肉，什么“花糕也似的好牛肉”，那就很有吸引力。

为什么要大块吃肉？筋疲力尽之后快速补充蛋白质的那种爽感，是多精致的食物都比不了的。

为什么要大碗喝酒？刺激。正因为生活痛苦乏味，所以越发需要刺激。《贫穷的本质》一书中说，有钱人比穷人更容易做到健康饮食，不是因为健康食品贵，而是因为健康食品的口味都缺乏刺激性。而有钱人可以在很多地方玩个刺激，吃的方面就不一定很需要刺激；穷人其他生活都很痛苦或乏味，便只好从垃圾食品里找刺激。

第三，游民是真喜欢钱。

梁山好汉讲义气，而仗义和疏财是密不可分的，义气经常就体现在，舍得在朋友身上花钱，或者不一定是朋友，舍得在不法分子身上花钱。

且看几个江湖上有名望的人物。

柴进：“专一招接天下往来的好汉，三五十个养在家中。常常嘱付我们：‘酒店里如有流配来的犯人，可叫他投我庄上来，我自资助他。’”

晁盖：“专爱结识天下好汉。但有人来投奔他的，不论好歹，便留在庄上住；若要去时，又将银两赍助他起身。”

当然还有宋江，早有人指出，宋江这个及时雨，就是及时的银子。

也一直有人问，宋江就是一个小吏，他这么撒钱，钱是从哪里来的？恐怕难免是贪污来的，不过既然钱都花在好汉们身上，是否贪污来的，也就不重要了。

所以梁山好汉痛恨贪官污吏，但这种痛恨很大程度上是因为，你的钱为什么不分给我花？

对贪污这个行为本身，他们并不见得很反感。所以有很多非常正面的人物，一样也会贪污，武松、宋江等人的故事里，这点都很突出。

第四，游民是真缺女人。

因为男女比例极度不平衡，而且上流社会的女性固然不大可能看中他们，中下层社会的女性，正因为男权社会里女性本身被当作一种资源，女人也会利用自己的性资源，一样会躲避他们如同毒蛇猛兽，就好像《红楼梦》里的丫鬟，最恐怖的事情就是“拉出去配小子”。所以，游民社会也很容易产生一种仇恨女性的心理。

第五，游民真残忍。

长期生活在贫困、匮乏、歧视、危险当中，人心是会变得粗糙的，行为是会变得残忍的。梁山好汉的那些残酷行为，归根结底是源自他们的这种生存处境。

这些年，很多作者，你也抨击《水浒》残暴，他也强调《水浒》血腥，总而言之，《水浒》的价值观有问题。

这当然不是什么新论调。早在上世纪八十年代，山东电视台摄制的电视剧《武松》即将在中央电视台播出时，著名红学家吴世昌先生就给央视写信，企图阻止这件事。吴先生当时其实没有看过电视剧，对剧的内容当然一无所知，但是他说："我知道《水浒》这部小说中有许多毫无道理的凶杀情节。"又说："这种无原则、无是非、无阶级观念的凶杀，让青少年在电视中欣赏，会起到什么教育作用？我不知道山东电视台摄制此剧，目的何在？中央电视台为它转播此片，目的何在？……（武松）这样的'英雄'值得崇拜吗？值得赞美吗？值得表扬吗？值得用电视剧来为他宣传，作为青少年学习模仿的模范吗？"

吴老爷子进而大声疾呼："同志们：你们选用电视剧本时，有没有考虑到它的社会效果？美国青少年犯罪问题严重，我们常引以为戒。但他们也不是生下来就是罪犯。"

批判《水浒》的价值观当然没什么不对，一个有教养的现代人，被《水浒》里的景象引起不适感，是自然不过的。但问题是，如果一个人注定沦为一个游民，失去了主流社会的一切资源，他还能有什么价值观？

只要游民阶层还存在，只要这个社会产生游民的机制还存在，《水浒》这种游民的价值观就一定会存在。

对游民进行道德批判是没有任何意义的，这根本不可能改变他们。《水浒》的世界，是古代社会真实存在的一种面相，现代社会也未必就没有。现代世界比历史上任何时候都更加“国家化”，而国家机器总是倾向碾碎传统的社会组织，因此也就是一个更加庞大和复杂的“游民”孵化器，今天的游民阶层，经济条件也许能够好一些，但很多心理，和传统之间，仍存在着某种延续性。

所以《水浒传》作为一种极其廉价易得的书，倒如同李逵的板斧，是帮助有教养人士劈开信息茧房的利器。当然，你要是满足于价值观批判呢？那也开心就好，不必往下看了。

百变林教头

过去的京剧舞台上，李少春先生的林冲最有名。现在的影视剧当中，梁家辉演过林冲，还有1998年央视电视剧里周野芒的林冲，都是非常深入人心的。这些林冲有个共同点，相貌都很俊秀，而且带着一种文气，身上有股子文化人、知识分子的味道，甚至有点柔弱。

这个形象当然不符合原著，原著写得很清楚：“生的豹头环眼，燕颔虎须，八尺长短身材。”张飞长啥样，林冲就长啥样。

林冲像张飞的地方，原著里还有不少。比如二打祝家庄，林冲捉拿扈三娘那回，说得最直白：“丈八蛇矛紧挺，霜花骏马频嘶。满山都唤小张飞，豹子头林冲便是。”另外还有一处，火烧草料场之前，有个给林冲通风报信的李小二，他对林冲的性格有个评价：“林教头是个性急的人，摸不着便要杀人放火。”这不像是小说里的林冲，倒仿佛是张飞的性格。

但原著说林冲像张飞，而影视剧里林冲都秀秀气气的，也不能说影视剧不对，因为关于林冲的剧情，确实让人觉得他应该是秀气又受气的样子。

这涉及林冲形象的演变问题。

《水浒传》是世代累积的作品，各种梁山好汉的故事长期流传。不过根据现有的材料判断，林冲本来不是好汉中的重要人物。

南宋时候的《宋江三十六人赞》，这当中连林冲的名字都没有。元代话本、杂剧里，有林冲的名字，但是没故事。也许是有故事但没传下来，因为俗文学的文本保存不易，我们今天能见到的，只是很小一部分。

很可能，元代以至于明朝前期，是有一个模仿张飞塑造的林冲。《水浒》的设定，学三国的地方是很多的：也有五虎将，把关胜说成是关羽的后代，再弄个像张飞的人物，是自然不过的。

就现存的资料判断，《水浒》正式成型的时候（现在见到的最早的《水浒》是明朝中后期的了），林冲一再隐忍、到底被逼上梁山的故事才被创作出来。所以也许可以推论，我们现在所看到的这个林冲，正是《水浒》作者最了不起的创造。

而这个故事一出现，原来林冲身上像张飞的那些元素就都用不上了。豹头环眼、丈八蛇矛，只能说是张飞版林冲没删干净的残余。

《水浒》里，林冲是八十万禁军教头。可能很多朋友都被科普过这个知识：宋朝的禁军教头，地位并不高。但我觉得，有些讲《水浒》的老师可能忽略了一点：教头确实地位不高，但《水浒》的作者，并不这么觉得。因为施耐庵、罗贯中们的社会地位是很卑微的，文化水平也有限——应该反复强调的是，文化水平和文学水平是两回事，承认《水浒》的作者没什么文化，并不贬损《水浒》作为小说的价值——他对古代的官僚制度也没什么概念。

如果拿历史来较真的话：教头，确实不是什么了不起的身份，连官都算不上。

鲁达鲁提辖，提辖这个官，至少有两个完全不挨着的意思：他可能是中高级的武官，全称“提辖兵甲盗贼公事”；也可能是官府负责各种物资采购的小官，就类似今天的司务长。那鲁达到底是军官还是司务长？书里介绍是军官，可他去买肉，郑屠似乎跟他很熟络，并不奇怪他一个军官为啥会来干采购，而鲁达敲诈折腾肉贩的手段耍得又那么内行，就又像是司务长。

杨志杨制使，如果制使是制置使的省称，这就属于封疆大吏级别，比教头不知道高到哪里去了。但你读《水浒》的感受，林教头、鲁提辖、杨制使，好像都是差不多大小的官。

梁山征辽国的时候还有个细节，也可以反映《水浒》作者心目中教头的地位：“朝廷特差御前八十万禁军枪棒教头，正受郑州团练使，姓王，双名文斌，此人文武双全，智勇足备，将带京师一万余人，起差民夫车辆，押运衣袄五十万领，前赴宋先锋军前交割……”教头和将军之间是没有什么界限的。这就好比今天有一个人，在他看来，村长是很大的官了。你问他，那省长呢？也是很大的官。村长和省长哪个大？他会嫌烦，反正都是很大的，你分那么清干吗？

《水浒》的作者对社会的认知，大概也就是这样。就是说，历史知识太多，读《水浒》有时反而是一个障碍。要理解《水浒》中林冲这个人物，要忘掉历史上教头地位不高这个知识。按照小说，林冲的收入显然不低，工作也很清闲，林冲买了口宝刀，心理活动甚至于是这样：“林冲把这口刀翻来复去看了一回，喝采道：‘端的好把刀！高太尉府中有一口宝刀，胡乱不肯教人看，我几番借看，也不肯将出来。今日我也买了这口好刀，慢慢和他比试。’”他跟高俅这种高层领导也有直接往来，还能开口借领导家里的宝贝，领导不同意还憋着和领导较劲，情商也许确实有点低，但这身份还低得了吗？

有人说，林冲就像今天的城市中产阶级，这感觉挺对的。中产阶级的生活，就是看起来非常光鲜，幸福感满满，但实际上非常脆弱，真来点风险，一切就像阳光下的肥皂泡

祸起东岳庙。戴敦邦 绘

风雪山神庙。戴敦邦 绘

一样破碎了。林冲过的就是这样的生活。

而林冲偏偏对这种生活也非常留恋，以至于极度拒绝接受改变。老婆被高衙内看中了，欺骗、栽赃、陷害，一步步逼过来，他的警觉性却非常低。

林冲的智商当然并不低，毕飞宇老师有篇谈“林冲夜奔”的文章，很精准地揭示出，林冲不仅武功高，而且处理具体问题，一个个步骤都安排得特别到位，精确得像程序员写一段代码，正如金圣叹所说，是“算得到，熬得住，把得牢，做得彻，都使人怕”。小事上如此明辨有条理的一个人，他对自己处境如何的大判断，如此糊涂懵懂迟钝，只能说是因为，一旦承认对方一定要抢走自己的老婆一定要置自己于死地，那就必须放弃现在的生活，他实在舍不得，因此宁可欺骗自己：没事的，这事过去了就是过去了。

《水浒》里还写了另外一个人物，几乎是刻意和林冲对照的，就是小说一开头的地方，有个王进，也是八十万禁军教头，高俅要陷害王进，王进第一反应，就是带着老娘赶紧走，所以没有被害着。

《水浒传》有一部续书叫《荡寇志》，作者是俞万春，他认定梁山上的强盗就该被彻底剿灭。他为证明林冲活该，就设计了一个情节，让王进作为朝廷的将领，来攻打梁山，和林冲大战一天后，两个人对话，说到林冲被陷害的事：

林冲道：“这事都休提了。朝廷用了奸臣，害尽良人受苦，直到无路可投，只好自全性命。你不曾亲尝其境，还来说些什么。”

王进哈哈大笑道："好个自全，如今全得全不得，只教你自己思想！至于你说我不曾亲尝其境，足见你糊涂一世。你做的是殿帅府教头，我做的也是殿帅府教头；你受高俅的管束，我也受高俅的管束；高俅要生事害你，高俅何尝不生事害我？我不过见识比你高些。不解你好好一个男子，见识些许毫无：踏着了机关，不会闪避；逼近了陷阱，尚自游衍。以致拷打监囚，受尽许多苦痛；贬解收管，吃尽无数羞惭。贼配军，人人骂得；好家声，个个羞称。即此一事，你我比较起来，天渊悬隔。如今事已到此，且休来责备你。可怪你一经翻跌之后，绝无显扬之念，绝无上进之心，不顾礼义是非，居然陷入绿林。难道你舍了这路，竟没有别条路好寻么？就说万不得已，暂时容身，也当早想一出离之道。朝说招安，晚掠州郡；晚说招安，朝抢村落，这等处所，岂有出头之日？"

林冲听到此际，大吼一声，面色登时雪白，两眼上插，手中蛇矛不觉抛落在地，仰鞍而倒。

王进这话，不能说不符合事实：林冲如果能在高衙内调戏自己老婆之后，第一时间离开东京城，也到边关上某个地方投军，处境确实会好一点。

但是，王进的逻辑有个最大的问题：他要求林冲是完美受害者，你错过了最佳逃避灾难的时间，所以受难就是活该。可是留恋自己习惯的生活，害怕放弃拥有的一切，做不到逼迫自己一下子彻底改变，不是生活中极常见的现象吗？按照王进（其实是俞万春）的逻辑，那这世界上有太多人不配活着了。

《水浒传》里的林冲，说实话，算不上是一个多么可爱的形象。比如他对妻子的态度，就说不上好。高衙内把林娘子骗到陆谦家里，林冲及时赶到，高衙内逃走了。林冲和林娘子的对话是：

林冲上的楼上，寻不见高衙内，问娘子道：“不曾被这厮点污了？”娘子道：“不曾。”

一个女人刚刚经历了这样的事情，丈夫赶到后，不是安慰说没事了，不是关心体贴，而是问出这么一句话来，有没有被“点污”了，真是令人齿冷。林冲当然是爱自己的妻子的，但仍然是当一件财产，我的财产不能给别人碰。

还有对那封休书的理解。林冲发配前，给妻子写了休书，其中有这么几句：“有妻张氏年少，情愿立此休书，任从改嫁，永无争执。委是自行情愿，即非相逼。”

我们知道，古代和今天不同，夫妻感情不和因此离婚，是很少的，社会底层，男人穷得活不下去了，把妻子卖掉，这种事情却非常常见。卖妻子的时候，写一封休书，其实就是宣布放弃财产权，所以古代的休书上，“任从改嫁，永无争执”云云，其实是套话。

这话就是林冲想割断和妻子的关系，你高衙内要她从此与我无关，让高家不要再来伤害自己的意思。当然，这个表态也是解除妻子为丈夫守贞洁的义务，让她可以比较方便地接受高衙内，一定要说为妻子着想，也行。

还有，林冲的为人，原著比后来的影视剧里都要残酷得多。林冲上梁山，王伦要林冲交投名状，就是杀一个人，林冲也没有犹豫。

第一天，“从朝至暮，等了一日，并无一个孤单客人经过”。

第二天，“伏到午时后，一伙客人约有三百馀人，结踪而过，林冲又不敢动手，让他过去”。

第三天，就遇到青面兽杨志了。

就是说，这三天里，但凡有一个没什么本事的单身客人经过，林冲也就杀人了。

既然林冲是为得到自己想要的生活，不那么介意牺牲别人的，我们甚至可以问一个问题：如果高衙内看中的是陆谦的老婆，要林冲去陷害陆谦，林冲会不会干？

这个问题我没有答案。我想说的是，即使林冲不是什么高尚人士，他被高俅害得家破人亡，仍然是无辜的。尽管原著里的林冲不那么可爱，但真实、复杂、深刻，仍然应该说是出色的文学形象。

如果说原著中的林冲像真实的中产阶级，后来各种改编版本里的林冲，往往像中产阶级发的朋友圈。

林冲这种经历，本来日子过得挺好，但突然就大祸临头，是脆弱的社会中上阶层始终缭绕在心头的焦虑。古代的文人是这样，今天的中产阶级也是这样，也就是鲍鹏山先生说的，“林冲怕着我们的怕”。所以大家读林冲的故事，很容易把自己代入到他身上。而既然已经把自己代入到林冲身上了，原著里的林冲还不够可爱，那我们就让他可爱起来。

看到一个被美化了的自己受到种种虐，这样的悲剧才动人啊——所以大家熟悉的俊美文秀版林冲的出现，其实是注定的。

《水浒传》传世后，美化林冲的创作立刻就出现了，而且层出不穷。最有名也最早的，是明代李开先创作的一部叫《宝剑记》的戏。

李开先是嘉靖八年（1529年）进士，就是说这人的文化水平比《水浒》的作者可高多了。尽管戏曲被认为是一种犯点常识错误也没关系的体裁，但他还是忍不住修改了林冲的身份：林冲出身官宦世家，因平方腊叛乱有功被封为征西统制，因看不惯高俅童贯等奸臣“拨弄权威、盗窃名器”，上书谏言，这才谪任禁军教头。这样，林冲和高俅之间，就明确有了忠臣和奸臣冲突的主题。其实《水浒》里，林冲本来和高俅关系还是不错的，所以才会长时间缺乏警惕。虽然原著可能更有生活质感，但《宝剑记》这个版本的林冲显然高光得多。

《宝剑记》剧情改动很大，后来的改编版本一般不会照着他的来，但高俅迫害林冲，是奸臣迫害忠臣，而不仅仅是强者对弱者的蹂躏，这个设定被延续下来了。京剧《野猪林》里那段著名的“大雪飘”，林冲唱“雄心欲把星河挽”“诛尽奸贼庙堂宽”，都是《水浒》林冲没有的志向。

这出戏里林娘子（叫张贞娘）大放异彩，美化林冲的夫妻感情，把林冲的家庭生活写得更加幸福，这也是后来各种改编版本一定要做的事。

在众多秀气又受气的林冲当中，有一版林冲显得非常特殊，就是抗日战争时期延安平剧院（因为北京改名北平，京剧也就跟着叫平剧了）排的京剧《逼上梁山》里的林冲。

毛泽东评价《水浒》说“好就好在招安”，那是很久之后的事了。1944年，他对这出新编京剧评价是非常高的，还亲自给主创人员写信祝贺。

这出戏里，林冲教导高俅，应该用“地道战”来对抗契丹骑兵：

这“穿沟战法”起于五代时节，那时石敬瑭投降契丹，耶律德光进犯中原，那契丹的骑兵甚是凶猛，将中国农田踏为平地，是我中国百姓抗敌兵起，将这农田遍地挖成沟渠，随处设有埋伏，那敌兵到处遭受袭击，因此他不敢再犯中原，若要制胜外寇，非此穿沟战法不可！

发配沧州之后，林冲又从草料场老军黄老那里，了解到官府的腐败，人民的痛苦：

黄：你说这草料场是军需要物，可人家当官的是千里为官只为财，这兵荒马乱的年头，作这边防的官，谁不知道是赶紧搂把点子，但有风吹草动，拔腿就跑，就拿这草料场来说，还不是打着个招牌，好挤老百姓的油水吗？军需不军需，人家才不管那一套呢！

林：照你这样说来，难道这草料场也是压榨老百姓的不成？

黄：唉，你想大堂之上，一不种高粱，二不长黑豆，不压榨老百姓他们吃什么？这征收草料的规矩是每亩地料粮五升，干草十五斤，如今得了金辽打仗边防吃紧为名，加了料粮一斗干草五十斤。你还不知道，这场里的斗是大着二升，秤是加三大秤，这还不算，那交草料的户儿要是不先在管场的那花点钱哪，他们叫你等三天也不收的，你再看这草料场里边都成甚么啦？草料堆在那潮了烂了，他们私自盗卖拥入腰包都能行，是老百姓少交一点也不行！

最后，林冲和众百姓一起杀死州将和陆谦等人，投奔了梁山。

说起来，这个和劳动人民打成一片又刚猛有谋的林冲，若是恢复成豹头环眼手持丈八蛇矛的扮相，似乎也很合理，和那个失落的张飞版林冲，倒是又接上了。

人情社会的上上人物

知识分子容易更喜欢林冲，但说到《水浒》人物在民间的人气，武松可称第一。

金圣叹批《水浒》，先夸了一番鲁达，然后说："然不知何故，看来便有不及武松处。想鲁达已是人中绝顶，若武松直是天神，有大段及不得处。"

按照《水浒传》原著，擒方腊的是鲁智深，但民间一直流传武松断臂擒方腊的故事，觉得这么大的功劳应该是武松的。九八年央视的《水浒传》，也选择了这个设定。

改革开放后，山东电视台拍“水浒”系列电视剧，第一个拍的，也是武松。

甚至于，像《荡寇志》这样一定要把梁山好汉斩尽杀绝的小说，别的梁山猛将，像关胜、秦明、董平，都是被官军杀死的，但《荡寇志》也没敢让谁杀死武松，而是让武松被一大群官军猛将车轮战，最后筋疲力尽，这时天上刮了一阵怪风，武松逃脱。第二天，梁山的小喽啰看见武松挺棍怒目，威风凛凛坐在一块大石头上，但是谁说话都不搭理。宋江亲自过来，伸手一摸，冰凉，才知道武松已经脱力而死。这个死法也还是蛮英雄的。就是说，即使是反对造反敌视梁山的文人，也不敢不给武松一点特别敬意。

武松为何在《水浒》中独占人气交椅?

第一，武松的能力之强，《水浒传》写得特别好：神勇无敌，也精细有智谋，小说处理得非常到位。

你光是吹人有多厉害，那个不吸引人，梁山上的第一高手是卢俊义，但卢员外的魅力比武松差远了。最著名的如武松打虎，打虎前怎么害怕得几乎想退回去，打虎后怎么筋疲力尽连老虎的尸体都拖不动了，和打虎时的神威前后映衬，显得武松既是一个超常的英雄，又有普通人的性情和弱点。用金圣叹的话说，“写极骇人之事，却尽用极近人之笔”。

武松为兄长报仇，第一反应是收集证据报官，官府不给公道，决定自己报仇了，先把左邻右舍都请来做见证，既显得光明正大，又为将来庭审时留足了对自己有利的证据，这事传开去还会产生同情自己的舆论环境。先在规则的框架内抢占对自己有利的位置，然后才展开行动，而不是一味恃仗着蛮勇。

林冲、卢俊义的武艺都至少不在武松之下，但他们遇到危机很容易选择忍耐甚至自暴自弃，武松在逆境之中，身上始终焕发着斗志与活力。读林冲发配的情节，读者很容易洒一掬同情之泪，或者为他的憋屈而生气，但武松有类似的遭遇，读者却总对他有信心，相信他可以自己摆脱困境。

金圣叹把卢俊义比作骆驼，庞然大物，但到底有些不俊；那么林冲恐怕像羊驼，让人忍不住想对着这个世界爆粗口；武松才是神骏的汗血名驹。

写英雄人物，越差劲的作者，越容易把他吹得武功无限高，但把英雄写得有质感，这才是真功夫。

第二，武松的性格有可爱的一面，比如说，他虚荣心比较强。

武松是一个活在“被看的眼光”里的人，他做什么事情，都在想这事别人会怎么看我，他干点啥，都期待被转评赞。所以，他特别害怕“吃天下人耻笑”，在血溅鸳鸯楼之后，才会留下“杀人者，打虎武松也”几个字。

一般评价里，虚荣心强是缺点，但是第一，武松一般并不因为虚荣心影响判断力，甚至相反会激发潜能；第二，虚荣心强的人，心机不深——心机深的人，才不会把精力浪费在虚荣上呢。

有一个可以拿来和武松对照的人物，就是拼命三郎石秀。石秀自尊心强，心思又重。你跟他无意中说一句话，做一件事，甚至就是亮一个相，都不知道他能脑补出什么来。和这样的人相处是有压力的，你言行都需要小心翼翼。和武松就没这个麻烦，如果你是他的熟人，那么就可以把自己放到一个比较舒适的位置上：你没做对不起武松的事，就不用担心武松会做对不起你的事。

于是就说到武松的第三个特点，他是一个恩怨特别分明的人。

回想一下武松的故事，最庸俗地说，你会发现，对武松好，是最值得的投资。当然有人可能会举反例，说潘金莲也对武松很好。那不对，因为在武松看来，你那个身份我这个身份，你竟然追求我，那是最大的侮辱，把我当作“败坏风俗没人伦的猪狗”，所以潘金莲只能划到对武松不好的人里面，而伤害了武松，那是最可怕的事情。

武大郎对弟弟是真好，武松是怎样敬爱哥哥的，大家都看到了。

武松打虎之后，阳谷县知县很欣赏他，让武松做了都头。武松一个无业游民，一下子被提拔为县公安系统的领导。知县认为，自己在“抬举”武松；武松也认为，知县在

三碗不过冈。戴敦邦 绘

醉打蒋门神。戴敦邦 绘

“抬举”自己，所以我们看到，武松接下来的工作，是非常勤勉，尤其对知县来说，非常贴心。

西门庆和潘金莲之所以能勾搭上，原因是武松出差了。武松为啥出差的呢？“本县知县自到任已来，却得二年半多了。赚得好些金银，欲待要使人送上东京去与亲眷处收贮，恐到京师转除他处时要使用。却怕路上被人劫了去，须得一个有本事的心腹人去便好”，他去帮领导处理灰色收入的。所以可以看出，他和知县当时已经亲密到什么地步，而武松确实非常稳妥地完成了这个任务。

武松杀了潘金莲、西门庆，因为从阳谷县以至于东平府，他人缘不错，名声很好，为兄长报仇这事，虽然是法律所不容，却是民间道德所推崇的，所以判得不重。押解途中，就到了孟州道十字坡，遇到张青、孙二娘夫妇。

按照原著，这夫妇俩是真的杀人吃人的，但是，因为他们对武松很尊重，武松也就把他们当作了好朋友。但张青提出，咱们把押解你的两个公人给杀了，你就不要去牢城营，去二龙山找鲁智深吧。武松却说，不行，“武松平生只要打天下硬汉，这两个公人于我分上只是小心，一路上伏侍我来，我跟前又不曾道个不字，我若害了他，天理也不容我”。这两个公人不知道，他们对武松不错，结果救了自己一命。

进了牢城营，武松遇到管营的儿子金眼彪施恩。施恩对武松很好，当然，施恩的好是有目的的，他有一处产业，叫快活林。施恩原在那里收保护费，被一个叫蒋门神的夺走了。按说，像施恩和蒋门神争夺快活林，蒋门神固然不是什么好东西，施恩也一样是个恶霸，今天的读者看来，这是狗咬狗。但武松不是这么想的，施恩对我好，我就要为施恩出力。

值得注意的是，古代的读者，往往不但喜欢武松，也很喜欢施恩。几种著名的《水浒》评点本，都表现得很突出。

袁无涯评论说："施恩专意款松，那得不为感激。"李卓吾更说："士为知己者死。设令今日有施恩者，一如待武二郎者待卓吾老子，卓吾老子即手无缚鸡之力，亦当为之夺快活林，打蒋门神也。不知者以为为口腹也！不知者以为为口腹也！"

施恩好在哪里？因为他对武松是真好。打蒋门神之前施恩对武松好不奇怪，后来武松被陷害，施恩三进死囚牢，费尽心机要救武松，到底给武松减了刑。给武松送行的时候，施恩给武松又是送东西，又是反复叮嘱，金圣叹批："写来竟是父子夫妇兄弟。"

这时候武松对施恩来说已经没什么利用价值了，可施恩并不因此就撒开武松不管，这说明他对武松是真有义气，真有兄弟之情。所以不但武松觉得他好，古代的大量读者，也觉得他好。至于他还是一个恶霸，这个就不重要了。

武松怎么被陷害的？张都监把武松从施恩身边要走，然后，第一，张都监捧着武松，夸武松是"大丈夫，男子汉，英雄无敌，敢与人同死同生”，武松是最吃捧的；第二，张都监显得真信任武松，武松说什么事，他立刻答应；第三，张都监送了个心爱的养娘（丫鬟）玉兰给武松。武松非常感动，于是后堂听说张都监家里闹贼，他立刻激动冲出去了：“都监相公如此爱我，又把花枝也似个女儿许我。他后堂内里有贼，我如何不去救护？”

所以也一直有人叹息张都监没眼光，你为了个蒋门神，假装对武松好，结果被武松杀全家；其实你要是真的对武松好，你能得到一个多得力的人啊。

武松的为人，倒是应了孔子的一句话：“以直报怨，以德报德。”我俩关系好，我们的关系是一个正数；我俩有仇，我们关系是一个负数；我俩是陌生人呢，那就是零。所以，报恩是加上一个正数，报仇是减掉一个负数，杀一个陌生人呢？等于减掉一个零，不影响道德评价。

于是引出武松的第四个特点，他对陌生人比较冷漠，当进入狂暴状态后，甚至可以非常残忍。

所以，武松听说张青、孙二娘杀人、吃人，毫不在乎，你对我好就行了。

所以，武松亲眼见到牢城营的犯人遭遇的非人待遇，而这正是施恩父子的管理方法导致的，但武松也不在乎，你对我好就行了。

所以，武松在鸳鸯楼，一路屠杀，毫不手软。

有人说，武松杀人是怕走漏消息，给自己赢得逃走时间。这是脑补的。“孟州城里张都监衙内，也有躲得过的，直到五更，才敢出来。”武松也没有把张都监的人杀光，看见了就杀，没看见也并不刻意找，杀不杀这些下人，风险区别不大。武松杀完人说：“我方才心满意足。”他是以为张都监对自己好，自己也打算好好回报，结果都错付了，这是内心的冤屈需要释放。

而且值得注意，古代读者读到鸳鸯楼武松的大屠杀，不能说对那些连累被杀的下人一点同情没有，但主要也是替武松的复仇感到痛快。

李卓吾的批语：“武二郎是个汉子，勿论其他，即杀人留姓字一节，已超出寻常万万矣。”

袁无涯的批语：“此一段杀，说得灯月与刀光历乱，使静人懦士亦能愤雄。”

金圣叹的批语，更是一赞三叹，这段屠杀，写作实在是太高明了。他不停提醒你，你留意杀人时的月亮，你看看杀人时的灯火，灯月交辉照亮了武松手里的屠刀，映衬着满地的鲜血，写的是多么好啊，然后不停点赞：妙绝，奇文，绝妙好辞，令人绝倒……

这么梳理了一遍，我们也大致可以理解，古人为什么推崇武松：传统的中国，很大程度上是一个人情社会，而武松是人情社会的上上人物。

人情社会里，最重要的道德就是恩必报怨必偿，陌生人之间无人情，自然屠杀也不妨。而这个理想人物竟然信而见疑忠而被谤，所以三闾大夫般的悲情也就出来了。

读者和武松一样，也都是人情社会里的人，小说一路读下来，就算不把自己代入武松，也觉得自己和武松是熟人了，不会把自己代入到死在武松刀下的无辜的陌生人身上。杀一个陌生人，只是减掉一个零，所以，没关系的。

但是，现在也有很多人对武松看法不同，对他有很激烈的批判。为什么会有这个变化?

对武松看法的变化，背后是社会的变化。

第一，现代社会就是一个陌生人社会，现代人的衣食住行日常所需，可能都来自陌生人。如果还保持那种可以肆无忌惮伤害陌生人的价值观，那么每个人都随时可能成为受害者，所以作为一个现代人，必然要学会和陌生人有更多的共情。

第二，正因为是陌生人社会，现代社会是一个法制社会；即使现在法制还很不健全，但比起古人来，我们还是尊重法律多了。所以即使法律有瑕疵，我们往往还是期待能够改变法律，而不是直接由个人去践踏法律。

第三，现代社会是一个商业社会，商业社会里，很多东西（经常包括人本身）都被清晰地标上了价格，一手交钱一手交货，交换过程完了，彼此关系也就结束了，所以人和人之间的合作交往，有时是没有感情投入的，或者最多需要交情做个润滑剂，没有古代那么大的重要性。领导和员工之间，甲方和乙方之间，不见得有多么深的感情。相反他跟你谈感情，你可能会觉得是一种绑架，可能是想少给你钱。像武松和施恩之间的那种关系，现代人的赞赏程度也难免大打折扣。

第四，现代社会是一个大共同体社会，那么多人生活在一起，需要一些更高级的价值观，这些价值都被认为比“你对我好，我也对你好”要来得更重要。

比如如果你信仰爱国主义，那么在国家利益面前，人情就没有那么重要。

比如如果你信仰自由民主，那么在民主价值面前，人情就没有那么重要。

其实《水浒》里也不是没有类似主题，比如受招安，发展到后来和兄弟情有冲突。当然，招安这个大义，今天看来多数人觉得很可笑，所以反而显得重人情的好汉比较可爱。

这倒不失为一个启发：今天的各种大义，彼此间往往互相打架势不两立，不论在哪种大义面前，人情都显得微不足道。但面对日常生活，大义是否一定就高于人情，或者说无条件高于人情，也是个值得好好想想的问题。

邪恶的欲望有力量

阿根廷作家博尔赫斯有一个短篇，《闯入的女人》，说有弟兄两人，哥俩好得不得了。

有一天哥哥带回一个女人——不像话本小说动不动夸女人美若天仙，博尔赫斯落笔是非常克制有分寸的：“胡利娅娜褐色的脸庞，细长的眼睛，只要有人看她一眼，她便会报以微笑。在这么一个贫困的村子里，妇女们都因过度操劳，又不注意保养，一般都显得憔悴苍老，因此，她的长相就算不错的了。”

后来，弟弟也爱上了这个女人，哥哥看出弟弟的苦恼，就找借口离家，把妻子留给了弟弟，这样弟兄两人开始共享这个女人。就是说，理智上讲，兄弟俩都坚信不能因为女人破坏兄弟之情。但是，情感不由理智控制，他们再不能像之前那样亲密无间，于是为了把矛盾的根源消除，就大家都放弃，把女人卖到妓院里。

人虽然送入了妓院，哥俩还是忍不住会念想。有一天，哥哥找借口外出，到妓院去找原来的妻子。兄弟俩生活的地方特别缺女人，妓院门口要排队，结果他先看见弟弟的马，又在队伍里看到了一个熟悉的背影，弟弟也来了。于是哥俩觉得真不是办法，就又把女人买回来了。

然后兄弟俩的关系继续紧张，直到有一天，哥哥对弟弟说，咱们出趟远门。

于是兄弟俩赶着一辆大车，来到四野无人的地方。这时哥哥突然对弟弟说：“今天我把她杀了，就让她穿着旧衣服在这里安息吧。她再也不会给我们惹麻烦了。”

小说的最后一句话是：

兄弟俩几乎哭着拥抱在一起。现在是另外一种力量将他们联系在一起：一个不幸殉难的女人和极力要将她遗忘的共同愿望。

这个故事，对我们理解梁山好汉对女人的看法，可能有所帮助。

对女人产生感情，是非常容易破坏兄弟情的。上面这个故事里的女人，容貌并非绝色，道德上更无瑕疵，不过是个善良的可怜人罢了，一样造成了破坏。

而兄弟情破裂，对于梁山来说，或者对于所有的游民来说（不论古今中外），是最致命的。因为游民阶层拥有的东西很少，最重要的资源就是义气，而有魅力的女性，几乎是义气的天敌。

另外，从军事组织的角度来说，也要仇恨女人：第一，抢女人的军队，会在老百姓当中引起极坏的观感，这是最遭恨的；第二，一旦有了女人，军人的勇气会被削弱——把女人当作金银、酒肉一样的消耗品也还罢了，一旦把女人当作感情倾注的对象，男人会变得更怕死，军队的战斗力会迅速下降。

所以对这个群体来说，仇恨女人几乎是注定的价值观，不以道德批判为转移。

顺带提一句，央视那部《水浒传》，有一个细节处理得特别好。

武松在张都监身边的时候，张都监赏了一个养娘玉兰给他，武松很喜欢，后来玉兰参与了对武松的陷害，于是血溅鸳鸯楼武松杀张都监满门的时候，也把玉兰杀掉了。

对这个自己喜欢过，又陷害了自己的女人，武松杀她的时候，有没有什么复杂点的心理活动？

恐怕是有的，但是原著只写“武松握着朴刀，向玉兰心窝里搠着”，没有废一句话。

我对电视剧本来并没有抱什么希望，因为电视剧受众面最广，所以一般会避免太血腥残酷的内容。老早山东台的《武松》，就让武松和玉兰建立了纯洁的革命友谊，玉兰是怕拖累武松所以自杀的。没想到，央视这一版，真把原著血淋淋的狂暴氛围拍出来了，武松杀了玉兰，只不过武松杀玉兰的时候，有过一瞬间的犹豫。

武松犹豫啥呢？除了怨恨出卖外，下面这条理由大概也存在：武松是有些喜欢玉兰的，可更爱惜自己的名誉，滥杀不妨是英雄，但杀人全家就留着个养娘不杀，以后在江湖上可就抬不起头了。

江湖好汉仇视女人，但仇视也说明关注，好汉是偷偷盯着女人看的，心底里是在想女人的。

《三国演义》倒是不怎么仇视女人，它对女人主要是漠视，按照男人的需求，女人应该是啥样的，就塑造几个这样的女人。所以《三国演义》里大多数女性形象，真是写得木雕泥塑，没有血肉，更没有灵魂。

《水浒》塑造女人的手法当然是偏激的，但也体现了某一个方面的真实。而且，因为好汉是发自内心地恐惧女人，所以一个女人身上，可以既有强大的吸引力，又包含着一种毁灭的力量，它倒是写得非常出彩。

潘金莲就是一个塑造得非常成功的角色。

她的出场，《水浒》是这么介绍的：

那清河县里有一个大户人家，有个使女，小名唤做潘金莲，年方二十馀岁，颇有些颜色。因为那个大户要缠他，这女使只是去告主人婆，意下不肯依从。那个大户以此恨记于心，却倒赔些房奁，不要武大一文钱，白白地嫁与他。自从武大娶得那妇人之后，清河县里有几个奸诈的浮浪子弟们，却来他家里薅恼。原来这妇人见武大身材短矮，人物猥獕，不会风流，这婆娘倒诸般好，为头的爱偷汉子。

有人认为，这段话自相矛盾。潘金莲拒绝那个大户，似乎有点贞洁观念，怎么转眼就为“为头的爱偷汉子”？

贞洁观念对女性固然是一种束缚，但其实也是一种特权：只有比较富裕的良民家的女孩，所谓“小家碧玉”或者更高阶层，才有条件保护自己的贞洁。

聂绀弩先生的《论武大郎》，有过这么一段描述：

我是一个小城市里生长的，那城里的事情有许多我都熟悉。低三下四的穷家小户，比如差人、打鱼佬、裁缝、厨子、皮匠、剃头佬、武大郎的同行等等，女人常常不好看。如果有好看的，不管是老婆也好，女儿也好，首先就一定要偷人；不偷只算例外。

所以像潘金莲这样的出身，把贞洁看得很重，是很难得的。或者说，你重视自己的贞洁，那是对更高阶层的女孩儿

相会阳谷县。戴敦邦 绘

贪贿说风情。戴敦邦 绘

的生活的向往，这是一种僭越。然后生活迅速就告诉她，你不配，作为对她的僭越的惩罚，潘金莲被嫁给武大郎了。

潘金莲当然也就明白了，自己被定位在这样一个社会身份上，适合自己的，对自己最有利的选择是什么，因此也就“为头的爱偷汉子”了。只不过，潘金莲是聪明的，也是挑剔的，因此虽然她一直准备着，但武松出现之前，她并没有行动。

至于武大郎，潘金莲看到他就会想到，这个猥琐的男人，是那个大户施加到自己身上的惩罚，难免怨愤交加。武大对自己好不好，根本不会被放在心上，何况《水浒》里写武大郎和潘金莲的关系，只看见武大郎对潘金莲的怕，看不出对潘金莲的好。

《水浒》怎么写武松和潘金莲第一次见面，真真是字字千钧，信息量非常大。

潘金莲对武松说：“奴家也听得说道，有个打虎的好汉，迎到县前。奴家也正待要去看一看，不想去得太迟了，赶不上，不曾看见。原来却是叔叔。且请叔叔到楼上去坐。”——可见原来潘金莲是可以出门参加围观的，她有比较大的活动自由，并不是关在楼上，难得支开窗子的时候，才能看见外面的世界。

三人都上楼后，潘金莲对武大郎说：“我陪侍着叔叔坐地，你去安排些酒食来管待叔叔。”于是武大郎干家务去了。

这其实是很怪的：倒不是男人女人谁该干家务的问题，

他们兄弟重逢，有多少话要说，应该是让他们聊啊，你跟武松第一次见面，单独聊天合适吗？但是武大郎非常顺从，按照潘金莲的安排去做了。

可见，两个人一向的关系是怎样的：潘金莲处在绝对强势的地位。

吃饭时的座位也好玩，“武大叫妇人坐了主位，武松对席，武大打横。三个人坐下，武大筛酒在各人面前”。金圣叹批：“坐得绝倒。只一坐法，写武大浑沌，武二直性，妇人心邪，色色都有。”

潘金莲和武松的对话，一方面肆无忌惮地贬损武大郎，一方面撩武松撩得非常直白：

那妇人道：“莫不别处有婶婶？可取来厮会也好。”

武松道：“武二并不曾婚娶。”

妇人又问道：“叔叔青春多少？”

武松道：“虚度二十五岁。”

那妇人道：“长奴三岁。叔叔今番从那里来？”

看这台词，潘金莲和《西厢记》里的张生倒是一对，只是武松没像红娘那样怼一句：“谁问你来？”

总之，潘金莲就像是一只蓄势待发的豹子，现在终于发现值得出击的猎物了。

于是潘金莲和武大郎的关系，发生了根本的变化。对潘金莲来说，捕猎行动开始了。在那个风雪交加的夜晚，潘金莲挑逗武松的那段，是火辣辣的，也非常老练的，绝不像有的电视剧里表现的那样羞涩地表白爱情。

潘金莲捕猎武松失败，一次出击之后，她就更难忍耐。而武松意识到问题之后，出差到东京之前，他对武大郎提出了一个什么建议呢？你把嫂子更严格地看管起来：实际上就是潘金莲的活动空间，比武松出现之前，反而收窄了。

对武大郎来说，他觉得自己腰板硬了。在武松出现之前，潘金莲和别的男人发生关系，武大郎大概是会容忍的：按照《金瓶梅》的写法，他确实是容忍的（“这武大自从娶了金莲，大户甚是看顾他。若武大没本钱做炊饼，大户私与他银两。武大若挑担儿出去，大户候无人，便踅入房中与金莲厮会。武大虽一时撞见，原是他的行货，不敢声言”）；大量古代的文人笔记、方志记录，武大郎这样处境的男人，对老婆出轨往往就是容忍的；现代的社会学家，比如潘绥铭先生的社会调查和研究，告诉我们这种现象今天仍然大量存在。但如今有一个能打虎的兄弟在后面撑腰，武大却觉得终于可以动用自己那点“夫权”了。

所以，潘金莲和武大郎之间的矛盾，就无解了。

武松不在的时候，潘金莲和西门庆勾搭上，武大郎去捉奸。注意这个时候，潘金莲表现得远比西门庆勇敢也狠辣：

婆子只叫得：“武大来也！”那婆娘正在房里，做手脚不迭，先奔来顶住了门，这西门庆便钻入床底下躲去。武大抢到房门边，用手推那房门时，那里推得开。口里只叫得：“做得好事！”那妇人顶住着门，慌做一团，口里便说道：“闲常时只

如鸟嘴，卖弄杀好拳棒，急上场时便没些用。见个纸虎，也吓一跤！”那妇人这几句话，分明教西门庆来打武大，夺路了走。西门庆在床底下听了妇人这几句言语，提醒他这个念头，便钻出来，说道：“娘子，不是我没本事，一时间没这智量。”便来拔开门，叫声：“不要来！”武大却待要揪他，被西门庆早飞起右脚，武大矮短，正踢中心窝里，扑地望后便倒了。

西门庆是在潘金莲的刺激下才出脚的。从西门庆的个人命运来说，他第一反应躲在床底下是对的。被武大抓住了，认个错，掏点钱，这事就过去了。武松回来，武大很可能啥也不说。就是武松知道了，他那么人情世故通透的人，最多也不过是劝哥哥把嫂子休了。但这一脚一踢，武松回来知道，绝不能善罢甘休。为不让武松知道，武大就必须死。这是一环扣一环的事。

杀死武大的过程，潘金莲仍然表现出强悍的行动力：

武大呷了一口，说道：“大嫂，这药好难吃！”那妇人道：“只要他医治得病，管甚么难吃。”武大再呷第二口时，被这婆娘就势只一灌，一盏药都灌下喉咙去了。那妇人便放倒武大，慌忙跳下床来。武大哎了一声，说道：“大嫂，吃下这药去，肚里倒疼起来。苦呀，苦呀！倒当不得了！”这妇人便去脚后扯过两床被来，劈脸只顾盖。武大叫道：“我也气闷！”那妇人道：“太医分付，教我与你发些汗，便好得快。”武大再要说时，这妇人怕他挣扎，便跳上床来，骑在武大身上，把手紧紧地按住被角，那里肯放些松。

杀完人之后，毕竟是第一次杀人，潘金莲手也软了。但潘金莲在行动之前，理智也是惊人的：第一，非常自信自己能够完成杀人的任务；第二，也清晰预见到自己杀人之后手会软，所以王婆你要来帮我一下。

所以，原著中的潘金莲和现在许多影视剧里的潘金莲，是完全不一样的。那些影视剧里面，写武松见到潘金莲的时候，潘金莲还是一个贤良淑德的女子，一直压抑着自己，见到了如此英俊强壮散发着男性荷尔蒙气息的武松，爱欲之火突然被点燃，追求武松是她第一次尝试打破封建伦理的束缚，但是不幸被拒绝了，于是有了一点自暴自弃的状态，这才遇到西门庆，于是又有了一个慢慢黑化的过程……这种改造后的被动、纠结、缺乏行动力的形象，就像林冲一样，太中产阶级趣味了。

而且也确实不大合理。如果说潘金莲是一个大户人家的小姐，因为某种原因嫁给了武大郎，然后她是这么一个心路历程倒可以，但潘金莲明明不是。她这样一个生活在底层的美丽女性，也没有任何强者会保护她体贴她心疼她，她只能靠自己，所以黑化的时间必然早得多，不然早就被残酷的生存环境淘汰掉了。

原著中的潘金莲，就是欲望的化身，她是邪恶的，这种邪恶甚至很单纯，没有现在很多文艺青年所迷恋的那种“人性的复杂”，但是强悍，干脆，直接，充满阳刚之气。就像潘金莲的自我评价：“我是一个不带头巾男子汉，叮叮哨哨响的婆娘，拳头上立得人，胳膊上走的马，人面上行的人！”

这样的女人要是活在现在，一定还是众人瞩目的焦点。区别是生活在古代，潘金莲除了自己的美貌，什么资源也没有；生活在现代，她的能量一定会大很多。是因此不必邪恶，成为一个优秀的好女人了，还是因此她的邪恶会造成远远大得多的灾难？那是非常适合开脑洞的话题。

作为一个艺术形象，《水浒传》原著中的潘金莲这个角色堪称卓越，后来的改编要说超越原著的，我觉得那只有《金瓶梅》，它在原著的基础上，生发出无数生动而坚实的生活细节。影视剧里一个个美丽柔弱纠结的白莲花一样的潘金莲，能有多长的生命力，我不知道；而原著中的潘金莲，过去很长时间里，成了女性欲望和邪恶的代名词，而未来哪怕到地老天荒罢，也很难想象，她有哪一天竟会过时。

童心、天杀、小牢子

过去，李逵是深受欢迎的人物，早在《水浒传》诞生之前，他就是水浒故事的热点。元杂剧里面，水浒题材的戏有三十多种，其中以李逵为主角的，大概占到一半。而且元杂剧当中的李逵，无论长相还是性格，都已经和《水浒》高度相似了。区别就是，有评论家说，杂剧中的李逵，还有点文人的味道。

这话也对也不对。

说对，是因为杂剧里李逵的唱词，确实经常文绉绉的。

说不对，因为把李逵的词写成这样，很大程度上是没有办法。古代文人所受的那种训练，写合辙押韵的词，不文绉绉的他就不会说话。

即使如此，高明的杂剧作家还是会设法告诉你，李逵并没有什么文化。比如康进之的名剧《梁山泊李逵负荆》：

俺这里雾锁着青山秀，烟罩定绿杨洲。（云）那桃树上一个黄莺儿，将那桃花瓣儿啖阿啖阿，啖的下来，落在水中，是好看也！我听的谁说来？我试想咱，哦！我想起来也，俺学究哥哥道来。（唱）他道是轻薄桃花逐水流。（云）俺绰起这桃花瓣儿来，我试看咱，好红红的桃花瓣儿。（做笑科，云）你看我这好黑指头也。（唱）恰便是粉衬的这胭脂透。（云）可惜了你这瓣儿，俺放你趁那一般的瓣儿去。我与你赶，与你赶，贪赶桃花瓣儿，（唱）早来到这草桥店垂杨的渡口。（云）不中，则怕误了俺哥哥的将令，我索回去也。（唱）待不吃呵又被这酒旗将我来相迤逗，他、他、他舞东风在曲律竿头。

李逵念诗了。但不是他读过书所以会背诗，而是看到别人当此情形会背诗，他在模仿人家。

而什么人喜欢模仿别人呢？儿童。

李逵的下一个动作也特别儿童：他拈起了一片桃花瓣。文化人做这个举动，是由春光短暂勾起了韶华易逝的感慨，李逵显然没这个想法，所以接下来就被自己的黑指头逗乐了。容易被一切东西引起兴趣然后傻乐，更是儿童的表现。

行为儿童化，是李逵最突出的特征之一。甚至于可以说，李逵性格的各个层面，都是以儿童化为核心的。就拿《水浒》里李逵第一次出场来说：

李逵看着宋江，问戴宗道："哥哥，这黑汉子是谁？"戴宗对宋江笑道："押司，你看这厮恁么粗卤，全不识些体面！"李逵便道："我问大哥，怎地是粗卤？"戴宗道："兄弟，你便请问'这位官人是谁'便好，你倒却说'这黑汉子是谁'，这不是粗卤，却是甚么？我且与你说知，这位仁兄便是闲常你要去投奔他的义士哥哥。"李逵道："莫不是山东及时雨黑宋江？"戴宗喝道："咄！你这厮敢如此犯上，直言叫唤，全不识些高低！兀自不快下拜，等几时！"李逵道："若真个是宋公明，我便下拜；若是闲人，我却拜甚鸟。节级哥哥不要瞒我拜了，你却笑我。"宋江便道："我正是山东黑宋江。"李逵拍手叫道："我那爷！你何不早说些个，也教铁牛欢喜！"扑翻身躯便拜。

戴宗说李逵"粗卤"，而粗卤是因为率真，想啥说啥。这是儿童。

李逵还有些狡黠，怕戴宗骗自己下拜。有小算计，但总能被成年人一眼看穿，更是儿童。

李逵崇拜宋江，不体现在言辞恭敬上，而是从心底里流露出来，并终于之死靡它。这种极其专一的孺慕之情，像儿童对母亲。

这段里没有表现，后来却体现得越来越充分的一点：李逵无比残忍，其实仍是儿童。

儿童其实是最倾向于用暴力解决问题的，所以几个孩子一起玩的时候，还得有大人在旁边看着。儒家既主张“人性本善”，又主张“君子远其子”，我很猥琐地想，大概有一个原因就是带了几天孩子，就很难还相信人性本善。

如果儿童的体力强大到一般成年人根本不是对手的时候，那后果就相当恐怖了。

总之，元杂剧里，李逵就是一个相貌丑陋、体力超常但心智和性情近乎儿童的形象，《水浒传》把这个形象继承了下来。

区别是，杂剧作者未必想得太多，如此塑造李逵，就是因为这样的人物自带喜感，舞台效果好；《水浒传》成书的年代，刚巧明代文人圈子里流行着一种学问，李逵的形象就和这种学问结合起来，就有了象征意义。

这门学问，叫心学。

首先是大儒王阳明，认为世界的本质，就在于人心。又有一个当时影响就很大近代以来更极被推崇的思想家叫李贽的提出，成年人的心蒙上了太多肮脏和虚伪，关键在于“童心”：“夫童心者，真心也。若以童心为不可，是以真心为不可也。夫童心者，绝假纯真，最初一念之本心也。若失却童心，便失却真心；失却真心，便失却真人。人而非真，全不复有初矣。”（《焚书》）

李贽是什么人呢？现存最早的《水浒传》，有李卓吾的批语。李贽就是李卓吾。当然，有人怀疑批《水浒》的李卓吾是个李鬼，冒牌的。但冒牌要冒得像，他也要用李贽的思想来评。

一提到李逵，“童心说”是现成的理论资源，李逵就是童心的象征。

成年人，承受着生活的重担，被重重叠叠的规则潜规则束缚，在尔虞我诈中搏杀，厌倦了虚情假意的场面话……觉得儿童都不用面对这些，所以童心最美好，算是很自然的幻象。

今天的人读《水浒》，印象最深刻的，没法不是李逵杀戮时的疯狂与残忍。

小说里，李逵第一次大开杀戒，是江州劫法场救宋江：

那江州军民百姓，谁敢近前。这黑大汉直杀到江边来，身上血溅满身，兀自在江边杀人，百姓撞着的，都被他翻筋斗都砍下江里去。晁盖便挺朴刀叫道：“不干百姓事，休只管伤人！”那汉那里来听叫唤，一斧一个，排头儿砍将去。

李逵杀死的百姓，远比官军多。所以鲁迅先生说，自己喜欢张飞，却受不了“一斧一个，排头儿砍将去，却都是百姓”的李逵。

接下来，宋江找告发自己的黄文炳报仇，把人家抓住后：

宋江便问道：“那个兄弟替我下手？”只见黑旋风李逵跳

元夕闹东京。戴敦邦 绘

李逵骂招安。戴敦邦 绘

起身来，说道："我与哥哥动手割这厮！我看他肥胖了，倒好烧吃。"晁盖道："说得是。教取把尖刀来，就讨盆炭火来，细细地割这厮，烧来下酒，与我贤弟消这怨气！"李逵拿起尖刀，看着黄文炳笑道："你这厮在蔡九知府后堂，且会说黄道黑，拨置害人，无中生有撺掇他！今日你要快死，老爷却要你慢死！"便把尖刀先从腿上割起，拣好的就当面炭火上炙来下酒。割一块，炙一块，无片时，割了黄文炳，李逵方才把刀割开胸膛，取出心肝，把来与众头领做醒酒汤。众多好汉看割了黄文炳，都来草堂上与宋江贺喜。

这一场，李逵当然是最凶残的，其余所有在场的梁山好汉，也仿佛都是妖魔。细细割了黄文炳的建议，是被认为比较厚道的晁盖提出的，李逵把黄文炳"割一块，炙一块"，显然大家都参与了分食。想象一下当时的氛围，不由得想到一个恐怖的问题：如果穿越到现场的一个小喽啰身上，我固然不敢吃人，但烤人肉递到面前，自己不吃的下场，遭到所有人一致鄙视事小，更恐怕割完黄文炳就要来割我这个坏了义气的潜在叛徒。所以，吃还是不吃？

李逵探母遇到假李逵的故事，特别生动有趣。我幼儿园看《真假李逵》的木偶剧，笑得满地打滚，那时完全想不到原著中李逵杀了李鬼后，还有这样的细节：

却去锅里看时，三升米饭早熟了，只没菜蔬下饭。李逵盛饭来，吃了一回，看着自笑道："好痴汉！放着好肉在面前，却不会吃！"拔出腰刀，便去李鬼腿上割下两块肉来，把些水洗净了，灶里扒些炭火来便烧。一面烧，一面吃。吃得饱了，把李鬼的尸首拖放屋下，放了把火，提了朴刀，自投山路里去了。

李逵杀人，往往也不分什么敌我。三打祝家庄时，扈家庄的扈成为救妹妹扈三娘已经投降了梁山，还抓住了祝彪想献给宋江，可是：

恰好遇着李逵，只一斧，砍翻祝彪头来。庄客都四散走了。李逵再轮起双斧，便看着扈成砍来。扈成见局面不好，拍马落荒而走，弃家逃命，投延安府去了。后来中兴内也做了个军官武将。且说李逵正杀得手顺，直抢入扈家庄里，把扈太公一门老幼尽数杀了，不留一个。

宋江为此训斥李逵，李逵的反应是："虽然没了功劳，也吃我杀得快活！"

除了追求杀人的快感外，李逵屠杀扈家庄还有个原因，他误认为自己敬爱的公明哥哥要娶扈三娘，他最痛恨一切和情爱有关的事。一次在人家庄上投宿，李逵抓住了一对私通的小情人：

那后生却待要走，被李逵大喝一声，斧起处早把后生砍翻。这婆娘便攒入床底下躲了。李逵把那汉子先一斧砍下头来，提在床上，把斧敲着床边喝道："婆娘，你快出来！若不攒出来时，和床都剁的粉碎。"婆娘连声叫道："你饶我性命，我出来！"却才攒出头来，被李逵揪住头发，直拖到死尸边，问道："我杀的这厮是谁？"婆娘道："是我奸夫王小二。"……李逵道："这等腌臜婆娘，要你何用！"揪到床边，一斧砍下头来，把两

个人头拴做一处，再提婆娘尸首，和汉子身尸相并。李逵道："吃得饱，正没消食处。"就解下上半截衣裳，拿起双斧，看着两个死尸，一上一下，恰似发擂的乱剁了一阵。

女孩的父亲进来时，只看见"两个没头尸首，剁做十来段，丢在地下"。李逵当然不会理会人家的丧女之痛，反而以恩人自居，要人家准备酒饭感谢自己，人家也只有照办。当此情形，谁敢不感谢他呢？

类似的情节，小说里还有很多。总之，李逵一出场，往往就是这样那样的"杀得快活"。

李逵的这种杀人狂作风，也被赋予了一种象征功能，他是天杀星。《水浒》里有一段神魔色彩比较强烈的情节：为破敌人的妖法，要请公孙胜下山，于是神行太保戴宗和黑旋风李逵去请。公孙胜说，我老师罗真人同意，我就去。

但是罗真人不同意。

于是李逵想，我把罗真人杀了，问题不就解决了吗？他半夜里摸进道观，把罗真人一斧子劈了。

这件事的结果很好玩：第一，李逵当然没本事杀死罗真人，罗真人假装被杀，是逗李逵玩呢；第二，被李逵砍了一斧子后，罗真人很欣赏李逵，说："本待不教公孙胜去，看他的面上，教他去走一遭。"

罗真人还说破了李逵的来历："贫道已知这人是上界天杀星之数，为是下土众生作业太重，故罚他下来杀戮。吾亦安肯逆天，坏了此人，只是磨他一会。"就是说，上天生下李逵来，不是为了别的目的，就是为了让他多杀人。

我们知道，中国历史有所谓“治乱循环”或“王朝周期律”。在社会稳定的时候，人口数量可以被拉高到一个相当高的水平，但是一旦秩序崩溃，到了所谓乱世，人口就会断崖式下跌。人口损失两成有好几次，有时甚至超过半数。这种秩序崩溃是极其可怕的，几支军队打仗，防守方坚壁清野，进攻方烧杀抢掠，都会直接杀死很多人。更可怕的是粮食生产因此无法进行，然后就无数人没有吃的，大饥荒，军队和暴民都见人就杀，人吃人。

李逵是“天杀星”，也就是这样一种末世疯狂的人格化。《水浒》中描写的李逵那些血腥行为，是乱世疯狂中真实存在的景象。

古人同时认为，和平时期积累的种种问题，不经历一次这种大崩溃，根本无法解决，所以李逵的存在也是必须的，因此道法高深洞察天机如罗真人，也不敢杀掉李逵，所谓“吾亦安肯逆天，坏了此人”。

也就是说，李逵这个人物，同时被认为是两种截然对立的理念的体现。

一面是“童心”，这是天真的，自由的，极度光明灿烂的。

一面是“天杀”，这是残忍的，疯狂的，极度黑暗恐怖的。

这两种理念，完美融合在李逵一个人的身上。《水浒》

写得最好的地方，就在于由李逵引出这些理论，一点也不牵强，同时你若完全感受不到那些理念，却也不影响理解李逵这个人物。李逵生动鲜活真实具体，从生活的逻辑出发，他的行为也合情合理。

李逵第一次出场时，戴宗介绍他说："这个是小弟身边牢里一个小牢子，姓李名逵，祖贯是沂州沂水县百丈村人氏。本身一个异名，唤做黑旋风李逵。他乡中都叫他做李铁牛。因为打死了人，逃走出来，虽遇赦宥，流落在此江州，不曾还乡。为因酒性不好，多人惧他。能使两把板斧，及会拳棍。见今在此牢里勾当。"

李逵的身份是"小牢子"，当时的工作"在此牢里勾当"。就是说，他是一个贱民。

中国古代的百姓，有良民和贱民的区别。如林冲夫妇，就很在意这个区别：

林冲娘子红了脸道："清平世界，是何道理，把良人调戏！"林冲赶到跟前，把那后生肩胛只一扳过来，喝道："调戏良人妻子，当得何罪！"

显然，夫妻俩都很以自己的良民身份为荣。良民不仅是说我们家很善良，而且也是强调我们拥有这样一种社会身份：虽然没什么权势，但不管是国家的法律还是社会的舆论，都是会保护我们的。

而贱民就不一样，他们按照法律规定就是要被歧视的，书面点儿说，他们拥有的是"负权利"。

倡优隶卒是所谓贱民。倡是妓女，优是演员。隶、卒比较复杂，可以肯定的是，按照今天的标准，他们都属于公务人员。隶包括衙门里形形色色的衙役。如武松做了都头，他的工作固然很接近今天的刑警大队队长，但从身份上讲，古代刑警正属于贱民，所以后来张都监说要抬举他，也不过是嫁了个丫鬟给他，法律上彼此都是贱民，比较般配。李逵这种“小牢子”，属于卒，也叫狱卒或者禁卒，当然更是贱民。而且从戴宗的语气看，他这个小牢子还是临时工。李逵是没编制的贱民，是底层中的底层。

从戴宗审问宋江的那段情节就可以看出，戴宗这样的监狱管理者，是用极其粗暴野蛮的手法，把监狱里的犯人最后一点油水都要榨出来的：

话说当时宋江别了差拨，出抄事房来，到点视厅上看时，见那节级掇条凳子坐在厅前，高声喝道：“那个是新配到囚徒？”牌头指着宋江道：“这个便是。”那节级便骂道：“你这矮黑杀才！倚仗谁的势要，不送常例钱来与我？”宋江道：“人情，人情，在人情愿。你如何逼取人财，好小哉相！”两边看的人听了，倒捏两把汗。那人大怒，喝骂：“贼配军，安敢如此无礼，颠倒说我小哉！那兜驮的，与我背起来，且打这厮一百讯棍！”两边营里众人，都是和宋江好的，见说要打他，一哄都走了，只剩得那节级和宋江。那人见众人都散了，肚里越怒，拿起讯棍，便奔来打宋江。宋江说道：“节级，你要打我，我得何罪？”那人大喝道：“你这贼配军是我手里行货，轻咳嗽便是罪过！”

所以戴宗一定要让犯人们都非常怕自己。他毕竟是领导，也不能时时拿起讯棍打人，便需要手下有让人望而生畏的打手。

李逵这样的人用处就大了。

李逵的凶狠、残忍，就是他的生存技能。

但是戴宗还是格局太小水平太低，不能把李逵的作用最大化。李逵的天命之人，还得是宋江。

宋江是押司，管文件的书吏。从科举出身的有品级的官员的高度往下看，宋江很卑微。但书吏也可以和官员一样穿长衫的，每年秋天，还有一次专门针对书吏的考试，如果成绩考到一等，书吏就可以当个小官。当然最多也就是八九品的官，而且不可能升官，但是和这些贱民身份的差役比，宋江这个地位就可以了。

宋江在江湖上有那么大名望，有他为人高明的地方，另一方面也是在江湖好汉眼睛里，他身份相当不低。

正如很多人都谈到过的，宋江和李逵第一次见面时的做法，简直是收买人心的教科书级别的案例。

宋江那么有地位的人，和李逵说话透着一种亲切、喜欢、尊重。这个都是李逵原来从来没有体验过的。人家给我银子，就是为了指派我干活；宋江哥哥给我银子，却是喜欢我，没有附带条件。人家把我当工具，宋江哥哥虽然最终也是把我当工具人，工具人也好歹带个人字呢。

正因为宋江哥哥对我有情，我为宋江哥哥打人杀人，要加倍无情。

李逵遇见宋江，才遇见了最理想的主人，可以得到更多的银子，更多的酒肉，更多的杀戮机会，可以放肆地做很多事而不会受到真正的责罚。而宋江不方便说不方便做的事，尤其是最卑鄙下作的一些任务，也就只有交给李逵去完成，因为只有李逵这样最天真富有童心的人去做这样的事，才能让所有人都可以免责。

比如屠杀扈家庄那件事，扈太公、扈成都没什么本事，算不得合格的强盗，梁山看中的，就是扈三娘和扈家的财产。所以把扈家人杀光了最好，财产可以直接到手，而扈三娘固然与梁山有了血海深仇，但她也已经失去了一切依凭，再也不可能回到她原来的生活中去了。血洗扈家庄，对让扈三娘归顺梁山嫁给王英这事，大概率是有利而不是有害。这事不能交给任何有理性有人性的人去做，那就交给李逵吧。他还是个孩子啊，犯错了骂两句，这事就翻篇了。

再如赚朱仝上山。朱仝并不想上梁山，他虽然犯了罪，但得到沧州知府的赏识，替知府带孩子，指望"一年半载挣扎还乡，复为良民"。应该说，朱仝的目标，实现的可能性很大。而梁山要断绝朱仝的指望，最简单直接的办法，就是把知府的儿子杀掉，让朱仝永世不得翻身。把一个活泼可爱的小男孩脑袋劈成两半，这事不能交给任何有理性有人性的人去做，那就交给李逵吧。他还是个孩子啊，犯错了骂两句，这事就翻篇了。

当然还有后来受招安的时候，要把梁山卖出一个好价钱，必须跟朝廷不断闹一闹。烧个东京城啊，扯个诏书啊，宋江要不担责或少担责，这些事都得黑旋风出手。

李逵是真的一片童心，所以天然就适合完成这些任务呢，还是账算得门清，知道把自己弄成这么个人设，干这些事反而更安全呢？各人理解吧。

好小说就像生活一样，没有标准答案。

对体制的恨与爱

宋江本来是山东郓城县押司，因为杀阎婆惜而犯罪，几经波折后发配江州。在江州浔阳楼喝多了，题反诗被判死刑。他的反诗写的什么呢？

先是一首词，《西江月》：

自幼曾攻经史，长成亦有权谋。恰如猛虎卧荒丘，潜伏爪牙忍受。

不幸刺文双颊，那堪配在江州。他年若得报冤仇，血染浔阳江口。

宋江的仇人是谁？他杀了自己包养的情妇，被依法判罪，也没谁说得上是他的仇人。一定要说有，也在山东郓城县，关浔阳江口什么事？

再看那首七绝：

心在山东身在吴，飘蓬江海谩嗟吁。

他时若遂凌云志，敢笑黄巢不丈夫。

不说别人，单说黄巢，这就很有意思了。第一，黄巢是造反的，说明宋江也想造反，但如果只是想造反，不一定非拿黄巢当榜样，陈胜吴广以来，造反的人多了；何况黄巢最终是失败了，咱们也挑个成功的，比如说拿刘邦当榜样啊。第二，黄巢还有一个特点，是参加了几次科举考试都落榜的人，官场不给他出路，后来风云际会反了。

这才是关键。宋江的仇人是谁？答案也就出来了。宋江想超越黄巢，其实是指着大宋朝科举出身的官员：我不是针对具体谁，我想说你们这些考场达人都是垃圾。

宋江是押司。县衙门里的工作，最主要两件事，一是税收，一是司法，这两件事都牵涉大量文件往来，押司就是处理这些文件的小吏。宋江“刀笔精通，吏道纯熟”，干这类工作，是一把好手。

他这样的人，如果生在汉朝，可以有不错的发展前途。

汉朝选拔官员，有两套标准：一套是儒家的标准，看重的是“德行高妙，志节清白”或“学通行修，经中博士”，你熟悉儒家经典，为人符合儒家伦理，就可能得到推荐，成为官员；一套是法家的标准，所谓“明达法令，足以决疑，能案章覆问，文中御史”或“刚毅多略，遭事不惑，明足以决，才任三辅令”之类，也就是宋江擅长的这一套。不管你是哪套标准选出来的，都有可能当官，混得好，更可以做大官。

但是很不幸，宋江生在宋朝——更准确地说，考虑到《水浒》漫长的成书过程，要从宋以后的社会环境来理解这个人。

你要通过科举考试才能当官，而科举考试的内容，其实只剩下完全形式主义了的儒家标准。尽管朝廷里不断在争论，应该考策论呢还是考经义呢还是考诗赋呢，反正都是儒家内部的争论，对考生的文化修养，要求还特别高。

而按照法家标准选出来的人才呢？那就只能当吏了。官是官，吏是吏，是两股道上跑的车。官代表朝廷体面，很有身份，握有行政大权；吏呢，很卑微，只能处理具体的行政事务，而没有行政决策权。而且一旦当了吏，就很难再成为官，你从此失去了参加科举考试的资格，最多也只是流外官或者八九品的小官。

这个在中国的官僚制度史上，被称为“官吏分途”。历史上真实的宋江生活的宋代，是这样；《水浒》正式成书的明代，是这样；清代，也还是这样。

按照选官的标准，宋江真不行。他的诗还有点粗莽气，勉强可读，词简直不像话，“自幼曾攻经史，长成亦有权谋”，这种顺口溜级别的东西拿出来，考官即使受贿了，恐怕也没有录取他的勇气，所以他就只能是宋押司了。宋江经常自称“猥琐小吏”，是谦虚，更是很清醒的自我认知。

宋江家里，有一个“地窨子”，考虑的是将来如果犯罪了就躲在这里。而且，宋江还早早让他父亲“已自三年前告了他忤逆在官，出了他籍，见有执凭公文存照”，这是为万一将来犯罪，好不至于连累父亲。有人说，这是宋江早就憋着要犯大案，所以做了这种准备。可是有一个问题，大家都知道他是个孝子，江湖人称“孝义黑三郎”嘛，谁都知道父亲断绝关系不是真的，那岂不是告诉别人，我打算要犯大罪吗？

宋江本来未必有什么犯下弥天大罪的打算，他留这么一个后手，是因为身为押司，实在太容易犯罪了，这个不以人的主观意愿为转移。《水浒》里其实写得很清楚：

原来故宋时为官容易，做吏最难。为甚的为官容易？皆因只是那时朝廷奸臣当道，谗佞专权，非亲不用，非财不取。为甚做吏最难？那时做押司的，但犯罪责，轻则刺配远恶军州，重则抄扎家产，结果了残生性命。

《水浒》的作者地位卑微，他对官是不了解的，所以他对官的说法是错的，做官没这么容易。但是，作者对吏的处境真是有深透的切身体会，一旦写到这种问题，就特别具体，“有生活”。

参考一个例子，晁盖劫生辰纲后，济州府尹受到蔡太师的压力，着急破案，就把压力转移到缉捕人等的身上。负责抓人的三都缉捕使臣何涛实在抓不到人，府尹火了：

“胡说！上不紧则下慢。我自进士出身，历任到这一郡诸侯，非同容易。今日东京太师府差一干办来到这里，领太师台旨，限十日内须要捕获各贼正身完备解京。若还违了限次，我非

宋江题反诗。戴敦邦 绘

石碣受天文。戴敦邦 绘

止罢官，必陷我投沙门岛走一遭。你是个缉捕使臣，倒不用心，以致祸及于我。先把你这厮迭配远恶军州雁飞不到去处！”便唤过文笔匠来，去何涛脸上刺下“迭配……州”字样，空着甚处州名，发落道：“何涛，你若获不得贼人，重罪决不饶恕！”

说到自己这样一个进士出身的官，可能要被罢官，甚至“投沙门岛走一遭”，府尹字字血声声泪，别提多委屈，所以你何涛脸上字先给刺上。

可是，何涛又做错了什么？

作为书吏，宋江的地位当然比何涛要高一些，但风险一样很大。

《水浒》的描述，能和各种文献中的大量记录对应上。上级压下来的工作量，可以无限大；官员心情不好把属吏骂一顿甚至打一顿板子，那是常有的事；克扣小吏的工资不发，被认为是基本操作；最近财政闹了亏空，要小吏交钱补足；官员最近要有点额外的开支，都可能要小吏凑份子……

所以，在衙门里工作而犯罪，有公罪和私罪之分。上级政府部门交代的任务，你完不成而犯罪的，这个是公罪；以权谋私，那就是私罪。因为上峰的指示有时是没有道理可讲的，所以公罪也就是不可避免的，因此有些高尚的人甚至说出这样的话来：“私罪不可有，公罪不可无。”

一个人如果一点公罪都没有，那一定是为完成任务而不惜干伤天害理的事。

当然宋江不属于这种高尚人士，但这些话有助于理解押司这类身份是有多么容易犯罪，所以，宋江早早留了一手，万一犯罪了可别连累我爹。别人看在眼里，只会觉得这么做表明宋江确实孝顺，而不会推论他主观上就有强烈的犯罪动机。

作为一个吏，宋江的业务水平是顶尖的。科举考试考得好，说明熟悉儒家经典，诗歌文章写得漂亮，那是宋江比不了的，但是，在政府里工作，是行政能力重要还是背书写诗做文章重要？事情都是我干的，升职的是你，凭什么？

如果宋江懂历史，知道在汉朝的话，像自己这样的人的发展前途，不说成为萧何萧丞相，我也做个州县的长官嘛！他会更加咽不下这口气。

但宋江对自己的处境显然不只是愤懑，甚至于题反诗之前，你根本想不到他这么愤懑。他还是蛮留恋这个体制的。尤其是发配江州途中，他被劫上梁山，晁盖劝他你就留在山上算了，宋江说："前者一时乘兴，与众位来相投。"言下之意是我和各位有交情，是因为我一时冲动，又说："小可不争随顺了哥哥，便是上逆天理，下违父教，做了不忠不孝的人在世，虽生何益。如哥哥不肯放宋江下山，情愿只就兄长手里乞死。"这话是骂谁呢？尤其是山上秦明等人，根本就是因为他才不得不上山的，听着啥滋味？

总之，宋江对上梁山，一开始真的是拒绝的。

有人说，他是要把自己的班底培养得已经超过晁盖了，才上梁山，这也高估了宋江行为的计划性。其实更可能是，宋江对自己原来的生活，确实挺满意。

因为官和吏的关系还有另外一面。

法定地位是一回事，从行政系统的实际运作看，官在吏面前，有时反而是弱势的。

宋代以来，推行强干弱枝的政策，对官有诸多限制，甚至有所谓“地方官如七宝琉璃，触手便碎”的说法。官的政治地位是高的，但是第一，科举出身的很多人未必有行政才能；第二，这么严厉的监管下，有才能也未必有发挥空间；第三，最致命的：由于流动性很强，干不了几年就被调走，经常根本来不及熟悉情况。而小吏呢？他们是本地人，而且可能干行政工作都干了好几代，从小接受的就是专业对口的培训。

如果看这些官僚士大夫留下来的记录，会发现他们对吏往往同时充满了三种情绪：第一是鄙视，你没文化，地位也低；第二是畏惧，又熟悉法律又熟悉地方的情况又和各种强势人物比如富户啊黑道啊有千丝万缕的联系，你要挖个坑给我跳，我一不留神还真就掉下去了；第三是痛恨，人对自己既鄙视又害怕的人，当然会极其痛恨。

所以，像宋江这样的猥琐小吏，他们所拥有的实际权力，比他们表面上的政治地位，那是要高得多。

宋江出场时，《水浒》对他的介绍是：

平生只好结识江湖上好汉：但有人来投奔他的，若高若低，无有不纳，便留在庄上馆谷，终日追陪，并无厌倦；若要起身，

尽力资助，端的是挥霍，视金似土。人问他求钱物，亦不推托。且好做方便，每每排难解纷，只是周全人性命。如常散施棺材药饵，济人贫苦，周人之急，扶人之困。

一直有人问，他的钱是哪里来的？当然就是做吏的灰色收入。

《水浒》没有明写，但是《水浒》的叙事，能够让我们感受到郓城县行政部门的运转逻辑。不单是宋江，晁盖、朱仝、雷横……郓城县有名有姓的人物字号，有一个算一个，都是既有白道上的身份，又爱结交江湖好汉的。都吃的是公门饭，谁还不是黑恶势力保护伞咋地？

《水浒》里关于雷横的收入，说得比较详细：类似晁盖这样的地方大佬会给他塞钱，雷横作为刑警大队队长，还经营着好几项产业，“开张碓房，杀牛放赌”。舂米的作坊也罢了，杀牛是犯法的，至于赌场是什么性质，就更不用说了。当然，雷横被认为是吃相比较难看的，宋江甚至朱仝的姿态都比他漂亮得多。但宋江的地位比雷横要高，所以他的收益当然也比雷横高得多。后来宋江行走江湖的时候，我们可以看到不断有人给宋江送钱，他也都收了，没有理由推论，宋江没出郓城县时，就不收人家钱。何况宋江有时做人情，可以动用的关系非常非常多，也根本不需要花钱。

宋江私放晁天王和宋江杀了阎婆惜之后各色人等的反应，这两件事都充分地体现出，在郓城县的关系网中，宋江处于一个多么舒适的位置。

宋江从济州府来的缉捕使臣何涛那里知道了官府要缉拿晁盖的消息，决定去给晁盖报信。他借口家里有事，把何涛稳在茶坊，然后出县城，直奔东溪村晁盖家，“没半个时辰，早到晁盖庄上。庄客见了，入去庄里报知”。除了报信外，晁盖还把宋江向吴用、公孙胜、刘唐三人引见。

就是说，这一来一回，至少花了大约一个时辰。

你获悉了一个如此重要机密的情报，突然离开两个小时，给出来的理由不过是“被村里有个亲戚，在下处说些家务，因此担阁了些”，而且他离开的这两个小时，正在巳时到午时之间，不说行踪在众目睽睽之下，反正看见他到晁盖家去的人，或能证明他并没有回家的人，都一定是有的。也就是说，要戳穿宋江的谎言很容易，但是宋江非常笃定，自己给晁盖报信虽然号称“担着血海也似干系”，但他显然有自信，没人会和他为难。

把这件“贼情紧急公务”向知县汇报后，宋江提议，白天捉人容易走漏消息，晚上再行动。知县也没有质疑宋江这个方案的合理性，完全照办。显然，他对宋江言听计从惯了。

杀阎婆惜后，郓城县上下对宋江的偏袒，更是到了触目惊心的地步。

宋江的思路，是把阎婆惜的妈妈阎婆给安抚住，只要她不告官，这事就可以掩盖掉。宋江认为阎婆就在乎钱，所以跟阎婆说，你女儿死了，我养你。阎婆将计就计，就答应了，但是问，那我女儿的尸体在床上，怎么办呢？宋江说：

“这个容易。我去陈三郎家买一具棺材与你，仵作行人入殓时，我自分付他来。我再取十两银子与你结果。”这语气是如此轻描淡写，宋江对仵作会替自己掩盖这起杀人案极其自信。都是同事嘛，还能和我为难不成？阎婆说，那好，我们趁天还没亮，去买棺材。

结果，经过县衙门的时候，阎婆喊起来了：“有杀人贼在这里！”

但是，县前做公的看见被指控的是宋江，反应都是：“婆子闭嘴。押司不是这般的人，有事只消得好说。”这时一个受过宋江恩惠的小混混唐牛儿过来和阎婆打架，宋江就逃掉了。然后，做公的就把唐牛儿抓住了。知县开始审案，他的思路竟然是，直接把唐牛儿审成杀人犯算了。

但是，阎婆坚持咬定凶手是宋江，在衙门里撒泼打滚。老太太撒泼打滚这种传统艺能是非常有效的。更重要的是，只有宋江带出来的徒弟、阎婆惜的情人张三张文远，一定要跟宋江过不去，而且张三指导阎婆，你可以去上访。

这个，县令是怕的。

于是，朱仝、雷横两个被派去抓宋江，就像当初放走晁盖一样，他们照例不会真抓，只是提醒宋江，这事掩盖不过去了，你赶紧跑。

所以，郓城县押司，对宋江来说确实是个很值得留恋的岗位。他固然一直在保护犯罪分子，但和黑道势力关系密切，不等于自己想去混黑道。黑恶势力保护伞自己混成了黑恶势力，也是觉得跌份掉价的。很长时间里，宋江显然还是觉得自己留在体制内好。但是有一个连宋江自己都没有想到的事情是，他在江湖上名声之大，出乎所有人甚至他自己的预料了。

宋江离开郓城县行走江湖，途中所遇的风险，写的是很套路化的。如在清风山，宋江被锦毛虎燕顺、矮脚虎王英、白面郎君郑天寿三个好汉捉了，要取出心肝做“醒酒酸辣汤”，绝望之中，宋江叹口气道：“可惜宋江死在这里！”结果听到宋江的名字，好汉们都纳头便拜了。宋江并不是故意提及自己的名字，也就是说，他不知道自己的名字能救命。

事实上及时雨的名声已经传遍江湖。在揭阳岭，宋江中了催命判官李立的蒙汗药，这次根本没机会自报家门。但李立的结义大哥混江龙李俊在公文上发现了宋江的名字，于是兄弟几个当即把宋江救醒，也是“纳头便拜”。再往后在揭阳镇上，宋江得罪了小遮拦穆春，吓得逃到浔阳江边，上了船火儿张横的贼船。张横问宋江要吃馄饨（自己脱了衣服投江）还是板刀面（被一刀劈下江去），宋江吓得“和那两个公人抱做一块，恰待要跳水”。又是李俊赶到，解决问题的办法很简单，报出宋江的名字，船上的张横也好，岸边的穆家兄弟也罢，都是“扑翻身”下拜。

后来遇见戴宗遇见李逵遇见张顺，都一再验证了“山东郓城及时雨宋江宋公明”这个名字的魔力。

小时候读《水浒》，对于宋江能有很大的名声，感到很不可理解。他一个小吏，就算讲义气对朋友好舍得花钱，有多少钱可花？哪怕说他贪污了很多钱，比起柴大官人的那种财力还是差太远了，没有可比性啊。

这几年的一些事，倒是启发了我。这世上有的是求全之毁不虞之誉，什么人什么事会上热搜，有的固然是花大价钱炒作出来的，有的却是没有道理可言的。宋江就属于没有太大道理可言的，他有那么大名声，不是自己营销出来的，而是各种口头传播不断放大的结果。而为他神助攻的，最主要的就是像柴进柴大官人这样的人。

孙勇进老师写过一篇文章，比较柴进和宋江，同样是在好汉身上花钱，宋江要高明得多。柴进花钱大手大脚，但是经常花在不值得的人身上，花在值得的人身上，他又不够尊重，柴进对林冲、对武松，那几段文字您细读，真会感觉拿柴进的钱是很不舒服的事情；而宋江刚好相反，他就特别善于捕捉别人的心理，体谅别人的难处，找准别人的软肋，所以他的钱花出去，绝对都是花在刀刃上。而且就是给人感觉，从宋江手里接过来的银子，拿在手里就是那么温暖，那么熨帖，真感觉接过来的不但是银子，而且是真心。

这个不是我们今天分析《水浒》才在做比较，而是当时江湖上的好汉，就已经在做比较了。

财力差距在那里，受过柴进恩惠的人，当然比受过宋江恩惠的人多得多，但凡是同时受过两个人恩惠的，都觉得宋江比柴进好。这些人在江湖上替宋江一吹牛，那些受过柴进恩惠的人听到，勾起了从柴进那里拿钱的不愉快回忆，就很愿意附和：“哦，原来山东郓城县，有位及时雨宋江宋公明宋哥哥，比柴大官人更好。”相信远方的灯塔，胜过眼前的恩惠，这是很自然的心理。就这样一传十十传百，很多根本没见过宋江的江湖好汉，都知道有位了不起的大好人宋押司。宋江的大名，已经成了江湖上一个金光闪闪的品牌。

但是，仍然生活在山东郓城县的宋江，本来还不知道。离开郓城县的这一番江湖游历，才让他突然发现，原来自己有这么大的影响力。

也正是越来越强烈地意识到这一点之后，让他的心理不平衡加剧了。原来他大概觉得，做一个在知县面前态度卑微但握有实权的人物，已经很满足。现在却觉得，自己可以有大点的梦想了，于是他在酒后写下了“他时若遂凌云志，敢笑黄巢不丈夫”。

他的强盗梦，被激活了。

现在的问题，他的能力，能不能配得上平空掉下来的天大名声？

有个很有意思的巧合，九四年央视的《三国演义》，曹操是鲍国安演的；老早的山东台《水浒》，鲍国安还演过宋江。更巧的是，在山东台《水浒》里演阎婆惜的魏慧丽，在央视《三国演义》里演了张绣的婶婶邹氏，曹操因为邹氏，死了心爱的长子曹昂，还死了猛将典韦。就是在《水浒》里差点坑死宋江的女人，又在《三国》里差点坑死曹操。

这好像是一个提示，曹操和宋江之间，有某种隐秘的联系。大家都知道，《水浒》里反复强调，宋江长得是不好看的，矮、黑、肥。曹操也不高，据说“姿貌短小”，但是“神明英发”，气场特别强大。《世说新语》里还讲了一个故事：

魏武将见匈奴使，自以形陋，不足雄远国，使崔季珪代，帝自捉刀立床头。既毕，令间谍问曰：“魏王何如？”匈奴使答曰：“魏王雅望非常，然床头捉刀人，此乃英雄也。”魏武闻之，追杀此使。

宋江大概也有点这种气质。他在江湖上的名声，经过一系列传播变形放大，远远超过了其实际地位。按说，作为吃瓜群众的想法，这时应该“等反转”了，但是并没有，宋江把局面控制住了，虽然中间有过纠结、犹豫，甚至一些很猥琐的表现，但最终还是证明了自己配得上这么大的名声。

第一，宋江有能够让人服气的气场，做领导的，这点比什么都重要。做不到这一点的话，人才再多也没用，内耗就把自己搞垮了。梁山上有那么多山头，那么多派系，好汉的籍贯很复杂，社会阶层各不相同，人生追求彼此冲突，但是在宋江手上，没有大的内耗。尤其是对外作战的时候，总是兄弟同心。

第二，梁山的发展规划，都是宋江制定的。梁山在王伦时代，是很弱小的。在晁盖手里，也没什么发展，他上山之后，没有再吸纳什么新的人才。宋江把控大方向，吴用的工作主要是把宋江的规划变成具体的可执行的方案，但是吴用自己是缺少让人服从命令听指挥的气场的，这些方案要大家都认可有效执行，少不了宋江的权威。所以吴用和宋江配合得特别好，吴用作为最早和晁盖一起上梁山的人，最后却成了最坚定的宋江支持者，不奇怪，两个人的特点实在太互补了。

这就要说到宋江和晁盖的关系问题。

晁盖比宋江当然差得远。王伦嫉贤妒能又胸无大志，所以很讨厌；晁盖不嫉贤妒能但一样胸无大志。所以有追求的人，会觉得跟着晁盖没前途。晁盖做事拖拉，缺乏组织能力，不能人尽其用等等弱点，很多人都讨论过了。还可以补充一点，晁盖为人比较厚道，在政治斗争最残酷的时候，这反而是个弱点。

白胜没什么本事，被官府捉拿住又把晁盖等人供了出来，但晁盖还是特意把他救出来了，这实际上等于给人一个信号，叛变晁大哥问题也不大。而宋江可就不同了，仁德的时候仁德，体贴的时候体贴，但凶狠阴毒起来，那是不得了的：为逼秦明上山，他怎么屠杀了整个村子又坑死秦明全家；黄文炳害了他，宋江报仇，最后李逵把黄文炳活生生剐了……这是大家亲眼所见，跟着宋大哥有前途，背叛宋大哥下场不堪设想，谁都得掂量掂量。

晁盖遇害，有些阴谋论的东西不必太理会，看结果，宋江前前后后的一系列操作，处理得是很成功的：第一，他坐稳了山寨之主，大家都挑不出毛病；第二，并没有发生两派的冲突和内部清洗；第三，化解危机的过程，实际上还吸纳了一批武艺高强的人物上山（卢俊义、董平、张清），增强了梁山的实力。

所以，宋江作为梁山泊总兵都头领天魁星，还是当之无愧的。

于是又引出最有争议的一个问题：宋江一直想着要受招安，这是图啥？这个问题并没有唯一解释，我试着从经济的角度说两句。

王伦、晁盖时代，梁山不算强大，但不发展有不发展的好处。

第一，比较容易做到生活富足。梁山泊水产品丰富，质量也优越。王伦时代，梁山控制住了水泊，不许渔民打鱼，仅此一项垄断，就产生了巨大的收益，可以“论秤分金银，异样穿锦，成瓮吃酒，大块吃肉，如何不快活”，弄得附近的渔民如当时的阮小七，羡慕得不得了。

第二是比较安全。一座不发展的梁山，朝廷的基本态度就是不重视。你可以骚，我并不扰。类似于懒人被蚊子叮了，一拍落空，那就挠两下，并不起来追着打。王伦时代，没听说官军征讨梁山的事。宋徽宗政和五年（1115年）六月四日，晁盖一伙劫了生辰纲，济南府出动警力捉拿晁盖没有抓到，晁盖上了梁山，济南府又出兵攻打，指挥的是团练使黄安，队伍规模是一千余人，讨伐梁山所必需的船只，是临时从民间征集的，可以想象大小、形制都很混乱。很自然的，黄安部队被打得“昨日像那东流水，明朝清风四飘流”，然后朝廷方面的处置是，原任济南太守撤职。惩治办事不力的官员，这是朝廷的责任，但问题仍然没有解决，这事朝廷就不管了。新太守上任，对梁山可能来“借粮”表示担忧，但是怎么进剿梁山，他就根本不考虑了，所以接下来的政和六年，《水浒》的故事重点在武松跌宕起伏的人生，和宋江的江湖游走，梁山上太太平平无事可纪。

但问题是，梁山这么优越的地理形势，是容不得小富即安者享受人生、挥霍机会的，八百里水泊大浪淘沙，有野心有魄力有能力的大强盗，最终会在竞争中胜出。

政和七年（1117年）七月十九日，梁山好汉江州劫法场救宋江，八月中秋，宋江遇九天玄女受三卷天书，之后开始实际上主持梁山行政事务。次年（1118年），宋徽宗改元重和，梁山则开始对祝家庄发起攻击。

打祝家庄之前，梁山已经面临了“山寨人马数多，钱粮缺少”的问题，宋江估计，此役成功，则取得的粮食够三五年之用。实际上，显然这一战的收益没能支撑多久，梁山很快又不得不再度出击。有人猜测这当中存在贪污腐败、管理不善种种问题，不能说这些问题并不存在，但最关键的原因还是，包括宋江、吴用在内，谁也没有想到梁山的规模扩张会如此之快。

接下来的故事陷入了这样一种循环之中：梁山人员增

长，钱粮不足，于是找准一个目标攻击掠夺（可以是东昌府、东平府这样的州县，也可以是祝家庄、曾头市这样的地主庄园）；这件事不免引起朝廷的注意，于是招来大军征伐，而梁山又总是能击败官军……不论是外出攻击还是回山自卫，都会新吸收一大批人员上山，从而更快地陷入下一次经济危机。这个模式，一直延续到宣和二年（1120年），忠义堂石碣受天文，水泊梁山一百零八将大聚会。之后，无论朝廷对梁山，还是梁山对朝廷，战略都发生了很大的变化。

梁山不再招人，则可能有两个原因。

第一，就是山上的钱粮供给已经到了临界点，再吸纳更多的人才和军队，也养不起。王伦时代山上有五七百人，这时控制住梁山水泊，小日子过得就挺滋润；晁盖时代三五千人，那么打一打祝家庄，攻一攻高唐州，也就觉得收益可观；而此时梁山号称十万大军，这数字也许夸大，但之前攻打东平府、东昌府，宋江和卢俊义各率领了一万部队，而山寨肯定还要留足够的兵力防守，再加上家属老弱，梁山上挤着五六万人是起码的。这种情况下，不但吃饭是大问题，要是来个瘟疫流行病什么的，后果想想也很恐怖。

不再积极吸纳韩存保这类人才的第二个原因，则可能是山上倾向招安的人已经够多了。梁山上有期待招安加入朝廷的，也有希望继续江湖豪杰生涯保持独立性的，前者实力在持续增强，宋江就无法保持两派之间的平衡。

有不少分析者认为，宋江不断吸收朝廷军官上梁山，就是为将来的招安做铺垫。其实事态发展也未必这么有计划性，只要尊重原著对战争的叙述就可以看到，梁山上能够和官军抗衡的主力，正是这些内心倾向招安的原朝廷军官。李逵、阮氏三雄这些人，又要维持成日饮宴狂欢的生活，上阵打仗又无组织、无纪律，往往添乱，还嫌弃招安进入体制内要受约束……你们是闹哪样啊？他们可以怀念王伦、晁盖时代那种很小投入就可以维持较高生活水准的状态，但问题是梁山已经发展壮大了，这个趋势根本不可逆。

三十六天罡里面，期待招安的占到大多数。每个具体问题总要有相应的应对策略，这是一个个短期行为叠加自然形成的结果。我们只看到宋江急于受招安，其实大批军官之所以同意上梁山，就是因为早晚要受招安，相比于他们的期待，宋江已经行动缓慢。

宣和二年的重阳节，宋江作《满江红》，说什么“日月常悬忠烈胆，风尘障却奸邪目。望天王降诏早招安，心方足”，惹得武二郎动怒，黑旋风发飙，鲁大师甚至说出了散伙的言论，这个后果，宋江事先预见到了吗？很可能是预见到的，但他还是要说。

不愿招安的爱咋呼，又自认代表梁山的理想和初心，所以容易造成舆论上的声势；主张招安的，多半曾是官面儿上的人，深沉，不多话，但他们才是缄默的火山，情绪必须要安抚，宋江这“望天王降诏”的话，就是说给他们听的。李逵反正是小弟，可以骂一顿了事，跟武松、鲁达，则可以慢慢谈话交心。甚至于借让这些兄弟激动一下，告诉那些招安派，时机还不成熟，阻力还很大，你们也要体谅我的难处，还得等。

这都是宋江搞平衡的领导艺术。

招安终于成功，结局是个悲剧，但这条悲剧之路，要比有些人想象的曲折。

应该说，招安之初，朝廷对梁山是有特别优待的。最令人惊异的一点，就是很长时间里，一百单八将仍然聚在一起，梁山竟然保持着自己的原有建制。

众所周知，有宋一代，行政系统特别复杂，权力高度分割，尤其是军队里，为防兵变造反，宁可人事调动频繁，搞得兵不识将将不知兵才安心。梁山这么抱团的一个集体，掌控着据说有十万大军，朝廷凭什么容许它继续存在？这当然还是各方博弈的结果：

适来四个贼臣设计，教枢密童贯启奏，将宋江等众要行陷害。不期那御屏风后转出一员大臣来喝住，正是殿前都太尉宿元景。便向殿前启奏道："陛下！宋江这伙好汉方始归降，百单八人，恩同手足，意若同胞。他们决不肯便拆散分开，虽死不舍相离。如何今又要害他众人性命！"……天子亲书诏敕，赐宋江为破辽都先锋，其馀诸将，待建功加官受爵。

这段记述很能说明问题。宿元景为梁山辩护，特别强调"他们决不肯便拆散分开，虽死不舍相离"云云，可以推知童贯启奏的内容，就是要拆分梁山，并且提出了如果拒绝拆分，那就说明受招安并无诚意，要严厉惩处，这就是所谓“要害他众人性命”。大体上，童贯说的是大宋的祖宗之法既定国策，可以认为是陷害，理由却很光明正大。宿元景提出的保全方案，则是让梁山去征讨辽国，要保障一支作战部队的战斗力，对原本行之有效的组织结构，当然不能轻举妄动。

事实上，受招安之后，梁山作为一个既有官方背景又有独特军事系统的集团，堪称大宋朝野侧目的一朵奇葩。和现代人脑补的梁山兄弟含泪去镇压同属阶级兄弟的另外三大寇不同，梁山出击的热情始终高涨。只有不断为朝廷征伐敌国、翦灭异己，梁山才能向世人证明自己忠义的宣传并非虚诳；也只有这样，才有足够的理由拒绝朝廷重组梁山的计划，这朵奇葩才能常开不败。

征田虎，是梁山主动请缨；征王庆，是几个官员推荐了梁山，然后宋江把这几位都引为知己，和他们“或论朝事，或诉衷曲，觥筹交错，灯烛辉煌，直饮至夜半方散”；后来众兄弟死伤大半的征方腊，开始画风也是这样的：

吴用见说，心中大喜，来对宋先锋说知江南方腊造反，朝廷已遣张招讨领兵。宋江听了道：“我等诸将军马，闲居在此，甚是不宜；不若使人去告知宿太尉，令其于天子前保奏，我等情愿起兵，前去征进。”当时会集诸将商议，尽皆欢喜。

今天大家都知道与方腊大战的结果是两败俱伤，方腊败亡之后，朝廷暂时看来已无强大的反叛力量威胁，到鸟尽弓藏的时候了；梁山也已经残缺到足以令宋江、吴用心灰意冷的地步，拆分梁山的阻力至此已经很小，于是仅存的二十七名正偏将领，被分散到十几个不同的军州任职，完整的梁山军事集团从此不复存在。

《水浒》最后一回，简要介绍了梁山好汉各自的结局。大体上可以看出一个规律：大宋的官场，对梁山中人并没有另眼相看。原来做军官的如关胜、呼延灼，还是受尊敬的将领；原来做帮闲的如萧让、乐和、金大坚，还是讨人喜欢的清客；原来被官场拒之门外的如阮小七、朱武，很快都自觉选择了退出。

总之，大宋体制展现出强大的稳定性和自我净化能力，看起来加入了许多新鲜血液，但总能消化吸收，并把异质分子排除出去。

这时候最最尴尬的，就只有宋江本人了。

他本是押司，衙门的书吏，官场的边缘人。是科举这个不注重选拔实践人才的考试制度，杜绝了宋江的仕进之路，但偏偏这个不切实际的考试，在宋代真的很得人心。主考官想给自己的门生开后门，结果认错了卷子；主考官想把自己看不顺眼的人刷掉，结果反而给人点了状元……这种段子在宋代一再出现，所以做考官的，要感叹本朝科举“无情如造化，至公如权衡”；老师鼓励穷学生认真读书，则说“唯有糊名公道在，孤寒宜向此中求”，机会总是有的。

这种不能选拔出宋江之类应用型人才的制度，却能给很大一部分人公平感。那些通过了考试，从而改变了自己人生的官员们，很容易体会到这个制度的好，他们彼此看看，还自然不过地会有身份认同。

而宋江，则是一个奇怪之极的闯入者。

先当强盗再受招安，然后混迹于我们中间，这是个多么投机取巧的人啊。说到底，宋江的敌人，不是一两个奸臣，而是整个按照自己价值观和规则行事的文官系统。

而宋江没有退路。原来是官的继续当官，原来是民的还去当民，他，却是不可能回去当吏的。

所以即使没有那杯毒酒，宋江早晚都是要被郁闷死的。

于是乎，梁山的事业轰轰烈烈，然而喧嚣过后，大宋的官场不增不减。哪怕是天崩地坼的靖康之难，已然近在眼前。

彭罗斯与黑洞

卢昌海

研究数学的彭罗斯获得了诺贝尔物理学奖。

2020年10月6日，瑞典皇家科学院宣布了2020年诺贝尔物理学奖的得主。英国数学物理学家罗杰·彭罗斯（Roger Penrose）由于“发现黑洞的形成是广义相对论的坚实预言”获得了一半奖金；德国天体物理学家赖因哈德·根策尔（Reinhard Genzel）和美国天文学家安德烈娅·盖兹（Andrea Ghez）则由于“在我们的星系中心发现超大质量致密天体”分享了另一半奖金。

这两项获奖研究都是关于黑洞的，前者是纯理论研究，后者是观测，可谓相得益彰。本文将对前者做一个简短的介绍。

作为背景，我们先介绍一下“黑洞”（black hole）。这个概念的起源常被回溯到英国地质学家约翰·米歇尔（John Michell）。1783年，米歇尔在牛顿万有引力定律的基础上得到了一个如今中学生也能推导得出的结果：一个密度跟太阳一样的星球若直径比太阳大几百倍，引力就会强大到连光也无法从它的表面逃逸（从而看上去将是“黑”的）。1796年，法国数学家皮埃尔–西蒙·拉普拉斯（Pierre-Simon Laplace）也得到了同样的结果。这些结果通常被视为黑洞概念的萌芽。

不过，米歇尔和拉普拉斯的黑洞跟我们如今所说的广义相对论中的黑洞除在“半径”这一参数上恰好相同外①，其实鲜有共同之处。比方说，前者的“黑”只是光无法逃逸到远处，但在近处仍可看到，后者则不然；甚至就连所谓“恰好相同”的“半径”这一参数，彼此的含义也完全不同，前者是从黑洞中心到表面的距离，后者则不具有这样的意义，而只是视界（下文将会介绍这一概念）周长除以2π的简称（这在广义相对论中跟前者不是一回事）。至于各种微妙得多的其他特性，则更是广义相对论中的黑洞（以下将简称为“黑洞”）所独有的。因此，彭罗斯就曾说过：“黑洞的概念实际上只能从广义相对论的特殊性质里得出，而并不出现在牛顿理论中。”

那么，黑洞的概念是如何“从广义相对论的特殊性质里得出”的呢？这得回溯到1916年1月。

①米歇尔和拉普拉斯给出的黑洞半径为$2GM/c^2$（其中G是牛顿万有引力常数，M是黑洞质量，c是光速），跟后文提到的施瓦西解中的视界半径（也称为施瓦西黑洞的半径）恰好相同。

那时，距爱因斯坦提出广义相对论才不到两个月，一位名叫卡尔·施瓦西（Karl Schwarzschild）的德国物理学家就得到了广义相对论的一个严格解——如今被称为施瓦西解。

施瓦西解描述的是一种球对称的时空，它有两个非常引人注目的特点：都表现为“0”出现在分母上，从而使数学表达式失去意义。其中一个出现在球对称的中心处，另一个则出现在一个球面上，这个球面的半径被称为“施瓦西半径”（Schwarzschild radius）。在经过很长时间的研究后，物理学家才逐渐理解这两个特点的真正含义：其中前者被称为“奇点”（singularity），具有诸如时空无限弯曲之类的“病态”性质，并且会让物理定律失效；后者则被称为“事件视界”（event horizon），简称“视界”，它虽然也一度被视为奇点，实际上却只是施瓦西所用的特定坐标的缺陷。

奇点和视界是黑洞的两个主要特征，因此施瓦西解的问世在一定意义上可视为广义相对论对黑洞的最早预言。但这种预言只说明了广义相对论原则上可以描述黑洞的主要特征，可以允许奇点和视界那样的东西存在，却并不能告诉我们：实际上是否会有任何物理过程真正产生出那样的东西。如果没有，则所谓“原则上可以”不过是镜花水月。

那到底有没有什么物理过程能产生黑洞呢？1939 年，美国物理学家罗伯特·奥本海默（J. Robert Oppenheimer）及其学生哈特兰·斯奈德（Hartland Snyder）的一项研究，向着回答这一问题迈出了重要一步。奥本海默和斯奈德研究了恒星在耗尽核燃料（从而不再有辐射压来抗衡引力）之后的坍塌过程，结果发现，对远方的观测者来说，当恒星坍塌到接近视界时，从恒星表面发出的光的波长会变得越来越长，坍塌过程会显得越来越慢，直至“冻结”。由于这个奇异的效应，黑洞有一个早期的名字叫作“冻结星”（frozen star）。但这个效应并不说明黑洞无法形成，而只是如同一盘放了一半就慢慢停下的录像带，使人无法看到结局，却并不意味着结局没有发生①。更何况，奥本海默和斯奈德同时还发现，对跟随恒星一同坍塌的观测者来说，坍塌会毫不停滞地穿越视界，并且在有限时间内产生奇点，从而显示出黑洞是可以形成的②。

有了这些研究，可不可以就认为黑洞的形成已经是广义相对论的预言了呢？还不能。因为无论施瓦西解还是奥本海默和斯奈德的研究，都依赖于一个在现实世界里无法严格实现的对称性——球对称性。更糟糕的是，由于广义相对论是

①这个效应是视界附近的时间延缓（或等效的，引力红移）效应造成的，实际上并不会使黑洞的形成过程真正“冻结”。因为任何观测都不是无限精密的，从恒星表面发出的光的波长变得越来越长后，能量会越来越低，很快就会观测不到——黑洞的形成过程也就完成了。最近几年通过引力波观测黑洞双星合并就是例子，来自视界附近的引力波信号，原则上也会“冻结”，但实际上很快就会因精度所限而观测不到，黑洞的合并过程也就相当于完成了。

②奥本海默和斯奈德的研究其实有一个很大的局限性，那就是他们忽略了压强（以保障坍塌能进行到底）。但他们认为，只要坍塌不会被压强所终止，他们的定性结论就不会受影响，即坍塌依然会在有限时间内产生奇点。细究的话，即便这一看法成立，由于他们并未证明坍塌不会被压强所终止，其实也就没能证明坍塌一定会产生奇点。

一个非常复杂的理论，对称性对当时几乎所有的同类研究都是必不可少的。比如新西兰数学家罗伊·克尔（Roy Kerr）于1963年得到了广义相对论的一个描述旋转黑洞的解——被称为克尔解（Kerr solution），这个解比施瓦西解普遍得多，却也依赖于一种对称性：轴对称性。虽然恒星大都接近轴对称甚至球对称，却绝不可能是严格轴对称或球对称的。类似的，广义相对论的很多宇宙学解也依赖于对称性，比如均匀及各向同性。这些对称性在现实世界里都无法严格实现。

通常来说，物理学家是不会在对称性无法严格实现这一点上吹毛求疵的，因为对称性是他们研究现实世界最有力的工具，说是朋友亦不为过。但黑洞的形成是一个例外，因为如前所述，黑洞的主要特征之一乃是奇点，而奇点会让物理定律失效。由于物理定律是物理学家们的吃饭家什，面对物理定律失效那样的严重后果，就连对称性这位朋友也变得可以舍弃了。因此，很多物理学家将问题归因于对称性，认为奇点是不存在的，所有貌似能产生奇点和黑洞的过程，都是因为引进了对称性，只要舍弃对称性，奇点和黑洞就能被“消灭”，即不会形成。持这种观点的代表人物是苏联物理学家E. M. 栗弗席兹（E. M. Lifshitz）和I. M. 卡拉特尼科夫（I. M. Khalatnikov）等人——姑且称之为“苏联学派”。

二十世纪六十年代初，“苏联学派”在舍弃对称性的情形下对广义相对论进行了深入研究，试图证明奇点不会形成。他们甚至一度以为自己完成了证明，将之写入了列夫·朗道（Lev Landau）与栗弗席兹合撰的名著《理论物理教程》（*Course of Theoretical Physics*）中。而自施瓦西解问世以来，出于其他种种考虑对奇点和黑洞的存在持怀疑态度的物理学家则为数更多，其中包括爱因斯坦本人。

正是在这种背景下，彭罗斯——据他自己回忆——于1964年秋天（时年三十三岁）实质性地介入了黑洞研究。

美国物理学家基普·索恩（Kip Thorne）曾讲述过一些彭罗斯年轻时的趣事，我们分享一则作为对其人的介绍。彭罗斯父母的职业领域都跟医学有关（父亲是人类遗传学教授，母亲是医生），也因此，他们希望自己的四个孩子中起码有一人能以医学为职业。但是等到彭罗斯选择专业时，他的两个兄弟一个已选了物理（后来成为知名的统计物理学家），一个已选了国际象棋（后来获得过十次英国冠军），他妹妹还太小，他自己想选的则是数学。眼看着"起码有一人能以医学为职业"的希望就要落空，彭罗斯父母对他的专业选择进行了干预。在其父的要求下，彭罗斯所报考的大学对他进行了一次特殊的数学能力测试。测试总计有十二道题，普通学生能做出一两道就算不错，而彭罗斯十二道全做对了，这样他就从父母那里赢得了学数学的"许可证"。顺便说一下，彭罗斯那位当时还太小的妹妹后来终于当了医生，圆了父母的梦想。

作为数学系学生的彭罗斯1957年以一项几何领域的研究获得数学博士学位。但早在拿到学位之前，他就因为听了英国天体物理学家弗雷德 · 霍伊尔（Fred Hoyle）的广播讲座，以及与英国物理学家丹尼斯 · 夏马（Dennis Sciama）相识，而对天文和物理产生了兴趣。霍伊尔是当时流行的宇宙模型之一“稳恒态模型”（steady-state model）的主要支持者，夏马对之亦有所涉猎。受他们影响，彭罗斯对稳恒态模型也进行了研究。此外，跟夏马的相识还为他后来跟斯蒂芬 · 霍金（Stephen Hawking）的合作埋下了伏笔，因为霍金的博士导师正是夏马。

稳恒态模型是一个很快就失败了的宇宙模型，于二十世纪六十年代被多数天文学家放弃。在那之前，它虽然流行，却也已面临一些问题。由于稳恒态模型也依赖于对称性，因此跟奇点的情形相类似，稳恒态模型的一些支持者也将问题归因于对称性，只不过努力的方向正好相反，是希望通过舍弃对称性来“挽救”稳恒态模型。受这种希望影响，彭罗斯也在舍弃对称性的情形下对稳恒态模型进行了研究，结果却并未发现实质差别，也就是说稳恒态模型的问题无论有没有对称性都会存在。这段经历对彭罗斯后来的黑洞研究有很大的启示，因为它显示了舍弃对称性未必能起到人们所希望的作用。既然如此，那么会不会无论对称性存在与否，奇点都依然存在呢？这种考虑使彭罗斯后来的黑洞研究与“苏联学派”截然不同。

言归正传，1964年秋天，彭罗斯开始实质性地介入黑洞研究。诱使他介入的是前一年刚刚发现的一种奇异天体，这种很快被称为“类星体”的天体比星系还“亮”得多，线度却只有星系的百万分之一（因而看上去类似于星星，“类星体”之名由此而得），从而必然包含了高度致密的结构。初步分析表明，这种类星体最有可能的“发光机制”是一个巨型黑洞吞噬包括恒星在内的物质（物质在被吞噬之前会发射出强烈的辐射）。这个对黑洞存在构成某种支持的新发现，以及由研究稳恒态模型得来的启示，使彭罗斯带着一个与“苏联学派”相反的目标介入了黑洞研究，即试图在不依赖于对称性的情形下探究奇点形成的普遍性（而不是试图证明奇点不会形成）。

彭罗斯的研究不仅目标与“苏联学派”相反，手段也截然不同。“苏联学派”的研究偏于例证，致力于在舍弃对称性的情形下求解广义相对论，以便寻找奇点不会形成的例子；而彭罗斯由于探究的是奇点形成的普遍性，而非具体的例子，所以并不致力于求解广义相对论。既然不求解广义相对论，那么诸如星球的形状、大小等等因素也就都不重要了。由于广义相对论是一个高度几何化的理论，奇点的形成则是时空性质方面一个高度几何化的问题。熟悉数学的人都知道，在几何问题中，如果形状、大小等等因素都不重要，那么剩下的就是所谓拓扑性质了，因此彭罗斯的研究大量采用了拓扑手段——他自己称之为“光线拓扑学”（light-ray topology），这恰好也是他作为数学家，而且是以几何领域的研究获得博士学位的数学家的强项。

目标虽已确定，手段虽属强项，对奇点的研究依然很是艰深，需要一定的契机。彭罗斯后来记叙过他在这一研究中一个重要灵感的由来。那是在1964年晚秋，他开始探究奇点问题之后不久的某一天，与数学物理学家艾弗·罗宾逊（Ivor Robinson）一边走在街上，一边讨论着问题（那问题与奇点和黑洞并无关系）。在穿越一个路口时，他们遇到红灯停了下来，并且也暂停了讨论。可就在那短短的间歇里，证明奇点定理的一个重要灵感出现了。那天晚些时候，彭罗斯在办公室里细细回想自己的思路，终于将那个灵感清晰地“发掘”了出来①。

借助这个灵感，经过几个月的努力，彭罗斯证明了一个重要的结果——如今被称为“奇点定理”（singularity theorem）的一大类定理中最早的一个，以“引力坍塌和时空奇点”（Gravitational Collapse and Space-time Singularities）为题发表于1965年。简单地说，彭罗斯的奇点定理包含这样几个组成部分，也是之后所有其他奇点定理的基本结构：首先是假定物质具有一定的性质，其次是对时空本身施加一定的要求，最后是假定物质分布满足一定的条件。在这三类前提之下，彭罗斯证明了奇点的形成是普遍而必然的——尤其是，不依赖于对称性。

彭罗斯并不是最早采用拓扑手段研究时空结构的人。比

①彭罗斯的灵感涉及所谓“封闭陷获面”（closed trapped surface）概念，对此感兴趣的读者可参阅拙作《从奇点到虫洞》（清华大学出版社2013年12月出版）。

他早十几年，两位苏联数学家[1]就在这方面展开研究，且发展出一套强大而漂亮的方法。可惜的是，这两位数学家后来一位职位高升，担任了行政领导，将越来越多的时间花在行政事务上，另一位被打成“反苏维埃集团”成员锒铛入狱，最终都停止了这一方向的研究，并未产生影响。彭罗斯的研究则不同，不仅得到了漂亮的结果，而且很快引起关注。

就在彭罗斯证明奇点定理的那一年，即1965年，“第三届国际广义相对论与引力大会”在英国伦敦召开。这届会议聚集了全世界最顶尖的广义相对论专家，就连“苏联学派”的栗弗席兹和卡拉特尼科夫也跨越冷战鸿沟来参会，报告他们本质上是否定性的奇点研究。这次会议也因此成为彭罗斯的奇点定理与“苏联学派”的否定结果之间的首次碰撞。

碰撞虽未即刻分出胜负，但彭罗斯的研究吸引了几位在几何和拓扑上有深厚功底的年轻物理学家的兴趣，其中包括夏马的研究生霍金——霍金当时也在研究奇点，只不过研究的是宇宙学奇点而非黑洞奇点；以及与霍金同龄的美国理论物理学家罗伯特·杰罗奇（Robert Geroch）。之后的几年间，彭罗斯、霍金、杰罗奇等人在各种不同的前提下，轮番证明了更多的奇点定理，使奇点定理及奇点和黑洞的存在获得了越来越多的认同。

①这两位苏联数学家分别是A. D. 亚历山德罗夫（A. D. Aleksandrov）和R. I. 皮蒙诺夫（R. I. Pimenov），其中前者是著名数学家，2006年菲尔兹奖得主格里戈里·佩雷尔曼（Grigori Perelman）是他指导过的博士生。

这种认同终于撼动了“苏联学派”。

1969年9月，美国物理学家索恩访问苏联。趁这个机会，栗弗席兹交给索恩一份手稿，让他秘密带到美国去发表（因为——据索恩记叙——当时苏联的一切学术手稿被自动视为秘密文件，非经冗长的解密审核不能与国际同行交流）。在那份手稿里，“苏联学派”承认他们对奇点的否定是错误的，并表示会对《理论物理教程》做出修订。

“苏联学派”的认错，扫清了对奇点和黑洞存在的主要怀疑。但彭罗斯的奇点定理本身却仍有一些不足，体现在其前提上。如前所述，奇点定理的前提共分三类，其中物质具有一定性质，本质上只是能量密度不能为负，这在广义相对论所属的经典物理里是没有争议的；物质分布满足的条件在诸如大质量恒星的坍塌过程中是可以实现的，因而也没什么问题；但对时空本身施加的要求则显得太强。事实上，这个要求——具体地说，是要求时空中存在一个所谓的柯西超曲面（Cauchy hypersurface）——是如此之强，不仅极不可能被观测所证实，理论上也大有争议，甚至彭罗斯本人在与奇点定理几乎同时发表的另一篇论文中就包含了一个反例。

这个不足之处，彭罗斯自己，以及步他后尘研究奇点定理的霍金等人也都知道。比如霍金在自传中就曾表示，彭罗斯以及他自己的早期奇点定理所证明的有可能只是柯西超曲面的不存在，而非奇点和黑洞的存在；彭罗斯本人也在后续研究中承认，在广义相对论中假定柯西超曲面的存在是缺乏理由的。奇点定理之所以会成为一大类定理，很大程度上正是为了消除前提上的不足之处。在1965年之后的那些奇点定理中，彭罗斯、霍金、杰罗奇等人尝试变通的，主要就是定理的前提。

最终，彭罗斯与霍金合作，于1970年发表一篇题为“引力坍塌及宇宙学中的奇点”（*The Singularities of Gravitational Collapse and Cosmology*）的论文，提出了如今被称为“霍金-彭罗斯奇点定理”（Hawking-Penrose singularity theorem）的新版本。这个版本用更有经验基础，从而更现实的前提表述了奇点定理，且同时涵盖了黑洞奇点和宇宙学奇点。学过逻辑的人都知道，一个逻辑推理要想确保结论正确，不仅推理必须严密，前提也必须成立。完全类似的，一个描述物理世界的定理要想确保结论坚实，在推理严密之外还必须确保前提有现实性，两者缺一不可。从这个意义上讲，“霍金-彭罗斯奇点定理”由于前提更现实，结论也就更坚实。在所有这些奇点定理中，若问哪一个最称得上“发现黑洞的形成是广义相对论的坚实预言”，答案非“霍金-彭罗斯奇点定理”莫属①。

①奇点定理顾名思义，是关于奇点而不是黑洞的定理。将奇点定理诠释为“发现黑洞的形成是广义相对论的坚实预言”并不是显而易见的事情，涉及黑洞与奇点之间的微妙关系。本文由于是通俗介绍，对这种关系不做展开，只笼统地将奇点称为黑洞的主要特征之一，甚至有时不加区分地使用两者。对细节感兴趣的读者可参阅拙作《从奇点到虫洞》。

对彭罗斯和他荣膺2020年诺贝尔物理学奖的黑洞研究，已不太简短的“简短介绍”到这里就要结束了。最后值得指出的是，彭罗斯的这一黑洞研究跟获得诺贝尔物理学奖的其他研究，乃至绝大多数其他物理研究相比，有一个非常独特的地方，那就是它远比它们更接近于纯数学的定理——只不过是以广义相对论为框架而已。这是因为，彭罗斯的这一黑洞研究只是替广义相对论做出了一个“坚实预言”，那预言无论被推翻还是证实，影响的都是广义相对论而不是彭罗斯的研究，后者的正确性只取决于它的数学推理的正确性。这一年的诺贝尔物理学奖被一些人戏称为是天文研究获得了物理学奖，但实际上，彭罗斯的这一半更可以说是数学研究获得了物理学奖。天文研究获得物理学奖早已屡见不鲜，数学研究获得物理学奖则几乎是首开先河。

图书在版编目 (CIP) 数据

读库. 2202 / 张立宪主编. -- 北京 : 新星出版社, 2022.3（2022.12重印）
ISBN 978－7－5133－4827－0
Ⅰ. ①读… Ⅱ. ①张… Ⅲ. ①中国文学－当代文学－作品综合集
Ⅳ. ①I217.61
中国版本图书馆CIP数据核字(2022)第31583号

读库 2202

主　　编：张立宪
责任编辑：汪　欣
责任印制：李珊珊

出版发行：新星出版社
出 版 人：马汝军
社　　址：北京市西城区车公庄大街丙3号楼　100044
网　　址：www.newstarpress.com
电　　话：010-88310888
传　　真：010-65270449
法律顾问：北京市岳成律师事务所
经销电话：010-57268861
官方网站：www.duku.cn
邮购地址：北京市海淀区万寿路邮局67号信箱　100036
印　　刷：北京雅昌艺术印刷有限公司
开　　本：770mm × 1092mm　1 / 32
印　　张：11
字　　数：220千字
版　　次：2022年3月第一版　2022年12月第三次印刷
书　　号：ISBN 978－7－5133－4827－0
定　　价：42.00元